afedersin
hayat   AHMED GÜNBAY YILDIZ

afedersin hayat

AHMED GÜNBAY YILDIZ

Bu kitap
Osman Okçu'nun yayın yönetmenliğinde
Tim Tanıtım tarafından
yayına hazırlandı.
Kapak tasarımı **Kenan Özcan**
tarafından yapıldı.
Kapak baskısı, iç baskı ve cilt işlemleri
Tavaslı Matbaacılık'ta gerçekleştirildi.
5. baskı olarak 2002 Eylül ayında yayımlandı.
Kitabın Uluslararası Seri Numarası
(ISBN) : 975-362-622-3

TİMAŞ YAYINLARI

İrtibat : Ankara Caddesi. No.: 50
Eminönü / İstanbul
Yazışma : P.K. 50 Sirkeci / İstanbul
Telefon : (0212) 665 35 56 - 57
Faks : (0212) 664 77 97

www.timas.com.tr
timas@timas.com.tr

TİMAŞ
TİMAŞ YAYINLARI/703
ROMAN DİZİSİ/91

©Eserin her hakkı anlaşmalı olarak Timaş Yayınları'na aittir.
İzinsiz yayınlanamaz.Kaynak gösterilerek alıntı yapılabilir.

afedersin
hayat

AHMED GÜNBAY YILDIZ

TİMAŞ YAYINLARI
İSTANBUL 2002

1941 yılında Tokat'ın Reşadiye kazasına bağlı Kızılcaören köyünde doğdu. Annesi Saniye Hanım, babası Haydar Bey'dir. Öğrenimine köyünde başladı ve on yaşına kadar orada sürdürdü. Daha sonra babasının işi dolayısıyla Ankara'ya yerleşen ailenin bir ferdi olarak, Hüseyin Güllüce Ortaokulu ve Yeni Mahalle Lisesi'nde öğrenimine devam etti. Bu arada edebiyata ilgi duydu ve şiirler yazdı. İlk zamanlarda şiir bir tutku haline gelmişken, zamanla edebiyatın diğer dallarına da ilgi duymaya başladı. Hikâyeleri ve makaleleri muhtelif dergi ve gazetelerde yayınlandı.

Ahmed Günbay Yıldız, asıl çıkışını romanla yaptı ve romanda karar kıldı. "Çiçekler Susayınca", "Yanık Buğdaylar" ve "Figan" romanları muhtelif gazetelerde tefrika edildi ve daha sonra kitap haline getirildi. Bunu diğer romanları takip etti.

Yazar, eserlerinde Türk toplumunun her kesimini ele aldı ve işledi. İyi ve kötü yönleri ile insan ve toplum arasındaki etkileşimin ötesindeki sebepleri tespit ederek gözler önüne serdi. Ayrıca çözüme yönelik ipuçları da verdi.

Yayımlanmış eserleri:

Çiçekler Susayınca
Yanık Buğdaylar
Boşluk
Sitem
Figan
Benim Çiçeklerim Ateşte Açar
Aynada Batan Güneş
Dallar Meyveye Durdu
Bir Dünya Yıkıldı
Üç Deniz Ötesi
Sevdalar Sözde Kaldı
Sahibini Arayan Mektuplar
Gün Solar Akşamın Mateminden (şiir)

Sokağa Açılan Kapı
Gurbeti Ben Yaşadım
Sular Durulursa
Ekinler Yeşerdikçe
Mavi Gözyaşı
Azat Kuşları
Gönül Yarası
Aşka Uyanmak
Bahçemde Hazan (şiir)
Al Yüreğim Senin Olsun (şiir)
Ülkemin Açmayan Çiçekleri
Siyah Güller

*"Kendimle başladığım yolda,
seninle devam etmek istiyorum; gel..."*

Melisa

Gönül tezgahını ustaca kullanıp,
yeni bir ilmek daha atmak ister misin?
"Evet" diyorsan,
o hasretin susuzluğunu çeken kalbimde,
sevdanın en mükemmel nakışını tamamlayacaksın.

*E*FES, tarihin hayata düştüğü anlamlı mesajlarla doludur. Burayı gezenler, manzarayı, geçmişin günümüze tuttuğu aynadan değişik dekorlarıyla ve çok daha farklı yorumlarıyla seyrederler.

Kimileri, yontulmuş taşların üzerinde hünerli ellerin ince figürleriyle dolu sanat harikalarına gönüllerini kaptırırlar. Kimileri, heykellerin ve taşların üzerindeki kitabelerin, günümüze taşıdıkları mesajlarla ilgilenirler. Kimileri de, artık sanatkârlarının olmadığı bu sergide, İlahî esintileri ruhlarına sindirip, maneviyatı, tarihin o dipsiz derinliklerinden gelen gizemli notlarıyla okuyup, anlamaya çalışırlar.

Melisa, çıktıkları bu gezide, arkadaşlarının arasında en çok haz alan ve etkilenendi kuşkusuz.

Meryem Ana heykeli, onun kaldığı söylenilen ev ve yine üzerinde dolaştığını düşlediği toprakların her noktası, onun için çok şey ifade ediyordu. Baktığı her tarihî kalıntıda, farklı bir huşû okunuyordu gözlerinde.

Yüzünü okşayan serin rüzgârın rahatlığı vardı bedeninde. O, tarihin hazin notlarını okuyordu baktığı her noktada.

Ilkay, her an ensesinde hissettiği bir nefes gibi peşindeydi. Hazlarını kaçırıyor, huzurunu bozuyordu. İç dünyasıyla dış dünyanın iç içe oluşunu arzulayan bakışlar, küçük bir dokunuştan gocunacak kadar hassastı.

Melisa, yüreğini kuşatan huşûnun esrarına kaptırmıştı kendisini. Etrafıyla alakasını kesmeye çalışıyor, Ilkay'ın gölgesi gibi peşinde oluşu, tarihin derinliklerinden gelen iletişimini zaman zaman kesintiye uğratıyordu.

Sadece Ozan'la paylaşıyordu kıvancını. Serbest olduğu bu serginin sarhoşu gibiydi genç kız. Bir de Ilkay peşlerinde olmasaydı... Şu an tek arzusuydu bu. Zaman zaman yanından hiç ayrılmasını istemediği Ozan'a sorular soruyor, cevabını aldıktan sonra yine düşüncelerinin sessizliğine bürünüp sükûtunun efsununda, tarihin kesitlerini ruhuna sindirmeye çalışıyordu.

Ilkay tuhaf bakıyordu Ozan'a. Öyle ki hareketleri an be an taşmaya başlamıştı. Dişlerini sıkıyor, şimşekler çaktırıyordu kaçamak bakışlarıyla. Öfkesi, adım adım Ilkay'ı maceraya doğru çekiyordu.

Ozan, bütün sezgilerine rağmen, umursamaz ve inanılması zor bir rahatlık içindeydi.

Zaman zaman kulaklarını tırmalayan kahkahalar başlatıyordu Ilkay. Ozan'ı tahrik için, kinayi laflar savuruyor, o ise, inatçı bir sabırla duymazlıktan geliyordu bütün bunları...

Sınıf öğretmeni talebeleri toplamış, onlara heyecanlı bir üslupla bilgiler aktarmaya çalışıyor, bazı öğrenciler o halkanın dışında, kendi âlemlerinde etrafı temaşa ediyorlardı.

Antik kentin esrarından kendilerini soyutlamış, kıyıda köşede ikili, üçlü gruplar halinde, duygusal anlar yaşamayı tercih edenler de vardı.

Melisa ile Ozan da öğretmenlerini dinleyen grubun dışında kalmışlardı. Onlar, çok farklı bir manzara oluşturmuşlardı gezide.

Tarihi dillendiren antik kent, aşk ve maneviyat konuşuyordu onların bakışlarında.

Ilkay, sabrın son duvarlarını yıkmak üzereydi, onları seyrederken. Soner'le Kürşat eşlik ediyorlardı ona. Sınıfta; hatta okullarında grup oluşturmuşlardı bu üç kafadarlar.

Son günlerde biraz daha anlayışsız, biraz daha dengesiz ve maceraperestlerdi. Ilkay, tek idealin peşindeydi bugünlerde: Melisa ile duygu beraberliğini kurabilmek. Melisa'ya kaptırmıştı gönlünü. Ozan'ı bu yüzden düşman ilan etmişti kendisine.

Ikisinin arkadaşlık anlayışları ve beraberlikleri yıkıyordu hayallerini.

Ilkay, duygu iklimlerindeki müşfik, şeffaf yaklaşımlarda olduğu gibi değil, gücüyle, yüreğine korku salarak arkadaş olmak istiyordu onunla.

Ürperti salan bakışları, jakoben anlayışının ürünlerini, belki defalarca olumsuzluk olarak toplamıştı. Sadist bir düşüncenin peşine takılmıştı ve öyle hissettirmeye çalışıyordu kendisini.

Melisa'nın ruh yapısını defalarca incitmiş, kötü izler bırakmıştı onun kalbinde.

Iç dünyasından çoktan sıyrılmıştı. Tehlikeyi sezmiş bir ceylan gibi yürüyordu Ozan'ın yanında.

Melisa, yakut yeşili gözlerinin esrarına kaptırırdı bakanları. Düz, omuzlarının üzerine kadar dökülen kehribar sarısı saçları, şirin yüzün en muhteşem aksesuarı gibi taranmıştı. Hafif bir sıkıntı bile cildini etkilemeye yeterdi. Utanç onun yüzündeki deride, mor, uçuk eflatunî renklerle tutuşurdu. Kız arkadaşlarının arasında uzun sayılan bir boyu vardı. Balık etindeydi vücudu. Kıvrak hareketleri esneklik kazandırırdı ona. Kendisine has stiliyle ilgileri üzerine çeken, irade dışı oluşumların esrarında bir güzelliği vardı.

Peşlerindeki gölgeleri görmezlikten gelen bir anlayış içindelerdi ikisi de. Melisa, korktuğu için yapıyordu bunu.

Yakut yeşili gözler tedirgindi.

Bir taşın üzerindeki yazıları incelerken, gözlerini usulca kitabenin üzerinden çekip Ozan'ın gözlerinde bırakmıştı. Duygusal, içli bir sesi vardı dudaklarını aralarken:

– Yoksa yanlış bir iş mi yapıyoruz biz?

Ozan şaşırmıştı. Gözlerinin derinliklerinde beklerken hüzün vardı siyah bebeklerin esrarında:

– Neyi?

Hazin, duygusal bir nefes alıyordu Melisa.

– Biliyor musun Ozan, ben göçmen bir kuşum ülkenizde. Mevsimler değiştiğinde bir de bakmışsın göçmen kuşlar ansızın kanatlarını hazırlamışlar uçmak için. Hiç farkında olmadan haksızlık ediyoruz kendimize. Buruk vedalara, bile bile hazırlıyoruz kendimizi. Sonuçlarını bile bile, şaşırtan bir aymazlık içinde ve umursamaz. Bile bile araya engel koymayışımız; hatta bunları bize hatırlatmaya çalışan duygularımızın üzerlerini örtüşümüz.

– Anlamadım?

– Anladın aslında. Hislerimizle oynamaya başladık gibi. Sevdaya dönüştü arkadaşlıklar. Hiç düşündün mü? Oysa, uçurumlar var aramızda. İnanç farklılığı, milliyet farklılığı. Hep uzaklarda ve uç mesafelerdeyiz birbirimize. Bunları bile bile...

– Ne demek bu?

– Ben gönlümü kaptırmışım farkında olmadan. Ya sen?

– En anlamlı cümleleri bakışlar kurar. Gözlerimizin, yalanı bilmeyen dilleriyle konuştuk şimdiye kadar. Anlamış olmalısın bakışların dilinden.

Melisa ile tam bir zıtlık içindeydiler. Ela, derin gözleri vardı Ozan'ın. Hafif dalgalı, biryantin yemiş gibi parlayan kuzgunî siyah saçlarını ahenkli tarayışı, biraz daha çekicilik kazandırırdı çehresine.

Tam erkeksi bir görüntü verirdi fizikiyle. Her şeyi ciddiye alan mizacıyla, yine de tebessümü sık sık hatırlayışı ısındırırdı yürekleri birbirine. Boyu oldukça uzun, balık etinde, atletik bir yapısı vardı vücudunun. Çelik gibi keskin bakışları, anlam kazandırırdı kişilik yapısına.

Melisa'yı ince bir titreyiş sarmıştı. Soluklanışı değişmişti birden ve kalbinin atışları hızlanmıştı ürpertisinden. Ürkek bir ceylanı andırmaya başlamıştı ve yine tedirgindi bakışları...

Heyecanını, yüreğinden, yüzünün pürüzsüz derisinin üzerine doğru çekmişti. Allı, morlu ve eflatun renklerin alevleri tutuşmuştu yanaklarında. Sesi yüreği kadar titrekti konuşmaya çalışırken. Masumiyeti bozulmamış, saf bakışlar buluştu önce:

— Ozan!

Susmuştu. Ozan dikkatle bakıp, deşelemeye çalışıyordu ürpertisini. Aslında biliyordu; ama yine de soruyordu.

— Neden değiştin birden?

Yeniden derin bir soluk indiriyordu ciğerlerine.

— Belli oluyor demek?

— Evet, çok belirgin bir ürperti var bakışlarında.

Toparlanmış ve şeffaf bir bakış uzatmıştı ela gözlerin derinliklerine. İçli bir sesi vardı.

— Bir şeyi çok istersin, eline fırsat geçer o hususta. İnsan elinde olmadan şaşırıp kalır ya, işte o an?.. Hazırlıklı değildir arzularına kavuşmak için. Sanki, o duyguların üzerindeki külleri deşeleyen bir başkasıymış gibi. İşte ben şu anlarda sana anlatmaya çalıştıklarımın benzerini yaşıyorum... Arzuların test edilmemişi ürpertir ya yüreği! Hani bir titreyiştir başlar insanda, yolların geriye dönülmesinin güçleştiğini hissettikçe. Duygular panik yaşarlar ya Ozan. Ben o anları yaşıyorum gözlerinin içine bakarken. Hani uçuk bir pişmanlığın alevleri tutuşur insanın yanaklarında... İstekle isteksizlik, daha doğrusu istekle korku arası bir kaostur kuşatır duyguları. Sevinç mi yoksa korku mu, çözemezsin. İşte öyleyim şu anlarda ben. Şaşkın, ürkek ve karmaşık düşüncelerin sarhoşluğu var üzerimde. Onları okumakta mısın gözlerime bakıp? Sence de aşk egzotik bir bitkiye benzer mi Ozan?

– Sen bir bitki değilsin ki Melisa. Düşüncelerin ve korkun işte o kadar yersiz ve anlamsız. İnsan her toprağın üzerinde yaşar.

– Ya inançlardaki farklılık? Onlar da her yürekte aynı tomurcukları patlatabilme şansına sahipler mi sence? Aynı anlayış, aynı koku, aynı özelliklerle çiçek açarlar mı dallarında? İnançtaki renklerin tonları, sahi onlar da önemli değiller mi sence? Biliyor musun, din, hülyalarımın süsüdür benim. Ben, hissedemediğin kadar inançlı birisiyim.

– Belki de daha derin bir yapılanışı vardır benim kalbimde. Bu korkacak birşey değil bence. Ben de yüreğimi senin inandığını söylediğin aynı Allah'a açtım. O herkesin Yaratıcısıdır Melisa. Birleşen yolların anlamını taşır inançlar.

– Beni asıl korkutan da o ya. Senin de manevi değerlerinin alternatif kabul etmez boyutlarda oluşu. Ben İncil'e, sen ise Kur'ân'a inanmaktasın Ozan. Ben, İsa peygambere inanıyorum, sen, Muhammedîsin. Bu uçurumların aramıza girişi korkutmakta beni...

– Sen duyarlı bir kızsın Melisa. Sevmekten korkmamalısın. Senin o ince zarif düşüncelerin, Allah'a olan inancın, handikapların çoğunu kaldırmakta aramızdan. Ben münazarayı severim. Karşılıklı tartışır, kültürümüzü, inançlarımızı konuşur analize tabi tutarız. Her şeye Muhammedî bir gözle bakışım doğru. Senin hıristiyan oluşun beni incitmediği gibi, benim Muhammedî oluşum da seni korkutmamalı. Her şeyden önce, kimse insanların ne günahlarının teftiş memurlarıdır, ne de sevaplarının tesbit memuru... Konuşuruz bunları. Aynı noktada buluşuruz ya da buluşmayız. Mesele olmaz.

Melisa, efsunlu bakışların çağlayanlarına gömülmüştü. Sesi kısıktı konuşmaya çalışırken. Onu bilerek yapıyordu; ancak titreyişi, elinde olan birşey değildi. Soluğu biraz daha derinleşmişti sanki. Boğuntulu bir görüntüsü vardı aşırı heyecanından.

— Karamsar umutlarımı yeşerten bir davranışın olmuştu. Duygularımın en demli yerinde yakalamıştın gözlerimi.

Ozan pürdikkat Melisa'yı dinliyordu.

— Geçen pazar beni reddetmeyişin var ya...

— Kiliseye birlikte gidişimizi mi kastediyorsun?

— Evet.

Bir müddet duraklamıştı Ozan.

— Anladım, diye mırıldanmıştı. Bence bu noktada bu konuya keşke hiç girmeseydik. Birbirimizi daha iyi tanıdıktan sonra tartışırdık.

Yüzünün ifadesi değişmişti Melisa'nın.

— Tanımak! Biliyor musun, ben de en az senin kadar hassasım bu konuda; yani benim yüreğim de taassubu en az senin kadar tanır. Arzuların oyununu oynamaya müsait değilim, demek istemiştim.

— Ben, "Birbirimizi daha yakından tanısaydık." derken o anlamda değildi söylemek istediğim şey. Benim inancımda da yasaklıdır o oyunları kuralsız oynamak.

— O halde?

— İnancı yüreklerimize koyan Allah, aşkı da yarattı. Gönüllere kendi sevgisini dolduran Yaratıcı, haddi aşmamak şartıyla; yani günaha girmemek kaydıyla sevgiyi de koydu. Her insanda olduğu gibi benim de bir gönlüm var ve seni görür görmez işte oraya bir cemre düştü.

Mahcup bir tebessüm belirmişti dudaklarında.

— Hay Allah, diye mırıldandı. Anlat o zaman. Hiç duymadığım şeylerdir bunlar.

— Aslında hareketlerime rahatlık kazandırmak için, hafifletici mazeretlerdi bunlar. Bizim inancımızda helâl-haram kavramları vardır

Melisa. Erkek-kız arkadaşlıkları hoş karşılanmaz. Böylesi beraberliklerde nefisler girer devreye, günaha davetiyeler çıkmaya başlar. Bu benim kendi fikrim daha çok. Cemre düşen bir yüreğin mazeretleri bunlar. Benden korkmamalısın. İşte bu doğru. Ben İlahî kurallara ve bütün evrensel insan haklarına saygılıyım. Mukaddeslere ve kişiye özel değerlere fenalık düşünmediğimi açık bir ifadeyle söylemek istiyorum.

Bizim inancımızda aslolan, kadın kişiye özel yazılmış İlahî bir mektuptur. Onu sadece ve sadece nikâhlısı olabilecek erkek okuyabilir. Başkası tarafından açılıp okunmuş olanlarsa, onlar masumiyetlerini yitirmiş mektuplardır.

– Ya erkekler?

– Onlar da eşleri olacak kadınlar için yazılmış, sadece onların okuyabilmesine müsaade edilen mektuplardır. İnançta ve ilahî bildirilerde eşitlik ilkeleri hiç bozulmamıştır.

– Ya inançların ayrılığı hususunda?

– Asırlardan beri hiç üzerlerini açmaya yaklaşamadığımız gerçekler vardır. Onlar, arzularımızın sorumsuzca akışına, tehlike anlarında gem vurmaya kalkıştıklarımız. Hayatta yok saymaya kalkışırız genelde onları. Ya da umursamayız işimize gelmeyenleri. İsyan ederiz onlara. Sorgulamak istemeyiz içimizden bizi rahatsız eden ikazları. İsyanları yaşarız. İnanılmaz duyarsızlıklar içinde yaparız bunu. Din dogmatiktir. İlk insan ve ilk peygamber ünvanını alan Âdem peygamberin yaratılışıyla, ona nasıl yaşayacağı ve neye nasıl inanacağı, hatta nasıl ibadet etmesi gerektiğine kadar her hususun eğitimi yaptırılmış. Hayatın gerekli bilgileriyle donatılırken, ona haram ve helâl olanlar öğretilmiş. Doğrular ve yanlışlar listesi sunulmuş yaşayacağı hayat için. Ona hayat arkadaşı olarak bir de kadın verilmiş. Bütün insanların annesi olan bir kadın: *"Havva anamız."* İnsanlığın ilk serüveninin yeryüzünde başlayışıdır onlar; yani bütün insanlığın babası ve annesi. Bu bence bütün insanların başlarını avuçlarının arasına alıp derin derin düşünmelerini gerektirecek, çok ilginç ve can alıcı bir hadise. Bu pencereden baktığınızda renkler ve ırkçılık anlamını yitirir. *"İnsan denilen kutsal değer"* devreye girer bu bağlamda. Bunu zaman zaman sen de düşünmelisin Melisa.

– Kafamı karıştırdın sen. Dur biraz. Ya ülkelerimiz? Oldu olacak, onların sınırlarını da kaldır, olup bitsin şu iş...

– Sen işin esprisinde misin hâlâ?

– Yo hayır, konuştukların çok ilgimi çekti aslında. Anlat. Ya ülkecilik?

Soruyordu, dikkatle dinliyordu Melisa. İçi rahat değildi', huzursuzdu etrafındakilerden. Arada bir kulaklarına kadar ulaşan fısıltılarda kin vardı ve buram buram bir macera kokuyordu takiplerindeki seyir. Bazen kaçamak bakışlarla kontrol ediyor etrafını, Ozan'ı kuşkulandırmamak için direniyor, ilgisini ona yönlendirmeye çalışıyordu tekrar.

– Irkçılığı ortadan kaldırırken, ülkeler coğrafyasının sınırlarına dokunmak istememiştim. Benim inancımda Yaratıcı buyuruyor ki: *"Sizi kavimler olarak yarattık. Birbirinizle iyi geçinin, alış veriş edin diye."* Bu anlamda.

Kavimler, kabileler; yani milletler olarak yaşanılacağına işaret etmekte kutsal kitap; iyi komşuluk etmemizi, haklara riayet etmemizi de şart koşmakta...

– Âdem peygamberin serüveni bitmemişti.

– Hayat ilahî bir senaryodan ibaret bana göre. İnsanlık tarihinin başlangıcı da, senaryonun çekime hazır oluşu: *"Yasak meyve."* hikâyesi var senaryonun hemen başlarında. Âdem peygamberle Havva anamız, o kendilerine yasak edilen meyveyi yedikleri için cezalandırılıp cennetten çıkarılırlar. İnsanın dünyadaki serüveninin de çekimlerine başlanmış olur. O halde din dogmatik. İlahi emirler manzumesinin ilk halkası Âdem peygamber ve en son halkası da Hazreti Muhammed aleyhisselamdır. Peygamberler inen bütün kitaplar ve onların bünyesinde bulunan bütün İlahî emirler de aynı kaynağın sesi.

İnsanlığın en büyük yanılgısı bence şu: Tarihin derinliklerinden başlayan yolculuklarda, kademe kademe insanları uyarmak için gönderilen kitaplar ve peygamberler hakkındaki insan çelişkileri. Bu çelişkiler ve derinliklere inişlerden korkuşun vehmi, insanın önündeki imtihanı güçleştirerek tehlikeye soktu...

Tevrat'a inananlardan bazı insanların İncil'e inanmayışlarıyla başladı her şey. Daha sonraları hem Tevrat'a, hem de İncil'e inananların çokları Kur'ân'ı içlerine sindiremeyince, İlahî kitapların inananları ayrı ayrı dünya görüşleri sergilemeye ve taraf toplamaya başlamışlardı. Oysa, ilk Peygamber ve ilk insan olan Âdem peygamberden günümüze gelen semavi kitapların hepsi de kuşkusuz Yaratıcı'nın insana seslenişiydi. Elçiler, o sesin duyurusu için gönderilen seçilmiş görevlilerdi. İlahî vahiylerden dediğimiz bütün nüshalar, Tevrat nehrine dökülen nurlu bir ırmak; Tevrat, İncil denizine dökülen ihtişamlı bir deniz ve İncil kendisine karışan dereler, çaylar, ırmaklar ve nehirlerle birlikte son yolculuğu olan Kur'ân okyanusuna karışan bir deniz. Kur'ân'ın bütün sayfalarında, ilk emrin sedasıyla birlikte, Zebur konuşur, Tevrat konuşur, İncil konuşur ve oradan bütün peygamberlerin menkıbeleriyle birlikte gür sesleri yükselir semalarımıza. Neden ayrılıyoruz ona giden yolda? Neden kavgalar, kinler ve yeryüzünü kan gölüne çeviren anlaşmazlıklar? Bunların sebeplerini işte bu serüvenin derinliklerine inerek buluruz...

İyice dalmışlardı. Etraflarında olup bitenleri âdeta hiçe sayan bir dalıştı bu.

Kırk kişilik gruptan çoğu, kendilerine rehberlik eden iki öğretmenin etrafında toplanmışlardı.

Sınıf öğretmenleri erkekti. Edebiyat öğretmenleri kadın. Zaman öylesine eriyip geçmişti ki, artık ziyaret neredeyse dönüş anlarını yaşıyordu.

Zaman, Melisa ile Ozan için bir nefes kadar kısa, Ilkay ve yanından ayrılmayan iki arkadaşı için, oldukça sıkıcı ve uzundu.

İçindeki kin, usancı yaşatıyordu İlkay'a. Aynı hedefi, adım adım dakikalardır göz hapsinde tutuyorlardı.

Öğretmenler ve onların etrafını saran talebeler, antik kentin en son noktasını da incelemişler ve artık dönüşü başlatmışlardı. Melisa ve Ozan ancak yolun yarısına kadar gelmişlerdi.

İlk hayranlık, ilk heyecan, yerini gönül işlerine ve inanca bırakınca yarım kalmıştı başlattıkları tur. Grup, aynı ilgi ile geçmişti yanlarından. Onlar, yine gerilerinde kalmayı tercih etmişlerdi konuşmak için.

Melisa, kaçamak bakışlarıyla bir şeyler arıyordu etrafında. Hayreti biraz daha çoğalmış ve kaygıları oldukça artmıştı.

Onlar hâlâ peşlerindelerdi. O, kındaı bakışlar üzerlerindeydi yine. Ozan, Melisa'nın bakışlarından bir şeyler sezinmişti ve aynı noktaya çevirmişti gözlerini.

Melisa anlaşılan sabrını tüketmişti. Tedirgin bakışlarıyla Ozan'ı süzerken mırıldandı.

– Sence ne yapmak istiyor bunlar?

– Aldırma.

– Sürekli göz hapsindeyiz.

– Önemsememelisin o kadar.

– Rahatsız olmaya başladım Ozan. Bu çocuk yüzsüz. Sen bilmiyorsun. Kaç defa yolumu kesip arkadaşlık teklifinde bulundu. Her defasında reddetmeme rağmen, gölgem gibi peşimde. Tehdit etti bir defasında. "Kabul etmezsen, o güzel yüzün, kezapla tanınmaz hale gelebilir" diye.

– Korkmuşsun.

– Korktum.

– Aldırma. Ateş olsalar sadece düştükleri yeri yakarlar.

– İyi ya, benim üzerime düşmek istiyor. Çok fena bir çocuk, o.

– Aldırma ve unut şimdi. Bak, hani birbirimizi daha iyi tanımak diyordun ya?

– Evet.

– Akşam yemeğinde ayrı bir masaya oturup, kendimizi anlatalım ister misin?

– İsterim.

Onlar da yürümeye başlamışlardı grubun peşinden. Hemen, üç beş adım arkalarında ve takiptelerdi.

Fısıltılar geliyordu kulaklarına. İlkay, sabrı tüketmişti anlaşılan ve öfkesinin belirtisi olarak bir top tükrük atmıştı yere. Dişlerini sıkıyor, dudaklarını kanatırcasına geviyordu hırsından. Susturucu takılmış, nefret dolu bir sesti dışladığı:

– Ulan, dayanamıyorum artık. Âşıkım ulan, âşık...

Soner, boğuntulu bir sesle karşılık veriyordu arkadaşına.

– Bence yeri ve sırası değil.

– Âşıkım ulan!..

Kürşat anlamsız buluyordu arkadaşının davranışını.

– İstersen vazgeç. Bu tek taraflı olmaz.

– Geçmem ulan. Bakın, az sonra bozarım onun fiyakasını.

Soner taşkınlık yapacağını sezip önüne gerilmişti.

– Öğretmenler?

– Olsun ulan. Çekil önümden.

– Haksız çıkarız sonuçta.

Arkadaşlarına kahırlı baktı ve yüreklerini kabartan göndermeler yaptı onları etkilemek için.

– Ne o, korktunuz mu hemen? Ben olsam sizin için canımı verirdim be.

Kürşat gönülsüzdü, gözlerinin içine bakarken.

– Biz de canımızı ortaya koyarız da, meselende haklı olman gerekir bunun için.

– Ne yani, haksız mıyım ben şimdi?

– Anlamış olmalısın.

– Ya, engelleyemiyorum kendimi. Çok seviyorum onu, çook...

– Çocukluk ediyorsun, kız seni sevmiyor ki.

– Sevecek ulan.

– Tamam, anlaşıldı. Nasıl istersen. Bizden hatırlatması.

– Üç kişiyiz. Onlar iki. Hocalar söylediklerimize inanırlar ne de olsa.

– Yani, yalan da mı söylemeliyiz?

Grup arayı oldukça açmıştı. Melisa ve Ozan onların on, on beş adım daha gerilerinde yan yana yürüyor ve konuşuyorlardı. Ilkay gönül dalgalarının kabarışına dayanamamıştı anlaşılan. Arkadaşlarına da öfkelenip beklenmedik ölçüde adımlarını açmış ve aradaki mesafeyi bir nefeste kapamıştı. İlk işi, etraflarına aldırmaksızın yürümekte olan ikiliye iyice sokulup, Ozan'ın ayağına sert bir çelme takmak olmuştu.

Melisa şaşkındı. Ozan, beklemediği bir çelmeyle dengesini yitirmiş, yüzükoyun uzanmıştı yere.

Heyecan dolu, ölçüsüz bir feryattı semalara doğru çekilip giden.

– Yapmaaaaaaa!

Bu ses herkesin dikkatini aynı noktaya doğru çekiyordu. Öğretmenler ve öğrenciler duydukları bu ürperti veren çığlığın heyecanına kaptırmışlardı kendilerini.

Biraz gerilerinde bekleyen Soner ve Kürşat aynı şaşkınlığı paylaşıyorlardı. Hadise yerine çok yakın bir mesafede heykelleşmiş gibi duruyorlardı ikisi de.

Ilkay, herkesin zıddına yerde yatan Ozan'ı seyrederken sevinçten gözleri parlıyordu.

Ozan'ın, ızdıraplı bir çehresi vardı, düştüğü yerden toparlanıp kalkmaya çalışırken.

Oturduğu yerde, ilkin bacağını yokladı. Pantolonunun paçasını dizinin üstüne kadar sıyırmıştı. Soyulmuş kanıyordu.

Acının en demli yerinde yakalamıştı Melisa, Ozan'ın gözlerini.

– Bir şeyin yok ya?

Derin bir nefes aldı önce. Muzdarip bir yüzle inceledi genç kızı ve:

– Aldırma, diye mırıldandı onu rahatlatmak için... Acı patlıcanı kırağı vurmaz.

Güçlükle kalkmıştı oturduğu yerden. İlkay'ın gözlerine dikmişti gözlerini. Onu aşağılayıcı bir bakıştı tutturduğu.

– Neden yaptın bunu?

O bir kahraman gibiydi. Ellerini beline koymuş, hâlâ tahrik eden bir gülüş vardı dudaklarında cevaplarken.

– Canım öyle istedi de.

– Ne demek oluyor bu?

– Aptallaşmasana! Mesaj açık işte.

Öğretmenler ve talebeler kapatmaktaydı aradaki mesafeyi. Melisa, sokulmuştu İlkay'a. Tiksintili esen bir rüzgâr kaplamıştı yüzünü.

– Bir ayna bulup yüzüne bakmalısın şu an.

– Çok mu güzelleşmişim?

– Aksine, küstahlığın rengi sinmiş suratına.

– Sen beğendiysen mesele yok.

– Öfkenin şimdiye kadar aşkı kazandığı hiç görülmüş mü?

Öfkeli delikanlı kendisinden emindi.

– Kazanacak.

Öğretmenler ve arkadaşlarının etraflarını sarması an meselesiydi. İyice daralmıştı aradaki mesafe.

Ozan'ın hareketine imkan tanımayan bir ortam oluşmuştu. Öğretmenleri ve arkadaşları sarmışlardı etraflarını.

Sınıf öğretmenleri kaygısını gidermek için soruyordu.

– Neler olmakta burada?

Ozan, paçasını indirdi. Eğilip tozlarını silmeye başlamıştı üzerinin. Soğukkanlı bir eda ile bakıyordu öğretmenin gözlerine.

– Ayağım takıldı ve düştüm.

– O çığlık neydi?

– Melisa korkmuş olmalı.

İnanmamıştı öğretmen. Sakince deşeledi Ozan'ı.

– Birbirinize dalaşmadınız ya?

– Hayır öğretmenim. Bir sebep yoktu ki dalaşmamız için.

– Pekâlâ! Derli toplu yürümelisiniz. Dağınıklık istemem.

– Tamam.

Edebiyat öğretmeni sokulmuştu yanına:

– Bir şeyin yok ya?

– Biraz sıyrık var. Önemli değil.

Melisa son defa bakıyordu Ilkay'a. Fısıltılı bir sesti ulaştırmaya çalıştığı.

– "Ben yaptım" deseydin ya.

– Korkmasaydı, o söylerdi.

– Korkaklık senin ruhunda var bence.

– Eeee, yeter be! Değer mi o muhallebi bebesi için bütün bunlara?

Öğretmen talebelerinden toparlanmalarını istemişti. Yolları oldukça yaklaşmıştı otobüslerinin beklediği mevkiye.

Sessiz bir yürüyüş başlatmışlardı sürtüşmenin arkasından. Melisa, Ozan'ın yanından ayrılmadan yürüyüşünü sürdürüyor, Ilkay yenemediği öfkenin anaforunda, kindar bakışlarıyla takip ediyordu onları.

Gönül kayalıklarındaki vehimlerin, kaypak duyguları vardı bakışlarında. Ölçülü yaklaşıyordu bu yüzden. Aradaki uçurumların korkunç mesafeleri yutuyordu hissiyatını.

Güneş, batı yakasında yaman bir manzarayla tutuşmuştu bu akşam. Kızıl bir tepsiyi andıran yüzü alev alevdi. Kocayan bir günün daha hüzünlü bir tükeniş seromonisi tülleniyordu gökyüzünde. Dünya, lekesiz bir gökyüzünün yıldızlarına ve Ay'ına kalacaktı biraz sonra.

Otobüsleri, onları bir sahil lokantasına götürmüştü. İkisi aynı kanepeyi paylaşmışlardı oturmak için... Yol boyu duygusal bir ifade vardı yüzlerinde. Çok az şey konuşmuşlardı. Derin bir gönül boğuntusunun havası vardı çehrelerinde. Yürekler bilinmez sebeplerle buruktu bu kez. Belki de az önceki hadiseyi unutup, çetin bir sorgulamaya çekmişlerdi kendilerini.

Yüreklerinde taze, duru cemrelerle, sanki bu ilk adımın tereddüt denizinde yüzüyor gibilerdi.

Güneş, Akdeniz sularının üzerinde emsalsiz bir dekor kurmuştu gökyüzünde, inanılmaz bir güzellikte batıyordu.

İki katlı tesislerin üst katındaydılar. Masaları hemen pencerenin kenarında o emsalsiz manzaraya açılmış, denizle gökyüzünün arasındaki cümbüşe dalmıştı bakışları.

Melisa, sihirli bakışlarını güneşin vedasından çekip Ozan'ın gözlerinde bırakmıştı. Uzun soluklu, inadına hassas ve içli bir bakıştı bu. Hisleri kabartan, gönülleri tuğyana hazırlayan, masumiyeti andıran bir ifadeyle bekliyordu arkadaşının gözlerinin derinliklerinde.

Romantizmi, en belirgin anlamıyla ifade eden, platonik aşkın izahıydı buharlanan yeşil gözlerinin mesajı. Kelimelerin sustuğu, dillerinin tutulduğu, lugatların sağırlaştığı bir anı yaşıyorlardı gençler.

İlkay, yine en yakınlarındaki masada almıştı yerini. Karşılarında oturmuş, ısrarlı bakışlarıyla, onlara diken gibi batıyordu zaman zaman. Öfkeli soluyuşu, kapaklarını fırlatan yanardağlar kadar hırçındı.

Maceracı, kana susamış bir seyirle huzursuz etmeye çalışıyordu onları.

Ozan, farkındaydı. Melisa, vakit vakit kaçamak bakışlarıyla gözetliyordu onu.

O, sert mimikli kindar delikanlının yüreklenişi üzmüştü genç kızı. Aklından geçenleri sezmiş gibi yüzünü ekşitiyor, dişlerini sıkıyordu öfkesinden.

Duygusal bir iklimin hazlarını katleden cellat kadar sevimsizdi karşılaşan bakışlar.

Söyledikleri yemeğin masalarına gelmesini bekliyorlardı. Ozan'ı tahlilde güçlükler çekiyordu Melisa. Ondan, dikbaşlı, gururlu, kavgacı birisi olarak söz etmişlerdi.

"Abartı mıydı duyduklarım?" diye soruyor olmalıydı kendisine.

Düşüncesinde esen karmaşanın rüzgârları, derin çizgiler bırakıyor alnında, vehmin kanatlarına takılıyor kararsızlık içinde çırpınan aklı.

Guruba bakıyor, muhteşem dekorlarla sularda yansıyan veda anına ve yeniden duygularının sert esintiler oluşturan kasırgalarına takılıyor yüreği farkında olmadan. Ozan'ın gözlerinde yakamozlaşıyor yakut yeşili gözler. Sesinde içli bir nota oluşuyor mırıldanırken.

– Ozan!

Gözlerin mesafesiz derinliklerinden ses veriyor sanki ve aynı hassasiyeti taşıyor dudaklarında kelimeler.

– Efendim?..

– Şu an okuduğumuz kolejin sıralarına oturduğum gün seni tanımıştım ilk. Duygularım bile bana bu emri veriyordu sanki. "Bu genç iyi bir arkadaş." Sende bir mıknatıs varmış da beni kendisine doğru çekiyormuş gibiydi adeta. Ben dirensem bile sana doğru itilmekteydim. Bunu hissediyordum. Öylesi inanılmaz bir dostluktu aramızda oluşan. İçimden yorumlamak bile gelmemişti sebebini. Sana doğru yaklaşıyordum ve memnundum bundan. Bir de baktım, ayrılmaz bir bütün oluşturmuşuz seninle. İyi birer arkadaş olduk sonuçta. Seni yeterince tahlil ettiğimi sanmıştım başlangıçta. Söyler misin bana, önceki intibalarım mı yanlıştı, yoksa sen benim anlamaya çalıştığım Ozan değil misin?

— Seni cevaplayabilmem için bana ilk tanıdığın Ozan'ı anlatmalısın.

— Ha, o kişilik sahibi, kendisini çok iyi dengelemesini bilen, zeki, gururlu bir Ozan'dı.

— Ya şimdi Melisa?

— Seni çok farklı anlatmışlardı baştan.

— Mesela?

— Demiştim ya, dikbaşlı, kavgacı, gururlu, kimseyi fazla beğenmeyen. Öfekelendi mi birkaç kişiyi anında silindir gibi ezip geçen bir Ozan. Öyle söylemişlerdi işte. Duyduğum ve gördüğüm, beynimde şekillendirmeye çalıştığım, hayallerimde devleşen bir Ozan kazınmıştı hafızamda. Onun için de sana seni sormak ihtiyacını duydum.

— Melisa!.. Güçlü olmak... Onun, her öfkenin arkasından denenmesi demek mi oluyor?

Melisa aldığı cevapla irkilmişti. Utancın rengi çökmüştü yüzüne.

— Başka bir şafak söktü senin düşüncende. Yanlış anladın sözlerimi, ya da ifade edemedim. Kavgadan nefret ederim ben. Maceracı bir ruhum da yok. Belki romantizme sevdalı bir yüreğim var. Şöyle söylemeliyim o halde. İlkay, sana çelme taktı ve düştün. Dizin parçalandı, acı çektin. Kasten yapılmış bir hareketti bu sana. Bir meydan okuyuştu daha doğrusu. "Ona karşılık vermedin." demiyorum. Neden karşılık vermekten kaçındığını sormak istiyorum sadece.

Acı acı gülümsemişti, sitemli bakıyordu Melisa'nın gözlerinin içine.

— Bilmem, karşılık vermek istemedim nedense. Ondan korktuğum için değil, belki de o istisnaî ânın şevki kaçmasın diyedir.

– Ozan, kaçamak bir cevaptı bence bu. Bir delikanlının onurunun ne demek olduğunu az çok bilirim ve üstelik, o an çehrenden nasıl azap çektiğini çok yakından gördüm. İnandırıcı olmalısın bence. Gururun ezilişini başka şeylerle ifade etmelisin? Daha doğrusu içimdeki Ozan'ın silinmemesi için bana bir şeyler anlatmalısın.

– Melisa! Hani sen maceracı, kavgacı bir ruha sahip değildin.

– Öyleyim. İnanmak istiyorum sana, Ozan, kendisinden sorduğum Ozan'ı anlatmalı bana.

– Anlaşıldı. Babama söz verdim, kavga etmemek için.

– Sana diş bileyenler, bunu sezdiklerinde, huzurun daha da kaçar. Yanlış anlama beni. Zorlanıyorsan, bazı şeyleri anlatmakta mecbur değilsin.

– Yâ, bir sır değil ki bu. O halde dikkatle dinlemelisin.

Sevinmişti. Gözleri parlıyordu etrafını seyrederken. Kaçamak bakışlar attı birkaç masa ilerisinde oturan Ilkay'a. Kin vardı projektör gibi yanan gözlerin ışıklarında. Bozuntuya vermeden gözlerinin istikametini değiştirmişti Melisa. Ozan'ı dinliyordu.

– Karate kurslarına gidiyorum. Siyah kuşaktayım şu an. Ellerimi ve ayaklarımı silah gibi kullanırım istesem; fakat geldiğim belli bir noktada, inancımın bana verdiği ve ayrıca olması gerektiğine inandığım ilkeleri var düşüncelerimin.

Ben, gözyaşlarının, kırık gönül yansımalarının hastası olurum. Barış karşıtlarının, ahlâk engellilerin, inançlara saygısızlık edenlerin karşısındayım sadece.

Onun için, çok mecbur kalmadıkça, arkamda kırık bir kalp, yaşlı bir göz bırakmak istemem.

– Ya, anlayabilmiş değilim seni. O bir gururla oynayıştı... Seni küçük düşürüşü, hadise mecburiyeti değil miydi sence?

– Yer ve mekan! demişti Ozan.

– Pardon. Anlat. O halde...

– Karate kursunda ve siyah kuşaktayım demiştin. -Pekâlâ...- kaynaşıp anlaştığım üç arkadaşım olmuştu kursta. Yani mefkurelerimizin de uyuştuğu üç arkadaş... Bir grup oluşturmuştuk onlarla. "AHLÂKIN BEKÇİLERİ." Beraberliğimiz, adını da koymuştu ona. İşte bu bağlamda biraz daha başa dönmek istiyorum.

Gezip dolaştığım sokaklar, seyrettiğim filmler, fikir ayrılıklarının da burukluğunu yaşayan yüreğim, beni de sokaklar ve filmlerdeki hayat tarzları gibi maceraya yöneltiyordu. Asude bir hayat anlayışının şeffaflığı yoktu yaşadığımız ortamda. Hep kasırgalar, fırtınalar, vurmak, kırmak ve soymak. Bir mafya geleneğine dönüktü hayallerimiz.

Daha ilkokul son sınıftaydım. Kung-fu'lu, karateli, bokslu filmler, kendisinden övgülerle bahsedilen mafyalar, kabadayılar dolaşıyordu kanlarımızda.

Her yerde ön saflarda olmak, kendimden bahsettirmek, gücümle kendimi ispatlamak duygusunun peşindeydim. Herkes bir gün benden de korkacaktı. Ama nasıl?

Önce aile yapısını anlatmalıyım sana. Ailenin en büyüğü ve en saygın siması dedemdir; yani büyük babam. Kendimi hatırladığım günden beri, bütün varlığımı onun sevgisiyle ve tarzlarıyla kuşatan, hayranlığını yüreğimde gün be gün artıran insandı o. Hakkı, haklıya teslim eden, dürüst, yalanını hiç yakalayamadığım açık sözlü bir insandı. Otoriter, bakışlarının dilini en güzel konuşturan insandı. Eşine karşı anlayışlı ve sadık. Adı Yusuf. O da vaktinde kabadayı, korkusuz, tuttuğunu deviren cinsten bir yiğitmiş. Hayatta tek özendiğim kişi ve ulaşmak istediğim hedeftir o. Bana "cahillik" diye adlandırdığı gençlik yıllarından söz ederdi sık sık. Haylazlıklarından, kavgalarından; hatta pişmanlıklarından, insanın dört mevsiminden.

Çocukluk çağları, masumiyet yıllarıydı dedeme göre. Delikanlılık, başında kavak yellerinin estiği yıllar. Sevmek, coşmak, macera, bahar selleri gibi kükreyerek aktığı zamanları insanın... Daha sonraları, sonbahar rüzgârları vururmuş gönül tomurcuklarını. Hayatı sorgulamaya başladığı vakitleriymiş ömrün. Genellikle çağırının habercisi olan kış mevsimi başlarmış, sitemleriyle yakınmalarıyla. Tek sermayesinin yaptıklarını saymaya yettiği çağını yaşarmış insan. Ben daha çok onda kavak yellerinin estiği çağların öykülerine hayrandım. O, arkadaşlarının içinde oyun kurup oyun bozan, yüreklere korku saldığı günlerin anekdotlarını kazımıştım hafızama.

Daha çok dedemlerde kalırdım. Evlerimiz birbirinden uzak mesafelerde değildi. Geniş ve oldukça ihtişama sahip bir bahçenin içinde karşılıklı kurulmuş dubleks binalarda kalıyorduk.

Dedem hürriyetine âşık bir insandı. O yüzden ayrı ayrıydı evlerimiz. Yemeklerimiz ayrı pişirilir; ama çoğunlukla aynı sofralardı paylaştığımız.

O, şimdi yetmişini aşkın yaşında, koltuk değneklerinin destekleriyle yürüyebilen içli, hassas yapılı; ama anlayışlı bir insan.

Babaannemle tam bir uyum içindedirler. Onun adı "Melek." İsmiyle ruh yapısı benzerlik ifade eden, ak saçlarını ak örtüsüyle kapatan, şefkat abidesi bir kadın...

Dedemin, talihsiz bir kazanın sonucu, sol diz kapağı sakattı. O yüzden işlerin ağırlığı yıllardır babamın üzerine kalmış...

Babam inşaat mühendisi. Yakışıklı ve uzun boylu. Güleç yüzlü, esmer, siyah saçlı, ela gözleriyle dikkatleri üzerine çeken bir yapısı vardır. Babamla iki arkadaş gibiyiz. Hayatımda sadece bir defa kırılmıştım ona.

İlkokulda, okul birincisiydim. Diploma merasimi tertiplenmişti okulumuzda. Başarılı talebelere hediyeler verilecekti o gün.

Dedem, babaannem, babam, annem ve kardeşlerim geleceklerdi. En sevinçli günümdü. Çıkacağım birincilik kürsüsünde, onlarla paylaşacaktım başarımı.

Babam nedense, bana o sevinci hayallerimde kurduğum gibi yaşatmamıştı...

Sabah erkenden kalkmıştı aile. Herkes hazırlıklarını tamamlamıştı. Ağabeyim Oğuz, hepimizin küçüğü Esra, herkes hazırdı.

Ve babam, sabah yaptığı bir telefon konuşmasına kadar o da hazırdı. Konuşması bittiğinde neşesi hiç de iyi değildi. Bana yaklaştı, saçlarımı okşadı ve yanıma oturup gözlerimin içine kederle bakmıştı.

– Bak arkadaş, dedi. Kusura bakmazsın artık. Hiç hesapta olmayan bir yolculuk çıktı.

Sevincime inanılmaz bir gölge düşürmüştü açıklaması.

– Neden?

– Bursa'ya gitmem gerekiyor.

– Törenden sonra gitsen?

– Olmaz, hemen çıkmalıyım.

– Yani çok mu önemli?

– Çok! İnşaatlarda mühim bir aksilik sözkonusu.

– Bilmem ki.

Saçlarımı karıştırdı ve yanağımdan öptü.

– Üzülme canım. Deden, babaannen, annen, kardeşlerin var yanında.

– Herkesin yeri bir başka tabii ki.

– Asma suratını canım.

Israrım çok içtendi.

– Gitmesen, olmaz mı?

– Olmaz. Anlatamam şu an.

Tören ne de olsa buruk geçmişti o gün. Dedem ve babaannemle teselli etmiştim kendimi.

Babam, annemin anlattıklarına bakılırsa, çok yoğun bir iş adamıydı. Bu yüzden olmalı ki ayın yarısını dışarılarda işinin takibinde, seyahatleriyle tüketirdi. Bizimle ilgilenebilmek için çok az vakti vardı senin anlayacağın. Belki de, sırf bu yüzden ben dedeme yaklaşmışım, baba şefkatini bile onda aramışımdır.

Yanlış anlamamalısın Melisa. Babam yine de çok fedakâr bir insandır. Yorgun olmasına rağmen az da olsa zaman ayırır bizler için. Annem. Çocuklarının üzerlerine kanatlarını geren, "emsalsiz" kelimesinin abartısız kullanılabileceği, ender tiplerdendir.

İşte Melisa, o diploma töreni hayatımda bir milattı. Babam dönüşünde o günün eksikliğini yüreğimden giderebilmesi için ilk tavizini vermişti bana. Aylardır karate kursu için kendisinden istediğim müsadeyi alıyordum. Dedemin bütün ısrarlarına rağmen vermediği bir müsadeydi bu. O, otoriter adama bile direnmişti bunun için.

– Hayır baba. Bu konuda kesinlikle üzerime varmamalısın; çünkü ben, onun bir macera adamı olmasını istemiyorum.

Bana dönerdi her ısrarın peşinden.

– Başka şeylere özenmelisin. Hayat sadece dövüş, tekme tokat demek değil.

– Arkadaşlarım gitmekteler.

– Tamam arkadaş, faydası yok ısrarların. Unutmalısın bunu.

Seyahat dönüşü ona kırgındım. Sokulmamıştım yanına. Çok zoruna gitmişti anlaşılan. Sabah kahvaltı masasında toplanmıştık. Ağabeyimle konuşmuştu önce:

– Oğuz, anlat bakalım neler yaptın görmeyeli?

– İyiyim baba. Ya sen?

Ayaktaydı henüz. Onu öpmüş ve okşamıştı. Bana dönmüştü hemen sonra, gözlerimi yere indirmiştim, bakmamıştım yüzüne. Anlamıştı. Esra'ya geçmişti birşey sormadan. Onu öpüp okşamıştı, saçlarıyla oynamıştı. Yanımdaki sandalyeyi çekmişti altına. Göz ucuyla bakıyordum, kaçamaktı bakışlarım. Saçlarımda dolaşmaya başlamıştı parmakları. Yine de aldırış etmiyor ve bakmıyordum yüzüne. Çok alınmıştı. Sesinin sitemli oluşundan hissetmiştim bunu.

– Ne o Ozan, küs müyüz yoksa?

İçim dolmuştu nedense. Gözlerim buhar buhardı yüzüne bakarken, sükûtu bozamamıştım ne yapsa. İlgisini iyice artırmıştı gözlerimin içine bakıp.

– Çocuklar babalarına küsmezler. Hem çok mühim bir işin icabıydı yaptığım.

Ağlamamak için sıkıyordum kendimi.

– Hadi canım, gülümse biraz.

Konuşmamakta direnmiştim.

– Uzatma artık. Özür dilerim. Barışmak için yeter mi ha?

İrade dışı bir arzuydu dudaklarımdan çıkan.

– Tek şartla.

Pazarlığa başlamıştık farkında olmadan.

– Neymiş o?

– Karate kursu.

Ondan hiç beklemediğim bir tavizi kopartıyordum böylelikle.

– Tamam tamam. Düzelt artık şu suratını. Gönderiyorum.

Gözlerimin içi gülmüştü. Kirpiklerimin uçlarından asılan yaşlar düşmüştü yanaklarıma.

– Söz mü?

– Söz.

Boynuna sarılmıştım ve küskünlük bitmişti.

Ertesi sabah farklı bir gün başlıyordu hayatımda. Babam sözünde durup şoförünü göndermişti beni kaydettirmesi için. Hayallerime kavuşmuştum artık.

Öğrenmek o kadar kolay olmamıştı; ama azimliydim. Çok geçmemişti ki, kursta emsallerimin arasında en iyilerinden birisiydim.

Ortaokul yıllarımda da devam etmişti bu. Kurs artık, benim hobilerimden birisiydi. Siyah kuşağa kadar yükselecektim. Gücümü iyiden iyiye hissetmeye başlamıştım ve artık dünya kanatlarımın altındaydı.

Kolejde adımı "Dikbaşlı" koymuşlardı bu yüzden. Herkes çekiniyor ve korkuyordu benimle dalaşmaktan. Koltukları yerine oturmayan bir gururu vardı yüreğimin. Kafamın attığını anında benzetiyor, havalı geziyordum arkadaşlarının arasında; hatta mahallede. Evdekiler bıkmışlardı şikayetçilerimden.

Babam usançlıydı artık. Her defasında bana sokuluyor ve ılık duygularıyla bakıp gözlerime, ikaz ediyordu.

– Bak evladım. Artık son vermelisin şu davranışlarına.

Soruyordum ona.

– Birisi gelip sana ilinseydi ne yapardın?

– Yani, ilinmeleri için bir ortam hazırlamamış olsan bile yine de gelip durup dururken iliniyorlar mı?

– Evet.

– Ya başkalarına? Onlara da sana yaptıklarını yapıyorlar mı?

– Bilmem.

– Ozan, beni iyi dinlemeni istiyorum. Seni seviyorum ve kırılmanı istemiyorum. Seni üzmemek için, sabırlı olanları test et ve sen de onları üzmemek için çaba harcamaya çalış. Anlaşıldı mı?

– Tamam baba söz; fakat bir şartla.

– Şartın nedir?

– Haksızlıklar karşısında kesinlikle yapamam bunu.

– Unutma ki şiddet, her zaman başvurulması gereken iş değildir hiçbir zaman. "İnsanlar konuşa konuşa..." demişler.

– Tamam babacığım. Ben de öyle diyorum işte.

Teessüf ve şefkat karışımı bir bakış uzatmıştı gözlerime. Erimiştim o bakışlarda. Söz vermiştim ona. Maceraya kapılan duygularımı dengeleyip çeki düzen verecektim davranışlarıma.

Daha çok dedemin yanında eritmeye başlamıştım zamanı. Kitap okuyor, derslerime çalışıyor, yeni yeni merak alanıma girdiğini hissettiğim dinleri inceliyor, takıldığım yerde hemen dedeme müracaat ediyordum.

Dedem, dinler üzerinde iyi bir araştırıcı ve uzmanlaşmış bir insandı bana göre. Hayatı ve inançları çok iyi okuyabilen, bir hazine gibiydi o benim gözlerimde. Hiçbir hareketime; hatta taşkınlıklarıma duyduğu tepkiyi hissettirmeden, onun yanlış olduğunu anlatabilmek için engin ruh inceliklerine sahip bir anlayışı vardı.

– Sen de biliyorsun Melisa. Bundan tam bir ay kadar önceydi. O malum fırtınayı atlatmak hiç de kolay olmamıştı benim için.

Melisa dikkatle dinliyordu Ozan'ı. İlkay ve arkadaşlarının oturdukları masaya sırtını dönmüştü.

Ozan'ın dikkatini dağıtan hadiseler oluyordu biraz ilerisinde. İlkay yüzünü kırıştırıyor, hırçınlaşıyor, masanın üzerindeki bıçağı eline alıp manidar gösteriler yapıyordu gözlerine baka baka. Yine sabrını taşıran bir tavır sergiliyordu. Hakaret içeren, tiksindiren bir tükrük atmıştı yere.

Ozan'ın gözlerindeki derin öfke çekmişti Melisa'nın dikkatini.

– Neden sustun Ozan? Belki özel bir hususu anlattıkların; ama hoşuma gitmişti.

Gözlerini yine sinirlerini kabartan mevkiden çekmişti. Sakinleşmiş, eski duygusallığına kavuşmuştu sesinin tonu:

– Ha, evet. Doğrusu, senin de ilgi alanına girecek kadar anlam taşıyan bir hadiseyi anlatmak istemiştim. Kendimi, bana sorguya çektirmeye mecbur kılacak kadar etkilemişti hayatımı.

Karate antremanından yeni çıkmıştık. Çantalarımız sırtlarımızda, yorgun adımlarla yürüyorduk dört kafadar. Kıyısından geçmekte olduğumuz parkın, dikkatlerimizi üzerine çeken bir köşesinde buluşmuştu bakışlarımız. Sağduyulu gençlerdik kendi yorumlayışımıza göre. İdealist, ahlâkın evrenselliğine inanmış, yürekli gençlerdik. "AHLÂKIN BEKÇİLERİ" adını koymuştuk bu yüzden kendimize.

İstediğimiz hiç de kötü şeyler değildi aslında. Ahlâk evrenseldi ve bizler de küreselleşen bu dünyanın içinde yaşıyorduk. Etik bozulmalar dünyanın neresinde olursa olsun bir gün mutlaka her topluma ulaşacaktı bu teknoloji çağında. Artık iletişim sert esen rüzgârlardan bile süratle yayılabiliyordu.

Televizyon kanalları, internet kasırgası, radyo, haber ajansları, bir örümcek ağı gibi kuşatmıştı dünyamızı.

Ahlâksızlıklar, etnik temizlik hareketleri, ırkçılık akımlarının insanlığı etkileyen, rahatsız eden haberleriyle kuşatılıyordu insan.

Dünya iyice küçülmüştü. Çelişkileri, buhranları, hatta cinnetleri yaşayan bir dünya vardı önümüzde. Her fert, yaşadığımız dünyanın tartışılmaz bir üyesiydi. Öyle ise dünyanın neresinde olursa olsun, ahlâk sütunlarının çöküşü çok ızdıraplı olacaktı.

Anlayacağın görev saymıştık bunu aramızda. Ahlâk sütunlarının çökmemesi için, dünya toplumunun bir üyesi olan her insan gibi bizim de görevlerimiz vardı.

Herkesin kendi düşüncesine göre yorumlamaya çalıştığı hayat anlayışı farklıydı. Ancak, doğrunun tek olduğunu öğrenmiştik. Ahlâkın değişmez kuralları vardı.

Belki, vurmak, kırmak, kurallara aykırı yaşamak da bir doğru biçimiydi bazı düşüncelere göre. Kafam çok karışmıştı, zıt fikirlerin açmazlarına çarptıkça.

Devletler arasındaki siyaset yanlış ve çok acımasızdı bana göre. Düşünebiliyor musun Melisa?! Bu yaşta, dünyayı yönlendirmeye kalkışan bir düşünce haykırıyordu bunu zihnimde. Sistemler ve toplumlara verilen eksik eğitimler suçluydu.

İnsanı insana düşman eden devletlerin sadist anlayışları, doğruları yamultan ve haksızlığını bile bile savunan devletlerin dış siyaset anlayışları... Ve bu yanlış sistemlerle ayakta kalabilmeleri için kendilerine kurbanlar seçen anlayışları yaralıyordu gerçekleri.

Devletler arası siyaset ve işlemesini istedikleri siyasetin bekası için seçilirdi kurbanlar... Ölümler, vahşetler bile masum sayılabiliyordu o anlayışa göre...

Bunların hangisi doğruydu? Yanlışlarla doğruların karıştırıldığı bir çağı yaşıyorduk. Bu, geçmişin değişmeyen talihsiz bir geleneğiydi daha doğrusu. Milletlerarası barış, bilerek anlaşılmaz hale getirilen bir çıkmazdı dünyamızda. Daha doğrusu, zoruma giden, mukaddeslerin incitilmesi olurdu. İnsan mukaddes bir varlıktı ve insan hakları, inançlar kutsal değerlerdi benim yüreğimde. Onların yok sayılmadığı bir dünyayı şekillendiriyordum hülyalarımda.

Barışçı, sınırları bozulmayan, dayanışan bir dünyanın hayalleri. Komşusu aç iken, tokluğuna sevinemeyen bir anlayış içinde yaşayan dünyayı özlüyordum.

Arkadaşlarımla konuşurken soruyorduk kendi kendimize: "Sahi, yeryüzünde hâlâ masumiyeti incitilmemiş değerler de var mıydı?"

Onun için "Ahlâkın Bekçileri" koymuştuk adımızı. Onu yaşamak için söz vermiştik birbirimize.

Geleceğimize, barışçı bir dünya, ahlâklı bir toplum armağan etmekti niyetimiz. O, küçücük yüreklerimizde, dünyayı kucaklamasını arzuladığımız ütopyalarımızdı belki de bunlar.

Arkadaşlarım, ben aralarına katılmazdan önce de sık sık yapıyorlarmış bunu. O gün sıra Serkan'daymış.

Genç bir delikanlı ve kız arkadaşı, birbirlerine göze batacak bir şekilde sarılmışlar, yürüyorlardı parkta. Metin sadece göz işareti vermişti Serkan'a. Aramızda "reis" olarak Metin'i seçmiştik. "Buluşma yerimizi biliyorsun." demişti sadece. Çantasını almıştık sırtından ve gözlerimiz üzerinde bir takibe almıştık onları.

Durmuş, Serkan'ı seyrediyorduk. O delikanlı ve kız arkadaşı sarmaş dolaş, sermest bir halde yürüyorlardı. Hatta, öpüşüyorlardı... Park fazla kalabalık değildi. Biz hazır kuvvettik arkasında.

Serkan, o hafızamdan hiç silemediğim sahneyi gerçekleştiriyordu. Önce, arkalarından yavaşça sokulmuştu. Tam öpüşürlerken, parmaklarını çelikleştirip ikisinin başını da avuçlarının arasında sıkıştırıp fena halde tokuşturduğunu görünce artmıştı heyecanım.

Aradaki mesafeye rağmen, adeta kafaların birbirine çarptığında bu sesi duyar gibiydim.

Çevik bir hareketle karşılarına geçmişti, sersemleştiklerinde.

İkisine de peşpeşe tekmeler savurmuştu. Sendeleyip yere düşen genç kıza ve delikanlıya sesleniyordu:

— Unutmayın, hayvanlar da kalabalıkları umursamazlar sevişirlerken. İnsanlar da duvarların arasını seçerler.

Fazla beklememişti. Etraftaki bakışların arasından kurşun gibi akmış ve kaybolup gitmişti, üzerindeki gözlerin hayretli seyirleri arasından.

Biz üç arkadaş gerilerde bir köşede durmuş, hadise yerini seyre koyulmuştuk.

Delikanlı perişandı ve genç kız sersemleşmişti. Yüksek çığlıklar atarak haykırmaya başlamıştı etrafına bakıp.

— Hayvaaaan! Pis yobaaaaz!

Bir gururun ezilişine ilk orada şahit oluyordum.

Hayretin komasındaydım. Duygularım, hissiyatım, allak bullak olmuştu o an. Aralarına karışalı, ilk eylemimizdi bu olay.

Metin'e sakin bir sesle sormuştum.

— Neden yaptık ki bunu?

Metin hiç etkilenmemişti hadiseden.

— Biz bunu hep yapıyoruz.

— Bir nedeni de olmalı.

— Sen hayvanlar âlemini inceledin mi hiç?

— Evet; ama hangi konuda?

— Cinsellik.

— Hayır.

— Ben inceledim. Horozlar, kediler, köpekler, eşekler ve atlar ve diğerleri. Onlar cilveleşirlerken, yani nefsî arzularını giderirlerken etrafındakileri umursamıyorlar ve hiç aldırış etmiyorlar. Sence de insanlar onların umursamaz oluşları gibi cadde ve sokaklarda herkesin arasında mı gidermeliler arzularını?..

— Yo hayır.

– O halde, onlar neden hepimizin önünde yapıyorlar bunu? Senin, benim, bir başkasının da iştahı kabarmıyor mu onları seyrederken?

– Evet; ama...

– Babalarımız ve annelerimiz çocukları yanlarındayken yaparlar mı öyle şeyleri?

– Hayır.

– Demek ki utanç, haya ve edep diye birşey de var dünyamızda.

– Sokaktaki insanlar? Onlar saygıya değer kimseler değiller mi sence?

Park

ARADAN günler geçmişti. Hadiseyi ne yapsam hafızamdan silememiştim. O, ebediyete kazımıştı düşüncemde kendisini.

Yapraklar kehribar sarısındaydı dallarında. Kanepelerin diplerinde, yolların kıyılarında ve rüzgârın önünde hüznün en içli manzarasını oluşturuyordu tabiat. Ayaklar altındaydı dallarından düşen yapraklar bu mevsimde.

Tabiatın hüznüne rağmen, güneş en müşfik pırıltılarıyla kuşatmıştı yeryüzünü.

Üşütmeyen, yakmayan hafif bir rüzgârın esintisinde, sihirli bir hava vardı o gün.

Günlerden cumartesiydi. Yine aynı arkadaşlarımla kurstan çıkmıştık. Yürümeyi alışkanlık haline getirmiştik aramızda. Belki korkmuyordum; ama yine de o gün tuhaf bir ürperti vardı yüreğimde.

İyiden iyiye şartlandırmıştık kendimizi. Kolay değildi, bizler yeryüzünde ahlâkın bekçileriydik!.. Bizler birer çekirdektik aslında, tıpkı beylik bir deyim gibi, herkese evinin önünü temiz tutarsa, dünyamız tertemiz olacaktı!..

Bir gün çekirdek büyüyüp dal ve budak salacaktı dünyamızda ve daha da globalleşecek olan dünyada hissedilecektik. Ahlâksızlığı yaşayanların korkulu rüyaları olacaktık.

Melisa şaşkındı Ozan'ı dinlerken. Yakut yeşili gözleri kamaşmıştı gözlerinin içine bakarken. Taşlar oynuyordu zihninden ve yerini bulamıyordu bir daha.

Ona göre dehşet verici şeylerdi Ozan'ın anlattıkları.

Vehme kapılan yüzünde ifadeler allak bullaktı. Ozan, anlatmaya kaptırmıştı kendisini ve Melisa dinlerken unutmuştu her şeyi. Garsonun masalarına servis yaptığını uykulu gözlerle zor algılayabilmişlerdi. Garson masalarından çekildikten hemen sonra yine başbaşa kalmışlardı ve umursamıyordu ikisi de önlerine konulan yemekleri.

Ozan'ın bir anlık duraklaması, kendilerine az da olsa gelmelerini sağlamıştı. Melisa, yorgun bir hareketle uzanmıştı çatal ve bıçağa. Ozan, onu takip etmişti başlamak için. Yorgun bir fısıltısı vardı Melisa'nın.

– Ozan?

Ozan, Melisa'ya bakıyor ve önüne gelen tabağı düzeltiyordu.

– Efendim.

– Sen bağnaz bir dinci misin; yoksa ahlâk koyucusu mu? Anlattıklarınla şaşırttın doğrusu beni.

– Sen hiç ahlâkın sükût ettiği bir bölgede, dinin soluklanabildiğine şahit oldun mu?

Yine tuhaf bakıyordu gözlerinin derinliklerine.

– Anlamadım!

– Bütün toplumlarda, her şeyin başı ahlâktır. İnsan haklarının, barışın; hatta milletlerin güçlü bir devlet olma arzusunun. Ahlâksız ticaret mümkün mü sence? Onsuz, huzurlu yuvalar kurabilmek, çocuk büyütmek... Onu yitiren toplumlar hiçbir şeyi bulamazlar Melisa. Şimdi anladın mı söylediklerimi?

— Ya din, o senin anlayışının neresinde şu an?
— Sabırlı olmalısın biraz. Aksi halde kendimi daha iyi anlatamam sana.
— Pardon. Dinliyorum. Parka girmiştiniz arkadaşlarınızla ve sen huzursuzdun. En heyecanlı yerinde koparmıştık filmi.
— Ha, evet. Artık eski hayatım bana budalaca ve silik gelmeye başlamıştı. Bir mefkureye dönüktü idealim ve o benim için en ulaşılmaz değeriydi hayatın.

İşte böyle, tam test edemediğim bir ufka doğru kanatlanmaktan rahatsızlık bile duymamaya başlamıştım. Pusulası kırık bir gemi ve azgın suların o hırçın dalgaları arasına, salıvermiştim kendimi.

Kendimi sorgulamaya fırsat bile bulamayışım, aslında ürperti vericiydi. İşte bu eksiğimi arkadaşlarımla parkın kenarında durup beklerken farketmiştim. Metin önce bana bakmıştı ve beş on metre uzağımızdaki kanepenin üzerine... Anlamıştım, sıra bendeydi. Yine değişik bir manzara düşmüştü görüntüye.

Bu benim aralarına katıldığım grupta ilk adımım olacaktı. Kendimi ifade edecektim arkadaşlarıma bir bakıma.

Duygularımda bir burukluk vardı. Hatta kalbimin atışları bile değişmişti heyecanımdan. Korktuğum için değil, aksini düşünürsen yorumların yanıltabilir seni.

Ben ne zaman gönlümün sesini dinlesem, o bana, yapacağım işin doğru ya da yanlış oluşunun sinyallerini verirdi. Yapacağım işin dokusunda erdemlilik varsa, kanatlanırdı ruhum ve âdeta ivme kazanırdı duygularım. Şayet kötü bir işse hazırlığını yaptığım, kanatlarımın kırıldığını hissederdim anında. Sanki, görülmez prangalar takılırdı ayaklarıma.

Yüreğimden gelen sesleri ne vakit dinlememişsem, sonuçta mutlaka kötü şeyler olacaktı ve ben bunun sıkıntılarını defalarca yaşamıştım... Çünkü inanıyordum ki Yaratıcı, bütün yanlışların ve doğruların ölçüsünü koymuştu insanın harcına. İnsanın bedeninde bulunan tartı çok hassas bir teraziydi. O tartıların belirlediği sonuçlar kesin doğrularıydı hayatın. Ona uyduğum zamanlar hep huzuru yakaladığımı hissederdim; uymadığım zamanlarsa, isyanımın faturasını ödemek düşerdi bana.

İşte onun için de kanatlarımın orada kırıldığını ve ayaklarıma görünmez prangaların takıldığını hissetmiştim.

O, kanepenin üzerinde sergilenen ahlâk dışı manzarayı hiç; ama hiç tasvip etmiyordum. Ancak, benim yapacağım iş de yüreğimden aldığım sinyallere göre yanlıştı en azından.

Görev bana verildiğinde ruhsuz bir heykel gibi donup kalmıştım. Gözlerimin içinde alaylı bakışların, küçümseyen ateşleri tutuşmuştu.

Arkadaşlarım hayrete düşmüşlerdi durakladığım için. Metin keskin bakışların huzursuzluğu içinde bekliyordu karşımda.

– Sıra sende Ozan!

Anlamlı bir seyir tutturmuştum gözlerinin içinde. Sırtımdaki malzeme çantasının kuşağından hoyratça asılıp çekmişti. Bu bir emrivaki idi. Dahası... İhanet, döneklik, korkak. Say, sayabildiğin kadar.

Parkta yine fazla sayılmazdı insan sayısı. Güneş ılık, şefkatli buseler konduruyordu insanların yüzlerine. Çantamı almıştı arkadaşım ve ok yaydan çıkmıştı bir kere. Metin'e adeta yakarırcasına bir bakıştı karşılık olarak. "Gitmesem." diye mırıldanmıştım.

Arkadaşlarımın hepsinin yüzünde de hayret ifadeleri vardı. Hoşnutsuzluk mimikleri vardı artık çehrelerde. Metin, garip bir edaya bürünmüştü beni incelerken.

– Neden? diye sormuştu.

– Nedenini bilmiyorum ama; içimden bir ses haykırıyor, bana "Yapmamalısın." diyen.

– Neden yapma diyorsa, onun sebebini de söylemeliydi sana.

– Ya sen ahlâk zabıtası mısın? diyor galiba...

– Ozan, karar aldık birlikte. Toplum olarak duyarsız kalamayız elbette. Bunu sistem yapmalı bir şekilde. Biliyorum, ancak ahlâkın incitilmeyen birtakım kuralları da olmalı. Ahlâksızlıkların hürriyet olmadığını güvence altına alan kanunlar da olmalı bununla birlikte.

Gel gör, tavizler tavizleri getirmiş, günden güne umursamaz ve aymaz olmuşuz. "İnsanlar inandıkları gibi yaşamazlarsa, gün olur yaşadıkları gibi inanmaya başlarlar." Bu sözleri daha önceden hiç duymuş muydun?

– Evet, duydum; ama başka bir yöntemi de olmalı bence bunun. "Şiddet her vakit başvuracağınız ilaç olmamalı" derdi dedem.

Beynime bir ok gibi atmıştı bakışlarını Metin. Sitemle doluydu efkâr efkâr tüten cümleleri.

– İnsansak, bir kalp taşıyorsak, bu hayat kavgasının içinde, bu her insanın omuzları üzerinde taşıdıkları başlarda ayrı ufuklar, ayrı özlemler, ayrı sevdalar varsa, bizim de tutkumuz var, sözümüz var, özümüz vardır Ozan.

İnsansak, yürek taşıyorduk herkes gibi, söz içinde sözümüz olmalı elbet bizim de. Her ateşte közümüz olmalı bizim de.

"Dur" demek kolay mı öyle? Sen onu bir de benim gururuma sor. Yaratan'a söz vermişiz 'bezmi elest'le. Ruhla beden birlikte yükselecek miracına diye.

İnsansak bizler de, birer gönül taşıyorsak, sevgi çağının çeşminde yaşları olmamalı, diyedir yaptıklarımız.

Tecavüzler olmamalı, kan olmamalı, ürpermeden açmalı bütün tomurcuklar dünyamızda. Haksızlıklar olmamalı, zümre farkı olmamalı benim düşlediğim dünyalarda. Vatanımı kimse bölmeye yeltenmemeli, bayrağıma kirli eller dokunmamalı ve mukaddeslerime saldırmamalı kimse. Özü hür, vicdanı hür, inancı hür, ahlâkı hür, hakları hür yaşamalı herkes "bölünmez" dediğimiz toprakların üstünde.

Diriliş çağının kavgası bizimkisi. Ahlâkın sütunları yıkılmamalı kolay. Hicap perdeleri, şehvet için yırtılmamalı sokakların ortasında. Genç kızların, delikanlıların ve bütün insanlığın ar damarı çatlatılmamalı gözler önünde.

İnsansak, duygularımız varsa kirletilmedik, sevdalıysak aydınlık yarınlara. Beni haklı kılan tutkumdur.

Suçsa suçluyum işte. Kişilik haklarımsa sokakların ortasında harcanan, bil ki onu hovardaca harcatmam.

Duygularım, dinmeyen dalgaların korkunç tuğyanlarını yaşıyordu onu dinlerken. "Buluştuğumuz yerde." demiştim sadece. Ruhumun ayağıma taktığı prangalara ve kırık kanatlarıma rağmen koşuyordum.

Ancak, tuhaf bir sorumsuzluk içinde oluşumun hissiyatını taşıyordum hedefime yaklaştıkça.

Tıpkı bir balerin kıvraklığında sokulmuştum kanepenin arkasına. Hınçlı bir şekilde tokuşturduğumu hatırlıyorum avucumun içine sıkıştırdığım başları.

Acı çığlıklar ağıyordu gökyüzüne ve ben karşılarına geçmiş devamını getiriyordum eylemimin. Birer tokat yemişlerdi sersemliğin peşinden.

Bir de yumruk atmıştım delikanlıya. Dudaklarında kan vardı ve kanepenin kenarına serilmişti beklemediği darbenin sonunda.

Kan bulaşmıştı gönlümün izin vermediği eylemime. Genç kız avaz avaz çığlıklar atıyordu etrafına bakınıp.

Melisa terlemişti sıkıntısından. Dinlemeye bile tahammül edemiyordu. Yemeğini unutmuştu. Elinde çatal ve kaşık göstermelik bir eşya gibi duruyordu.

– Sonra? diye mırıldanmıştı.

– Sonra, şanssız bir günündeydim yine. Kalbimin mani olmak istediği bir eylemi gerçekleştirmiştim. Genç kızın çığlıkları devriye gezen polis aracını durdurmuştu.

Etrafıma baktım kimseler yoktu. Ben becerememiştim anlaşılan arkadaşlarımın yaptıkları gibi.

Kıskıvrak yakalanmıştım parkta. Karakol, ifade... "Neden yaptın?" diye sormuştu komiser Bey.

Savunma, düşüncelerimdi yine.

– Parkın ortasında, etraftaki insanlara aldırış bile etmeksizin, müstehcen bir tarzda sevişiyorlardı efendim.

– Eeee?

– Dayanamadım. Bu, topluma bir saygısızlıktı. Tahrik olmuştum onları seyrederken. Sonuçta kendime engel olamadım demek ki.

Komiser anlamlı bir bakış bırakmıştı gözlerimde ve gülmüştü. Fikrini hiç belirtmemişti bile.

Onları dinlemişti benim ardımdan. İnkar etmemişlerdi. Delikanlı cevaplıyordu komiseri cesur bir yürekle.

– Evet efendim. Bu, benim hürriyetim, kime ne?

Söze girmiştim dayanamayıp.

– Ben de ahlâksızlığın hürriyet olamayacağını söylemiştim onlara.

Azarlamıştı beni.

– Sen sus bakalım.

Dışarıya çıkarmıştı beni. Onlar, yanında kalmışlardı. Ben karakolda kalıyordum ve onlar gidiyorlardı ifadelerini verdikten sonra. Pek hoşnut bir yüzleri yoktu ayrılırlarken.

Babamı çağırmışlardı. Gözaltında tuttular o gece ve ertesi gün babamın kefaletiyle serbest bırakmışlardı.

İşte, okula gelemediğim günün hikâyesi ve senin hakkımda düşündüklerinin esrarı.

Melisa gözlerinin içine bakarken hâlâ şaşkındı.

– Eee, ya şimdi, yine aynı şekilde mi düşünmektesin?

– Hayır. Daha farklı.

– Yani?

– Karakol dönüşü bir fırsatını bulup dedeme kaçmıştım. O gece yönelişlerimin dokuları değişiyordu bir bakıma.

Babam farkına varmış olmalı ki dedemleri aramıştı.

– Baba!..

Ahizedeki öfke geliyordu kulaklarıma.
— Ozan derhal buraya gelsin.
Dedem anlamıştı:
— Neden?
— Konuşacaklarımız vardı onunla.
— Sesinin tonu hiç hoşuma gitmedi. Yine birşey mi var?
— Anlatırım sonra. Şimdi, derhal onu buraya göndermelisin.

Dedem etkili bir bakış uzatmıştı bana. Başımı hafifçe önüme eğişimden, ortada bir şeylerin döndüğünü anlamıştı.

Telefonu kapatmamıştı.
— Dur biraz, dedi babama.

Yeni bir boyut kazanıyordu hadise. Dedem okkalı bir sesle sordu bu kez:
— Bu bana bir emir mahiyetinde mi?
— Estağfurullah baba, biraz sinirliyim de, kusura bakma.
— Bir hatası mı var?
— Evet. Hem de sabrımı taşıracak kadar büyük.
— O halde beni iyi dinle. Ozan bu gece yanımda kalacak ve biz onunla konuşacağız.
— Her zaman kalıyor baba. Bu akşamki çok özel.
— Babanın yanında, evlat sahibi mi oldun?
— Babacığım, lütfen. Duygusallığa dökme işi.
— Akşama kadar evde sıkıldım. Onunla ben konuşacağım, tamam mı?
— O halde ben oraya geliyorum.

Sert bir tepkisi vardı dedemin.
— Hayır. Burada kalıyor, ben konuşuyorum ve sen bu akşam buraya da gelmiyorsun.
— Pekâlâ babacığım. Kusura bakma. Sor ve konuş gerektiği şekilde.

Babama o geniş evin dar geldiğini ve içine sığmadığını adeta görüyor gibiydim.

Dedem gün görmüş bir insandı. Ruhu mükemmel tahlil eden yaklaşımları vardı. Şımartmaz; ama ciddiye alırdı konuşurken karşısındakini.

Babaannem pek anlayamamıştı, dinlemedeydi bizi.

– Üzerini çıkar önce ve bir şeyler giyin, mutfağa geçip karnını doyur, demişti babaannem.

Uysal bir şekilde yapmıştım dediklerini. Dedem derin bir bakışla incelemişti yanından ayrılırken.

– Evet, babaannenin dediklerini yap ve uzun bir sohbet maratonu için hazırla kendini.

– Tamam dede.

Karnımı doyurmuştum. Babaannem çok titiz bir kadındı. Temizlik anlamında da... O mutfağı toplamaya başlayınca ben salona geçmiştim.

Dedem akşam namazını kılmak için odasındaydı henüz. Onu salonda beklemeye başlamıştı.

Henüz ortalık tam kararmadan salonun lambalarını yakmıştım. İçerisi şedit bir ziyanın kucağına düşmüş gibiydi. Gözlerim kamaşmıştı birden, insan kendisini güneşe karşı tutulmuş billur bir köşk içinde sanırdı. İçerisi işte o kadar çarpıcı bir manzaraya dönmüştü gözlerimde. İlk defa farkediyordum sanki bu çarpıcılığını salonun.

Duvarlarda asılı ihtişamlı tablolar, bilmem hangi asırdan kalma fırçaların izlerini taşıyorlardı günümüze. Dedem bir antika meraklısıydı. O, usta ellerin maharetlerini, geçmişin sanat anlayışını ve kültürünü taşıyan duygu inceliklerinin duvardaki yansımalarına kaptırmıştım gözlerimi.

Başı dumanlı sarp dağları, yeşilin bütün tonlarıyla bezenmiş ormanları, sisleri, güneşin yaldızladığı uzak sıra tepeleri, güneşin akşam seromonisini düzenleyen gökyüzünü, hayali gül bahçelerinin, renk cümbüşündeki desenleriyle, semalarda kanat çırpan kuş katarlarını, yahut derin ızdırap çizgileriyle çilekeş çehreleri tablolaştıran, görkemli çerçeveler arasında ayrı bir dünyada hissediyordu insan salonda kendisini.

Öylesine kapılmıştım içerinin büyüleyen esrarına. Dedem namazını bitirip dönmüştü. Koltuk değneklerine dayanarak yürüyordu salonda ve yine değişmez adresi sayılan koltuğuna oturuyordu.

Sana anlattıklarımın aynısını anlatmıştım ona da. Uzun bir sohbet başlamıştı aramızda.

Babaannem de meraktaydı. İşini bitirir bitirmez o da katılmıştı aramıza. Bazen kapatırdı başını, bazen açardı. Bu merakıma sebep olan bir tarzıydı onun. Daha, dedem sözlerine başlamadan ilk açılışı ben yapmıştım.

– Babaanne?
– Evet.

Saçları gümüş renginde ve seyrekti artık.

– Evde zaman zaman başını açıyorsun, bazen de kapatıyorsun. Bunun da bir anlamı var mı?

– Ne var bunda?
– Hiç sordum öylesine.
– Evladım, mahrem kimse mi var şimdi aramızda?
– O da ne?
– Yani nikah düşebilen bir yabancı. Sakınacak birisi demek istedim.

Dedem, yine azarı karıştırmıştı sesinin tonuna.

– Konumuz, babaannenin başını örtüp örtmemesi değildi. Baban yine çok sinirliydi. Şimdi onun nedenlerini anlatmalısın bana.

– Ona, hadisenin bütün doğrularını anlatmıştım dede.

– Bana da anlat.

Aynı şeyleri, ona da anlatmaya başlamıştım. Arada bir yüz hatlarına bakıyordum. Yüz hatlarından ve bakışlarından tepkilerinin derecesini ölçmeye çalışıyordum dedemin.

Az önceki müşfik derin bakışlar aniden silinmiş, onların yerini, şimşek kadar keskin bakışlar ve hüzünlü bir yüz almıştı.

Yaşlı adamın ela derin gözlerinin bebeklerini aklar sarmıştı ve onların yerinde dipsiz kuyulardan daha anlamsız boşluklar kalmıştı.

Biraz soluklandıktan sonra rahatlamaya çalışmıştı. Yine de müşfik bir seyirle kuşatma altına almıştı gözlerimi.

Utanmıştım. Masumiyeti hâlâ bozulmamış, hicaplı bakışlarla; ama kaçamak bakıyordum ona. Gizlemeye çalıştığı öfkesine rağmen ılık ve içliydi sesi.

– Akıl diliyle çok güzel anlattın yaptıklarını. Sadece, güçle bir yerlere varılabileceğinin sizlerde şartlanmışlığıydı mesajını aldığım. Beni şimdi dikkatle dinlemelisin çocuk. Ya, gönül diliyle konuşmak? Öylesi bir dünyanın temellerini atmak yeryüzünde? Onu da hiç düşünmüş müydünüz daha önce?

Şiddet insanı geçici olarak susturabilir, hatta esiri yapabilir; fakat asla onun fethine rastlanmamıştır. Ahlâk bütün insanlığın en büyük hazinesi. Ona sahip çıkışınızı beğendim.

Rahatlamıştım onun ağzından bu sözleri duyunca. Gözlerimin içi gülmüştü.

– Büyükbaba, senin torunun hiç kötü şey yapar mı?

Keskin ve mağrurdu bakışları. Anlamıştım, sustum.

– Üslup, tarz yanlış çocuk. Bu yanlışlarla, barış, sevgi olmaz ki!

– Caydırıcıydık.

– Dinlemelisin.

Yeniden sükûtu seçmiştim, dinliyordum.

– Bak çocuk. Hayat için yapılmış bir planınız yoksa, başkalarının yaptıkları planların bir parçası olursunuz.

Güzel bir deyimdi bu. Başkalarının test edilmemiş fikirleri üzerine kurulan inkıraz duyguları, jakobenlik, yeryüzünde tek tip insan görebilme arzusuna kapılan zihniyetin, bütün renklerini silip, ruhsuz bir dünyanın temellerini atabilme düşüncesinden kaynaklanan yönelişlerdir.

– Yaratıcı, isteseydi, hiç günaha girmeyen, sadece ibadet eden bir topluluk yaratırdı.

O, görüp dayanamadığını söylediğin sevimsiz manzara, nasıl mazur görülemezse, senin yaptığın davranış da işte o kadar kabul edilmezdir.

Ortadaki iki şık da, insana yakışır değil bence.

– Ama büyükbaba, o manzara benim inancıma yapılmış en büyük saygısızlıktı. Öylesi fiillerin yerinin de farklı mevkiler olması gerekmez miydi?

– Bence o müsamahalar, üzerine vazife olanların ve mevcut eğitimin eksiklikleri. Bizim konumuz biraz daha değişik olmalı. Allah, şeytanı da yarattı. Bu, insanların verecekleri imtihanlar içindi. O, görevi icabı insanları şaşırtmaya çalışacak, insan emrolunduğu gibi yönelişlerini bozmayacak.

Bence sizler omuzlarınızın üzerinde, kendi başlarınızı taşıyın; ama başka omuzların üzerindeki kafaların oluşuna da müsamaha ile bakmayı öğrenin.

Bir fikre katılmamak, onu hemen yok edip, ortadan kaldırmak, şiddetle onu silmek hevesine kapılmanın, arkamızda korkunç harabeler bırakacağını akıl arkası etmemek gerekirdi bence.

– Neden şiddete başvurduğumu da söylemiştim onlara. Akıllarına silinmeyen harflerle hadiseyi kazımaları için de öyle yaptım.

Buruk bir tebessüm vardı yaşlı adamın dudaklarında:

— Bak çocuk. Sabır, en güzel memedir insanlar için.

— Tamam, tamam sustum.

— İnsanların zihinlerini açacak anahtarın, sadece kendi fikirlerinde olduğuna inanmak, başka düşünceleri ve ufukları hiçe saymaktır. Düşüncelerin yelpazesindeki renkleri silmek yeryüzünde sadece tek renk bırakmak. İşte bu korkunç bir dayatmacılıktır evlat.

Saatlerin hep kendinize göre ayarlanmasını istemektesiniz. Söyler misin bana, hayallerinde kurmaya çalıştığın ütopyaların sağında mı, solunda mı duruyorsun? Belirsizlik ifadesi var onlarda bile.

— Büyükbaba ben o düşüncenin tam ortasındayım işte. Ahlâklı, barışçı, mefkûresi olan inançlı bir gencim... İnsanları seviyorum, onlara saygısızlığı kimden gelirse gelsin sevmiyorum ve hürriyetlerin de bir sınırı olduğunu düşünüyorum haklı olarak.

— Kendi dışında kalan dünyayı parçalayıp yaşanılmaz hale getirerek mi? Bir gün senden daha güçlü birisinin de karşınıza çıkıp aynı yöntemi kullanarak sizleri susturabileceğini akıl arkası ettiğinizi bile unutmaktasınız. İşte o zaman, hüsrana uğrar, mağlup bir yürekle hayata küsebilirsiniz unutmayın.

Şimdi bir meseleyi tartışıyoruz ve bu iki görüşün arasında orta, zararsız bir yolu bulmak için çare arıyoruz. Evet, hürriyetler sınırsız olmamalı elbet. O, seni kızdıran sahneler toplum ahlâkını zedeler, bu noktada sana katılıyorum. Ya senin yaptığın yanlışı başka bir yanlışla silmek... Yanlışlıkların üzerine hiçbir vakit doğrular inşa edilmez çocuk.

Değişmeler, karanfillerle olmadığı gibi namluların gölgesinde de olmaz. O, sadece müşfik ve kuşatıcı fikirlerin ikna etmesiyle mümkündür.

Sen zakkum ağacının zehrini özümleyip, ondan bal yaparak, insanlara sunabiliyor musun?..

Düşünce frekanslarının tutmayışı, dogmatik bir hadisedir. İnsanların parmak izlerindeki farklılıklar gibi. Gözlerdeki benzemezlikler, ten rengindeki kişiye mahsus tonlar ve ses ayarındaki başkalıklar gibi. Milyarlarca insanın farklılığını yorumlayabilir misin? Milyarlarca insanın ayrı hüviyetleri sergileyen esrarı... İnançlarda da yaşamaya çalıştığımız ayrılıklar, şekilciliklerden ibaret olursa?

Herşeyden önce özü kaçırdığınızı hissedemeyişiniz, sizleri yanılgılara düşürmekte.

İnsanın hayallerinde oluşturduğu dünyalar, yine hayallerde kalır ve unutulup gider. Bu, yaşayamadıklarınızı hayal etmek uyuşukluğu. İçi boşaltılmış kavramların, ruhsuz putlarının, cila yemiş yüzlerine sevdalanmak tutkusu yaptığınız.

Toplumların en büyük sıkıntısı, bazı mihrakların, kendilerine rahatça oynatabilecekleri kuklaları bulmalarıyla başlıyor. Birileri, henüz düşüncesi şekillenmemiş gençleri etrafında topluyor ve onları özünden uzaklaştırmakla işe başlıyorlar. Kafasındaki harekete geçmeyi bekleyen dünyasının malzemeleri haline getiriyorlar onları ve heyecan vererek, beyinlerini yıkamaya başlıyorlar. Kendilerine fedailer, yeni mankurtlar elde ediyorlar işin tuhafı.

Macera denizlerinde boğulan talihsizler bunlar olacaktır çocuk. Size bunu öğretenlerin merkezini araştırdın mı hiç?

Hayata, tecrübelerin düştüğü dipnotlarda hep bu içli seslenişler çıkacaktır karşına.

Bak çocuk, bence en doğru olanı şuydu işin: İçinizden gelen seslere kulak verecek ve sorgulayacaktınız kendinizi. Hadiseyi ve kendinizi test ettikten sonra, fikrin, idealin, doğrunun ve yanlışın hangi basamağında bulunduğunuzu anlayıp yolunuza doğru olduklarına kanaat getirdiklerinizle devam edecektiniz.

Şunları beyninin ta derinliklerine kazı ve unutma sakın. İnsan yaşadığı hayatın muhasebesinden uzak, korkunç bir idrak susuzluğu içinde, bunalımlı, umursamaz olmamalı. Kendisini dürüstçe sorgulamaktan korkmamalı.

Maneviyatın ve mefkûrelerin posalarıyla ilgilenmek yerine onların anlamını ruhunuza yerleştirerek ve özü yakalamaya çalışarak yaşamayı denemeliydiniz.

Müşahhasların fotoğraflarını çekerken, mücerretlerin de derinliklerine kadar inip onları arındırılmış duyguların laboratuvarlarında tahlil ederek, düşüncenin süzgecinden geçirip özümledikten sonra fikirlerinizin neferi olmaya soyunsanız, daha müsbet bir işe başlamış olacaktınız.

Ham taslakların projelerinden, sanat eseri olmaz. Ona usta ellerin mahareti de gerekirdi.

Hele bu macerayı din ve inanç adına yaptığınızı söyleyişiniz yok mu? İşte o yaraladı bu ihtiyarın yüreğini.

Utançlıydım, dedemin gözlerine bakarken. Suçluluk hissi vardı duygularımda.

– Büyükbaba! Hafızamda kalan bir buyruktu sanırım. Bir kötü hareketi gördüğünüzde, onu elinizle düzeltin. Elinizle düzeltmeye gücünüz yetmiyorsa, dilinizle düzeltin. Dilinizle de gücünüz yetmiyorsa, kalben buğz edin.

– Yorumları herkes kendi kafasına göre yaparsa, korkunç sonuçlar ortaya çıkabilir. Bu bir eğitim ve âdâp meselesi. Bu ilgili mercilerin görevi. Sonra her insan suç saydığı bir eylemin cezasını kendisi vermeye kalkışırsa, insanlık bir cinnet ortamını yaşamaya başlar.

Düzelmenin ilk adımı ailelerle ve fertlerle başlar. Bizler hayatımıza anlam kazandırmaya başladığımız an, bu tür anlayışlar da sonunda kendilerini sorgulamaya başlayacaklar demektir. Din, bütün haksızlıklara karşı olan bir anlayıştır.

İlahî bildiriler insanı incitmek için değil, doğruları yaşarken, incitilenlerin haklarını da korumak içindir. Yaratıcı, Resul'üne şöyle seslenmekte: *"Sana 'Din nedir?' diye sorarlar. De ki, bütün güzelliklerin helâl, kötülük ve çirkinliklerin haram oluşudur..."*

Yürümekte olduğun yolun hangi istikamette olduğunu merak ettiysen, bu seslenişin içinde aramalısın kendini.

Şimdi benimle başka şey konuşmaya yeltenmeden, gidip yat, düşün ve özünü sorgula.

Güneş batı yakasındaki doyumsuzluk tablosunu tamamlamıştı. Kızıl alevlerin etrafında ateş dansı yapan parıltılar da sönmüştü artık.

Melisa, gizemli bakışlarını lokantanın penceresinden dışarılara uzatmıştı. Çok geçmeden buruk bir rüzgârın esintisinin huzursuzluğu yayılmıştı suratına.

İştahsız bir yemeğin ardından, çaylarını yudumluyorlardı oturdukları masada.

Hiç beklemediği bir hadisenin dekorları kuruluyordu gözlerinin önünde. Ilkay masalarının kenarına kadar gelmişti. Elini, Ozan'ın omuzuna usulca bırakırken, gözleri çakmak çakmaktı.

Ozan, sakin bir çehreyle bakmıştı omuzuna bırakılan elin sahibine. Melisa, huzursuz bir bakış uzatmıştı Ilkay'a ve ılık, adeta ona yakaran bir sesle mırıldanıyordu.

– Ilkay, lütfen.

Kendisinden oldukça emin ve kararlı bir eda içindeydi Ilkay:

– Melisa, sen asla karışmamalısın bu işe, derken bile korkunç bir mantık susuzluğu içindeydi. Aklının süzgeci yoktu ve ritimsiz, gelişigüzel, çelişki dolu şeyler atıyordu ortaya. Kimbilir, belki de güneşin altında söz söylemiş olmak içindi bunlar. Kurgusuz, dengesiz ve sevimsizdi davranışları.

– Biz seninle aynı inancı paylaşan insanlarız. Birbirimize daha yakın olmalıyız Melisa. O bir *"tutucu"* ve bizimle aynı inancı paylaşan birisi değil. Anlıyor musun? Onu bırakıp bizlerle arkadaş olmalısın sen.

Omuzunda duran ele aldırış bile etmeksizin, soğukkanlı bir tavır sergiliyordu Ozan. Konuşmalarını sessizce dinlemişti. Onun tepkisiz oluşu; hatta sükûtu bile muhatabını boğuntulu bir sıkıntı içinde terletmeye başlamıştı.

Ağzı kilitli bir görünümü vardı. Gerçekleri yanardağlar gibi kuyularında gizleyen ekseriyetin sessizliğini tercih etmişti yine.

Fırtına öncesi bir deniz sessizliğine bürünmüştü Ozan ve bu anlayış Melisa'yı biraz daha şaşırtmıştı.

Hüznü yansıtan bakışları efkâr efkâr tütüyor, hafiften dişlerini sıkmaya başlayışı sabrının azaldığının bir işareti gibi yansıyordu Melisa'ya. Suskun, tepkisiz ve acı dolu bir kabulün ızdırabıydı kuyularının kapaklarını zorlayan.

– Bak aslanım...

Bu hal, civar masalardaki öğrencilerin bile dikkatlerini çekmişti. Yürekli bir meydan okuyuşu vardı Ozan'a.

– Zerre kadar erkekliğin varsa, peşimden gel. Kimse olmasın yanımızda ve korktuğun öğretmenler haberdar olmadan kozlarımızı paylaşalım ha. Ne dersin?

Derin bir soluk alışı vardı Ilkay'a bakarken Ozan'ın.

– Benim seninle paylaşacak bir kozum yok ki...

– Var ulan.

Öfke dolu kısık bir sesti.

– Yok dedim sana, git başımdan.

– Ödlek herif. Peşimden gel dedim sana. Gelmezsen gölgen gibi peşindeyim unutma. Öğretmenlerin yanında bile olsa mahvedeceğim seni. Ödlek!..

Kısık, fısıltı halindeki sözler, tahammül edilecek cinsten değildi. Arkasına bile bakmadan yanından ayrılmış, kapıya doğru yönelmişti.

Melisa'ya baktı. Hafif soğumuş bile olsa, çayının dibini yudumladı.

Babasına ve dedesine verdiği sözü düşünüyor, kanatları kırık serçe gibi sinip kalıyordu oturduğu sandalyenin üzerinde. Kaçamak bakışlarla misafir oluyor Melisa'nın gözlerinde, utancından dişlerini sıkıyor, ince ince terler sökülüyordu şakaklarından...

Ilık bir ses yetişiyordu imdadına, açılması için.

– Zor durumdasın; ama yine de aldırmamalısın.

Hazin, boğuntulu bir sesi vardı.

– Biliyor musun Melisa, insan kendisini çekmeye çalıştığı çizginin üzerinde bile hür değil.

– Evet.

– Geceleri yalnızlığa gömülen düşüncelerimle başbaşa kaldığımda, gaiplerden gelen bir ses bana soruyordu: *"Sana emanet edilen ömrü ne yaptın?"*

Bu soru, müsbet bir çizgiye çekemediğime inandığım yaşayışımı irdelememi istiyordu benden ve ruhumu ürpertiyor, beklenilmedik vehimlere kapılarak titriyordum.

İç dünyamla hesaplaşmaya girmezden önceleri yaşadığım hayat, dengesiz bir iklimin sevimsizliğini damıtan yüreğimde, inanılmaz derecede gönül yorgunluklarıma yol açtığını hissettikçe affedemiyordum kendimi.

Ben mutlaka yaratılışımdaki manayı ve aslımı idrak etmeliydim. Soyluluklarını yakalamalıydım hayatın. Zamanı, hovarda duyguların maceracı rüzgârlarına kaptırarak harcamak olmamalıydı işim.

Bir sitemin yükseldiğini duyardım içimden: *"Ey bütün güzelliklerin mahvına duyarsız yaşayan genç, kuralsız akışlara kendisini kaptıran arzularım, sizlere dargınım."*

İnsan denilen esrarın, tabiatın, bütün canlıların detaylarına inmeyi, onları tefekkür etmeyi hiç düşünmemiştim önceleri. Daha doğrusu onları umursamamış, görmezden gelmiş, incelemek sıkıntısına katlanmak istememiştim.

Şimdilerde iklimler değişmeye başladı dünyamda. Kendi derinliklerine yolculuk yapmaktan korkmayan; gökleri, toprağı, havayı, suyu keyif alarak inceleyen, öğrendikçe ufukların değiştiğini hisseden bir pencereden bakmaktayım hayata.

Gel gör ki, başkaları sürekli engeller koymakta yürümeye çalıştığım yollarda.

Söyler misin bana, şimdi ne yapabilirim?

Ege'de Akşam

HÜZÜNLÜ sevdalar vardı tezgahında. Kederi dantela gibi işleyen bakışlarında buharlar kaynaşıyordu. Öğretmenin sesi yankılanıyordu içeride.

– Herkes otobüse.

Melisa içli bir bakışla inceliyordu Ozan'ı.

– Korkuyor musun?

Gurur kırıcıydı bu soru. Aynı düşüncede değildi aslında. Tabanı tabanına zıt bir yorumun sıkıntısı içindeydi çırpınışları.

En çetrefil kuşkuların kuşatması altındaydı öfkesi. Gönül duvarlarını darmadağın eden genç kızın masum sorusu karşısında nasıl da ezilmişti. İçindeki çözülmez gemlerin feryadını haykırıyordu bakışları.

– Şu an içinde bulunduğum durumun şartlarını sanırım hâlâ anlayabilmiş değilsin Melisa. Herkesin kendi adasında yaşadığı bir dünya var önümüzde. Dış etkenlerin olumsuz baskıları ve yürümek için kendime söz verdiğim yol; ama yürütmüyorlar işte. Bunu gel de dedeme, babama ve gönlüme anlat.

– Hani Yaratıcı'ya karşı olan sorumluluğun?

– O şahit istemez ki. Herşeyi bilmekte. Bunu bilmeyenlere anlatmak zor. Dahası, karakol, mahkeme ve okul... Ne yapmalıyım sence? Hâlâ bir fikrin yok mu senin de? Ya da ben hâlâ korkuyor muyum senin düşündüğün gibi?

– Yanlış anlamamalısın Ozan. Dövüşmelisin demek istememiştim. Şu an içinde bulunduğun durumdan söz etmiştim sorarken.

– Gel de güce başvurma ha?

– Öğretmenleri haberdar etsek?

Hırçınlaştı. Kesin bir itirazı vardı dudaklarında.

– Yo hayır, hayır. Sakın... Yapmamalısın bunu.

– Sonuçta suçlanabilirsin.

– Herkes farkında bu işin. Hatta öğretmenler bile.

– Onlar üç kişiler. Bunu da hesaba katmalısın bence.

– Orası önemli değil. Sonrası?..

– Nerede yanlış yaptık?

– Bilmem. Belki de milliyetlerimizin, inançlarımızın farklı oluşuna aldırış etmeden, birbirimize yakınlık duyguları içinde oluşumuzdu yanılgılarımız.

– Buna rağmen ne ilki, ne de sonuncusuyuz bu yanılgıların.

– Ben sana anlatmamıştım henüz kendimi.

– Anlatırsın.

– Ben bir hristiyanım.

– Yani Incil'e inanıyorsun. Ve Isa peygambere...

– Evet.

Bakışlarındaki tedirginlik masumiyete bürünmüştü birden. Kuşatıcı bir sıcaklığı vardı sesinin. Yeşil gözlerin derinliklerinde dolaşırken ona yine bir şeylerin izahını yapmak için hazırlanıyordu.

– Beni iyi dinlemelisin Melisa. Bizler aynı Yaratıcı'nın eserleriyiz. Başka bir Yaratıcı'nın olmadığına inanan, Bir'e doğru hayat yolunu yürüyen insanlarız. Bence düşünceyi derinleştirdiğimiz vakit aramızda farklılıklar yok. Anlayışlarımızda düzeltilmesi gereken küçük farklılıklar var sadece.

– İnançtaki ayrılıklar farklılık değil mi sence? Sen de tıpkı benim gibi inanmaya başlar mısın sonuçta?

Tatlı, ılık bakışları, suda yakamozlaşan ışık oyunlarını andırıyordu.

– Ben İncil'e inanıyorum Melisa. İsa peygambere de. Bunu şöyle yorumlamaya başladığın an, sen de rahatlayacaksın sonuçta. Biliyor musun dereler kendisine bir çay bulur çoğunlukla. Daha güçlü akışları başlatmak içindir bu. Irmaklar çoğunlukla bir nehire karışmaya sevdalanır. İhtişamlı bir gövdede çelikten bir görüntüye kavuşurlar birlikte. Nehirler bir deniz ararlar kendilerine. Denizler de, okyanusları bulabilme tutkusundadırlar. Denizlere ve okyanuslara doğrudan dökülen çaylar, ırmaklar ve nehirler de vardır kuşkusuz. Nasıl olurlarsa olsunlar, bütün suların son durağıdır okyanuslar...

Keskin bir yeis oynaşmıştı Melisa'nın yüzünde ve hüznün uçuk rengine boyanmıştı çehresi.

– Sen başka bir durak aramaksızın benim denizimde kalmak istemez misin Ozan.

– İnsanın hedefi, menziline ulaşmaktır.

– Menzili, benim denizim olarak kabul etsen?

– Başa dönüşler vuslatı uzaklaştırır. Onlar pişmanlıklarla, azaplarla doludur daha çok. Benim inancımda gerçeği inkara ve reddiyelere yer olmamalı. İlahî kaynaktan içen yüreklerin buluştukları yol olmalı yürümek için seçtiğimiz güzergâh. Gönderilmiş bütün peygamberler ve kitapların okyanusunda buluşmak. Bütün halkaları birbirine bağlayan rabıtayı koparmak; onların içlerinden bazılarını çıkarıp devre dışı bırakmak; normal sayılmalı mı sence?

Zebur, Tevrat, İncil ve Kur'ân... Adem peygamberden bu yana gelen nebiler silsilesi ve onlara olan gönül bağı dururken. Benim hepsine de sonsuz bir inancım ve sevgim var Melisa. Ben senin sevdiklerini çok; ama çok seviyorum.

Hüznü kayalaşmıştı bakışlarında. Dudaklarında sitemi andıran bir fısıltı vardı.

– İkmale kalanlar sınıflarını geçemezler Melisa. Sahi, sen bütünlemeye kalan bir öğrencinin eksiklerini gidermeden diploma aldığına hiç şahit oldun mu? Sen de bütün kitaplara ve peygamberlere saygılı olmalısın ve denizinden, okyanuslara mutlaka bir yol açmalısın. Seni okyanuslarda bekleyebilir miyim?

– Düşüncelerim oldukça karışık şimdi Ozan. Bunu daha uygun zamanlarda konuşsak.

– Yanlış anlamamalısın Melisa. Ben, sadece sana doğru bildiklerimi söyledim. Senin de bu konuda araştırman gerekecek elbette. Hem ben asla dayatmacı değilim. Konuşa konuşa demek istedim. Kalplerin anahtarı sadece ve sadece bizleri yaradanın elinde, Cennet ve Cehennem'in anahtarları da.

Melisa uyardı:

– Çıktı herkes.

– Tamam gidiyoruz işte.

Akşamın karanlıkları düşmüştü Ege'nin sularına. Öğrencilerden çoğu binmişlerdi otobüse.

Dışarıya birlikte çıkmışlardı. Biraz ilerilerinde kendilerini bekleyen gençler çekmişti dikkatlerini. İlkay, Kürşat ve Soner.

Melisa ürpertili seyretti onları ve adımlarını durdurmuştu. Ozan'ın kolundan tutarak uyarmıştı onu. Fısıltılı bir sesi vardı ikaz ederken.

– Öğretmenler çıkmadı henüz. İstersen onları bekleyelim.

– Neden?

– Baksana onlar dövüşmek için kararlı gibi.

– Aldırış etmeksizin yürümelisin. Çekindiğimizi hissettikçe yüreklenecekler.

– Onlar üç kişiler Ozan.

– Çaktırma ve yürü.

Melisa hırçınlaştı ve sertçe çekti ceketinin kolundan.

– Blöfü sevmem, bence biraz dürüst olmalısın.

Kızdırmıştı onu bu sözler.

– Beni tanıyamamışsın yeterince.

Usanç vardı çehresinde genç kızın. Öfke dolu bir nefes bıraktı dudaklarından ve. "Pes..." diye mırıldandı.

Tedirgin ve ürkekti yanında yürümeye çalışırken. Ayaklarındaki mesafe iyice kısalmıştı. Melisa, korkudan gözlerini ayaklarının uçlarına indirerek yürüyordu.

Aldırış etmeyen soğukkanlı bir edası vardı Ozan'ın. Ilkay'ı bir adım ancak geçmişti. Omuzundan parmaklarını çelikleştirerek yakalayıp kendisine doğru çekmişti Ilkay.

– Nereye?

Sendeledi ve bıkkın bir bakış uzattı Ilkay'ın gözlerine.

– İstersen vazgeç bu tutumundan ha? Bu sana son ikazım.

Arkadaşları yanında tetikte beklerlerken Ilkay, ağzını yamultarak öykünüyordu duyduklarına.

– Yök yaaa!..

– Biraz anlayışlı ol, kavga etmek istemiyorum.

– Bak seeen! Demek beyimiz kavgayı sevmiyormuş.

– Evet, sevmiyorum.

– O halde bırak onun peşini.

– O benim arkadaşım.

– Olmamalı.

– Vazgeç dedim sana?

Melisa yatıştırmak için birşeyler konuşmak ihtiyacı duymuştu.

– Ilkay vazgeç, huzursuzluk çıkarma. Beni böyle anlamsız davranışlarınla kazanacağını düşünüyorsan yanılıyorsun. Kalpler, kiralık yerler değil ki onu isteyen kiralasın.

– Sen sus! O bizim inancımızdan olmayan bir tutucu.

– Sana ne bundan?

– Sana sus demiştim.

Öğretmenler, lokantanın hesabını kapamışlar, daha yeni görünmüşlerdi merdivenlerde. Ilkay'ın son attığı narayı hepsi de duyuyordu anlaşılan. Dikkat kesilmişlerdi ve huzursuzdu onların bakışları da.

Ozan, Melisa'ya baktı bir an ve onu tek kelimeyle uyardı:

– Uzaklaş.

Her şey, bu kelimenin arkasından, iki ya da üç dakikalık bir zamanı kaplıyordu.

Havada uçuşan tekme ve yumruklar, üç gencin anlık zamanlarda yerlerde perişan görüntüler oluşturuşu tüyler ürperticiydi.

Melisa hayretli bir bakışla izliyordu hadiseyi, gözün fotoğraf karelerine alamadığı anların şaşkınlığı kaplamıştı yüzünü.

Ozan, kenara çekilip derin bir nefes almıştı yerde kıvranan gençleri seyrederken.

Talebeler boşaltmıştı bindikleri otobüsü ve öğretmenler koşuşarak gelmişlerdi olay yerine.

Sınıf öğretmeninin soluk soluğa bir sesi vardı Ozan'a bakıp.

– Neler oluyor burada?

– Afedersin öğretmenim. Çıktığımız gezinin başlangıcından bu yana tahrik etmektelerdi beni. Bütün direnişlerime rağmen olmadı işte. Önümü kestiler otobüse binerken. Lokantada düelloya çağırdılar, hep sustum...

Öğretmen esefle baktı gözlerine.

– Farkındaydım. O düşüşün de bunlarla ilgiliydi değil mi?

– Evet.

İki öğretmen yerdekilerin kalkışına yardımcı oldular ve bir şeylerinin olup olmadığını öğrenmek için şöyle bir baktılar.

Edebiyat öğretmeni ikaz etti öğrencileri:

– Herkes yerlerine geçsin.

Hırpalanan utançlı gençlere baktı hoca.

– Sizler de... Bir daha tekrarlamamak kaydıyla.

Öfke doluydu gençler. Suskun ve kindar, başları önlerinde biniyorlardı otobüse.

Sınıf öğretmeni ekledi.

– Gözüm üzerinizde. Devamı kolejde, unutmayın. Bitmedi.

→=◎=←

Bebek sırtlarındaki kolej, Boğaz'a hakim bir tepenin üzerinde kurulmuştu. Sihirli manzaraları görüntüye düşüren bir mevkideydi kolej.

Geziden sonraki ilk gün Melisa okula gelmemişti. Gezi dönüşü kendisini inanılmaz bir yalnızlığın içinde bulmuştu.

Başka arkadaşları da vardı; fakat dışarıya bile çıkmamayı tercih etmişti.

Mevsime rağmen, soğuklara aldırmayan bir görünümü vardı delikanlının. Az önce zil çalmıştı. Teneffüs için çıktığı bahçede ceketle üşüdüğünün farkında olmayacak kadar dalgındı.

Manzara öylesine muhteşemdi ki, sise ve ayaza aldırış etmeden Boğaz'ın sularına bırakmıştı baygın gözlerini.

Vapurların kulakları tırmalayan homurdanışları, heybetli tankerlerin dalgaları biçişinde bekletti gözlerini ve Anadolu Hisarı'nın burçlarında bıraktı seyrini.

Başını usulca Rumeli Hisarı'na çevirdi. Fatih hakkında efsane saydığı bir öyküyü düşlemeye başlamıştı.

Bizans imparatoru, Fatih'in bir fedakârlığı karşılığında onu ödüllendirmek istemiş ve elçisini göndererek ona sormuştu:

– Benden ne istersiniz?

Fatih aldığı mesajın karşılığını yazıp göndermiş.

– Anadolu Hisarı'nın karşısına düşen tepeden, bir hayvan postunun serilebileceği kadar yer.

Kabul edilmiş isteği ve denir ki Fatih, hayvanın postunu ince sırım yaptırıp göndermiş ve onun çevreleyeceği daireyi istemiş. Onun ortasına da Rumeli Hisarı'nı kondurmuş. Yine söylenir ki Fatih, İstanbul'u ilk Rumeli Hisarı'yla fethetmiş. Asırlarca sonra da Robert diye bir Amerikalı, kolejini kurabilmek için Bebek sırtlarındaki malum yeri istemiş ve sonuçta *"Fatih'in İstanbul'u fethettiği bu tepeden İstanbul'u bu kolejle yeniden fethedeceğim."* dediği de başka bir efsane olarak yayılmış kulaklara.

Bunlar birer efsane ve arzuların yorumlarıydı elbet. Ozan; karşılıklı tepelere kurulmuş hisarları seyrederken bunları düşlüyordu.

Son senesiydi kolejde. Üniversiteli yıllar başlayacaktı hemen ardından. Melisa uçacaktı belki de birkaç ay sonra aralarından.

※

Aynı muhitte oturuyorlardı. Genç kız, günü zor akşam etmişti. Son günlerde kaotik bir âlemde yaşıyordu. Sebebini tam çözemediği boyutların çırpınışları vardı duygularında. İçinde yaşadığı ruh halini saklamaya çalışıyordu etrafındakilerden. Arasında yaşadığı yeni dünyadan, yüzler, şekiller, dekorlar birbirine karışıyor, eşyanın düzeni, sistemlerin yapıları alt üst oluyordu kafasında.

Kıymet verdiği her şey, eski önemini yitiriyor, yeniden sorgulanması için bir kenara ayrılıyorlardı. Zirveler küçülüyor zihninde, cüceleşiyor her geçen gün düşünce, yeni yapılanmaların kurgusunu oluşturmaya çalışıyor, değerler, birbirine karışıyor farkında olmadan... Tutkular inanılması zor bir çıkmazın arasında can veriyordu.

Evde yalnızdı bugün. Gezinin hülasasını yapmaya çalışıyordu sessizliğin çöktüğü odasında.

Antik kentten Istanbul dönüşü yine aynı koltuğu paylaşmışlardı Ozan'la. Ozan, hadisenin etkisi altındaydı. Buruk bir çehresi vardı gülümsese bile. Biraz konuştuktan sonra, ikisi de iç âlemine dönük bir yolculuk başlatmışlardı anlaşılan. Önce bir sessizlik olmuştu ve Ozan, yanından ayırmadığı ajandasını çantasından alıp ona bir şeyler yazmaya başlamıştı.

Melisa'nın dikkatini çekmişti görmediği satırlar. Mahmur gözlerini Ozan'ın ufkuna tutup, cılız bir fısıltıyla ulaşmak istemişti ona.

– Neler yazdın?

Ozan fısıltıları hayal meyal algılamaya çalışırken, satırlarına da son noktasını koymuştu.

– Bilmem. Düşündüklerimi zaman zaman hafızama emanet etsem de onları satırlarla belgeleştirmek ihtiyacını duyuyorum.

– Özel mi?

– Eh, işte. Sayılır. Okumak ister misin onları?

Tereddütlü bir yaklaşım sergiliyordu tavırları.

– Bilmem.

– Gönülsüz gibisin, o halde kalsın.

Hiç düşünmeksizin, defterini kapatıp Melisa'ya uzatmıştı.

– Istiyorsan, onları mutlaka evinizde okumalısın.

Pencerenin camından dışarılara yansıyan bakışlar, altın bir mızrak gibi camı delip dünyaya açılıyordu.

Bugün okula bunun için gitmemişti. Kendisine verilen ajandadaki yazıları defalarca okumuştu.

Taze bir arzu, defterin kapağını açıp baştan sona kadar onları yeniden okumasını ve onların derinliklerine kadar inmesini istiyordu kendisinden...

Dizlerinin üzerinde duran ajandayı yorgun bir hareketle kavradı ve gözlerinin önüne doğru çekti. İlk sayfayı açtı, satırların üzerine dokundurdu bakışlarını.

Onları içtenlik kazanan duygularla okuyor, bazen gözlerini kapayıp düşünüyor bazı kavramların üzerinde ve gözlerini yeni baştan açtığında, birbirine bağlayamadığı, kopuk kopuk hadiseleri hatırlıyor, onları yeniden halletmek için çırpınırken; kendisini zorluyordu.

"Kendinle başladığın yola benimle devam eder misin?"

Bulutları dolukmakta, benzi uçuk gökyüzünün. Senin gözlerindeki buğulu bakışlarını hatırlatıyor bana onlar.

Bulutlar boşaldı boşalacak, belki efkâr yağmurları yağacakmış gibi birazdan. Bakir duyguların sağanakları inecek gönül topraklarıma ve el değmedik bir âlemin çiçekleri höykürecek. Toplar mısın?

Buzlar katılaştı yürek dağında
Çiçekler kurudu gönül bağında
Bitmeyen şarkısın dudaklarımda
Bu yol yürünmüyor uzaklarında
İnan güzelliği örter bunca naz,
Arzular vardır lisanla anlatılamaz.

Yoldaki duyguların gönül iklimleriydi kelimelerin dar anlamlarında sıkışıp kalan.

Daha önceki yazılanlardan çok daha önemliydi son sayfalardaki bölük pörçük duyguların beyanı.

Melisa, anlık düşüncelerin yelpazesini açmıştı. Kendisine göre yaptığı yorumları işledi boş sayfanın üzerine. Ozan'ın son beyitiyle başladı ve devam etti.

Gece, aynı düşüncelerin girdabında azap çeken duygularla başlamıştı. Yine defter vardı elinde. Yeni bir sayfa açtı ve İngilizce yazılar yazdı.

※≡◎ ◎≡※

Sabahı iple çekmişti. Okul saatinin vaktine kaptırmıştı gönlünü. Melisa'yı okulda görmemişti dün. Zaman erimez, tüketilmesi zor bir hüviyete haizdi onsuz.

Çantasını acele ederek yerleştirmiş ve ayak üstü mutfakta bir şeyler atıştırmıştı kahvaltıda.

Heyecanlıydı. Farkında olmadan ağabeyi ile şakalaştı, Esra'nın saçlarını dağıttı, içi içine sığmıyordu ne yapsa.

Annesi hayretle incelemişti Ozan'ı. Babası dudak büküp sesli bir tepki vermişti ona.

– Gezi dönüşü başkalaştın.

– Neden?

– Bilmem. Sanki biraz daha coşkulusun ve biraz da aptalsı sayılan dalgınlık var üzerinde.

– Hep öyle değil miydim sanki.

– Yani aptalsılık da dahil mi buna?

– Babaaa!

– Sormayı unuttum. Sahi macerasız bitirebildin mi geziyi?

Durakladı.

– Eee, pek de sakin sayılmazdı.

– Neler oldu anlatmadın.

– Önemsenecek şeyler değildi.

– Anlat o halde.
– Üç kafadar meydan okudu. Çok sabrettim babacığım, inanmazsın.
– Sonra?
– Üçünün hesabı da birkaç dakikada tamamdı.
– Yani?
– Hepsi o kadardı. Öğretmenler onları suçlu buldu.
– Yoksa kız yüzünden mi?
– Geciktim babacığım, devamı akşama.

Öğlen paydosuna kadar pek bir araya gelmemişlerdi. İki ders teneffüssüzdü. Öğretmen bölmemişti nedense. Kaçamak bakışlarla konuşmuşlardı. Dersi bırakıp duygusal seyırlerle eritmişlerdi zamanı.

Aynı sırada oturmalarına rağmen hissiyatlarını sessiz bakışlara dizmişlerdi.

Ilkay ve arkadaşları göz göze gelmemek için gayret gösteriyorlardı.

Bugün, herkeste bir anlaşılmazlık vardı. Melisa, tenefüste kız arkadaşlarıyla çıkmayı tercih etmişti. Kaçamak bakışlarla aradı onu, ne yapsa bakamıyordu.

Ozan sabırla beklemişti. Öğlen paydosunun habercisi zil çalınca rahat bir nefes almıştı ikisi de. Kırgınlığa; yahut alınganlığa benzer bir soğukluk gibiydi edaları. Önce Ozan çıkmıştı sınıftan ve hemen arkasından Melisa takip etmişti onu. Yorgun adımlarla yürüyen arkadaşının yanına sokulmuştu. Dayanamamıştı daha fazla.

– Merhaba.

Her haliyle neşesiz ve durgundu Melisa:

– Merhaba.

– Rahatsız mısın bugün?
– Biraz.
– Yemeğe birlikte inmemizde bir sakınca var mı?
Buruk bir tebessümle gülümsemeye çalışıyordu.
– Yo, hayır.
Birlikte yürümeye başlamışlardı.
– Anlatsana, neyin var?
– Düşüncelerimi çok karıştırdın.
– Küsecek, hiç konuşmayacak kadar mı?
– Yo hayır, hayır...
– Onları oturup yine başbaşa konuşsak.
Kesin bir itirazı vardı.
– Hemen şimdi değil. Zamana ihtiyacım var.
Ajandamı sıranın gözüne koydum. Onu al ve sen de içine müsaade almadan senin için yazdıklarımı evde oku, olmaz mı?
Yemekte çok az konuşmuşlardı. Gezideki konulara hiç değinmemişlerdi bugün.

Ozan, verdiği sözde durmuştu. Sınıfa girince ajandasını sıranın gözünden alıp çantasına koydu ve akşamı adeta iple çekmeye başlamıştı.

Eve hızla dalıp odasına koşmuş, elbisesini değiştirir değiştirmez ajandasını almıştı eline.

Oturduğu koltuğun üzerinde, romantik bir havaya sokmuştu kendisini. Melisa'nın defterine yazdığını söylediği satırları aradı önce. Onları bulup sabırsız bir gönülle okumaya hazırladı kendisini.

> "İnan güzelliği örter bunca naz,
> Arzular vardır lisanla anlatılamaz."

İkinci miraca takılan aklım, hakkında bazı yönelişlerini irdelemeye teşvik etmekte beni.

Yakışıklı, cazibelisin; ancak fiziğinle sakın her kuşun etinin yenilir olduğu düşüncesine kapılmamalısın arkadaşım.

Seni sevdiğimi hiç tereddüt etmeden itiraf ediyorum işte. Yakışıklı, çekici ve şıksın. Yalnız sorunlar, sorular ve istifhamla dolu zihnim.

Ben yurdunda misafir, göçmen bir kuşum. Duygularım ürkek bu yüzden; ama sevdim seni her şeye rağmen.

Sorunlar derken maksadım, ben ilkeli ve inançlıyım. Bu konularda çok hassas bir yapıya sahibim. Alıngan, duygusal ve tedirginim. Bana, "Seni seviyorum." derken, sakın romantizmi hırpalamayı düşünme. Gözlerim, gözlerinle buluştuğunda hislerim egemendir. Ben platonik aşkların hayranıyım. Dokunmadan, sevdaya eylemi karıştırmadan, şehveti, bakışlarına bile bulaştırmadan, arınmış duygularınla misafirim olmalısın oralarda.

"Arzular vardır bilirsin, anlatılamaz." derken nelerden bahsettiğini keşfedebilmiş değilim.

Benim yaşadığım toplumlarda belki o arzuları evlilik öncesi gerçekleştirmek isteyenler vardır. Bunu hiç çekinmeden yaşamışlardır da bazıları. Bilmeni istiyorum ki, ben ve duygularım inanılmazız ve farklıyız bu hususlarda.

Değerlerin, vuslat gününde buluşmasıdır benim beklediğim aşk. Tek yürek, tek beden oluş, O, kutsal günün merasimiyle başlamalı benim bildiğim.

İşte ben öylesi duygular içinde yaşıyorum. Benimle arkadaşlığını sürdürdükçe, onları hiçe sayan bir tarz içinde olmamalısın.

Şiir ve mısralardaki duyguların derinlikleri. Sanatta, iç argümanların dışa yansımasıdır; yani sanat, duyguların kelimeler üzerine ustaca yüklenişi.

Aşk, arzuları eyleme geçirmeden, duyguların masumiyetinde el değmedik bir şekilde bakir kalabilmesi. Masumiyetini yitirmemiş bakışların şirinleşmesidir aşk.

Bilmem seninle tanışmam bir talihsizlik miydi? Sen ki, sevginle beynimdeki sırçadan sarayları çökerttin. Gayemi, ötelere yönelik tutkularımı, korkunç sarsıntılara uğrattın. Şimdi en korkunç depremleri yaşayan düşüncemle, zor durumda bıraktın beni.

Şu günlerde geçmişimin silik ve anlamsız gelmeye başlayışının ürpertilerini duyarak yaşayan bir kalbim var.

Beynimdeki taşların yerlerini oynattın sen. Ya onları tekrar eski yerlerine koyabilmemi sağlamalısın ya da onları ait oldukları yerlere koyabilmem için bana yardımcı olmalısın.

Boşlukta bir taş gibi yaşamak incitmekte ruhumu. El yordamıyla varılması güç mesafelere talip oluşumun sıkıntıları bunlar. Ufkuma engel koyan çözülmezler, hayal kırıklıklarına uğratmaya başlamadan duygularımı, bir şeyler söyle. Öyle ki, inandır beni. Aksi halde geçmişimden kopamayışım, geleceğime dair tereddütlerimin kıskacından kurtulmayışım ve belki de çelişkilerle başbaşa kalışım buhranları yaşatacaktır bana."

⁂

Heyecana kapılmıştı okuduklarıyla. Bir kağıt çekti dosyasının arasından ve taze bir düşüncenin heyecanıyla ona cevap hazırlamaya karar verdi.

⁂

Günlerdir bir yazışma trafiği sürüp gitmişti aralarında. Ozan, cevap olarak akşamdan hazırladığı kağıdı katlayıp sabah ilk derste vermişti Melisa'ya.

Edebiyat dersindelerdi. Öğretmen kendisini derse öylesine kaptırmıştı ki, içli bir şiiri mırıldanıyor, hemen peşinden aynı duygularla mısraları yorumlamaya çalışıyordu.

Melisa, öğretmeni dinliyor görünümündeydi. Ozan'dan aldığı kağıdın katlarını açmış, dosyanın içine koymuş, etrafını kaçamak bakışlarla kontrol ediyor ve araladığı dosyanın içindeki satırları derin bir heyecanla okumaya çalışıyordu.

"Melisa, çok şeyi anlamasak da, biz o efsunun sihrine kapılan yüreklerimizle, o gizemlerin cümbüşünü oluşturan yelpazenin renklerinden birer çeşniyiz.

İnandığın varlığın hiçbir varlığa muhtaç olmayan Yüce Allah'ın eseri olduğunu idrak edip isyansız yaşamayı hedefleyişin bile, belli bir mesafe alışını haykırıyor.

İdrak-i me'ali ki bu cesre gerekmez,
Zira bu kadar sikleti bu terazi çekmez.

demektesin. Yine aynı yüreğin ifadesi *'Ol mâhiler ki, derya içredir deryayı bilmezler.'* deyimindeki saflıkla yaklaşıyorsun meseleye ve farkına varmak istiyorsun içinde yaşadığın âlemin. Arıyorsan, bulacaksın demektir bu.

Tek sığınacak limanın Yaratıcı olduğunu bilişin var ya, o, seni yeisten uzak tutmak için yeterli.

Aşk konusunda seninle aynı duyguları paylaşıyorum. Hiçbir endişenin olmaması bakımından yazıyorum sana bunları. Benim inancımın müsaadesi yoktur, yasak arzuların eylemlerine."

Yolcu

KIŞIN, kendi stilini uyguladığı hava şartları silinip gitti. Tomurcuklar patladı dallarında, çiçekler renklerin bütün tonlarıyla gülümsedi tabiatta.

Tabiat yeşil kostümünü giyindi; siyem siyem yağmurlar indi toprağa ve yeşili höyküren toprak, sihirli kokular ikram etmeye başladı. Böcekler, sinekler, kelebekler ve kuşların meşki ile süslenen semalar, daha bir asudelik kazandırmıştı hayata.

İstanbul bir hayaller ülkesi olmuştu baharın uyanışıyla. Ozan evden çıkmamıştı bugün. Hüznün kabusa dönüşen dekorlarını kuruyordu duyguları.

Babası yine o bitip tükenmek bilmeyen seyahatlerindeydi. Bir hafta İstanbul, diğer hafta malum iş seyahatlerindeydi.

Ağabeyi fazla durmazdı evde. O, bir araba sevdalısıydı. Esra, daha çok bahçede ve sokakta geçirirdi zamanını. Annesi, evin bıkmayan tek bekçisi.

Son günlerde hissedilir biçimde içine kapanmıştı. Alışkanlık haline getirdiği tatil gecelerinde dedesinde kalıyordu yine. Nedense bu hafta sonunda evlerinde kalmıştı. Bu gece babası da gelecekti.

Gönlü, dardaydı Ozan'ın. Üstesinden gelemeyeceği işlerin peşine düşüşünü, henüz yeni yeni anlamaya başlamıştı.

Derslerini bile, belli ölçülerde aksatmaya başlamıştı. Çaylak duyguların ona hazırlayıp bıraktığı dünya, handikaplarla doluydu.

Melisa'yı seviyordu. Milliyet ayrılıkları, inançtaki farklılıklar, aşılmayacakmış gibi önünde dağlaşan, sendromlar onu biraz daha bunaltıyor, yeis rüzgârları estiriyordu düşüncelerinde.

Melisa, alacakları diploma merasiminin hemen arkasından vedalaşacaktı. Amerika'da okuyacağını söylemişti Ozan'a.

Günlerdir ruhunu daraltan kâbusların kanatlarına takacağı bir umut filizlenmişti yüreğinde.

Aynı ülkede yüksek tahsiline onunla devam etmek... Babasına açacaktı düşüncelerini. Sabırsızlıkla bekliyordu bugün onun yolunu. Aslında kabullenmemesi için de hiçbir sebep yoktu.

Melisa'ya bu konuda açılmamıştı henüz; çünkü umutlu bile olsa sonucu bilmiyordu.

Pencereden baktı. Dışarının cazibesi sokaklara dökmüştü çocukları. Toprak, az önce dinen yağmurun peşinden şeffaf bir güneşin yansımasıyla buhurlanmıştı. Saçları bahar kokan, üzerlerine çimen kokuları sinen, ceylan bakışlı çocukların ahengine kaptırmıştı gözlerini.

Açık duran pencereden hafifçe esen bir rüzgâr, bahçedeki çiçeklerden derlediği kokularla doldurmuştu içeriyi.

Annesinin, bulunduğu odaya girdiğinin farkında olmayacak kadar dalmıştı. Omuzuna bırakılan elin dokunuşuyla toparlanıyordu. Hafifçe başını çevirip elin sahibini araştırırken, durgun bir bakışla seyrediyordu onu annesi.

– Bu ne dalgınlık?
– Ha, dışarıları seyrediyordum da.
– Çıkıp dolaş biraz.
– Canım çekmedi.

– Bugünlerde bir gariplik var üzerinde.

Buruk bir tebessümün ardından gözlerindeki ışıklar canlandı.

– Kâşif gibi konuştun anne.

– Annelerin ezberledikleri mısralar gibidir çocukları. Duyguları onların hakkında pek yanıltıcı olmazlar.

– Babam gelecek mi bugün?

– Evet. Neden sordun?

– Lazım.

– O kadar acele demek?

– Bir konu vardı onunla konuşmak istediğim.

– Benimle konuş.

– Anne daha çok onun karar vermesi gereken bir husus bu.

– Ben de annenim çocuk. Sanırım ben de onun kadar o söylediğin hususta karar verme hakkına sahibim.

– O bir patron, unutma bunu.

– Ha, evet desene maddî bir konu?

– Evet.

– Yine de söylemelisin.

– Anneciğim bu konu seni ve beni aşar.

Üzülmüştü.

– Ozaaaan!

– Anne tepki duyuşun boşuna. Sen içişleri bakanısın.

– Meraklandırdın beni çocuk. Önce birlikte konuşalım istersen.

Annesine döndü. Gözlerinin içine etkili baktı. Şefkati bekleyen duygular oldukça hazindi.

– Anne, ben Amerika'da okumak istiyorum.

– Hoppala! Demek, bütün üzüntün buydu öyle mi?

Az da olsa sevinmişti açılmakla. Annesinin konuşmasının devamını bekledi.

— İyi de çocuk, Türkiye'de üniversite mi kalmadı?
— Bak söylemiştim sana. Senin verebileceğin karar değil diye. Bu bir tercih meselesi anne.
— Demek babanla bunu konuşacaktın?
— Evet.
— Sadece o kızın peşinden gidebilmen için kurulmuş, içi boş hayaller bunlar.
— Sadece bir hayal değil.
— Aşk mı?
Başını hafifçe önüne eğmişti. Hicaplı bir sesle mırıldandı.
— Aşk.
— Türkiye'de gönül verebilecek hiçbir kız bulamadın demek.
— Bulamadım.
Saçlarını okşadı anne ve ılık bir seslenişle cevapladı.
— Daha çok toysun çocuk. Bu yaşların aşkı nisan yağmurları gibidir. Az önce başlayıp dinen yağmurlar gibi demek istemiştim.

Hava birden bulutlanıp yağmurlarını indirir toprağa. Sonra, ılık bir rüzgâr sürükleyip götürür bulutları ve berrak bir gökyüzü oluşur ufuklarda. Güneş gülümser yeryüzüne, buharlar kaynaşır topraktan semalara, gökler bulutlarına yüklemek için çeker efsanesini buharların. Bu meşk, güneşin ışıklarıyla toprağın cilveleşirken oluşan buharların oyunudur aslında. Yeni yağmurlar, yeni ışıklar ve yeni buharlaşmalar gibidir bu yaşın sevdaları. Daha çok sevdanın izleri düşer yüreğine.

— Babamla tanıştığın çağlarda sen de öyle mi düşünüyordun anne? Unutabilmiş miydin onu?

Yüzündeki ifadeler değişti. Cevap bulabilmek için zorladı kendisini.

— Şey... O başkaydı. Sonuçta evlendik biz.
— O da başka anne. Yürekler genelde başkalıkları yakaladıkları iklimlerde açarlarmış çiçeklerini.

— Anladım.

Daha fazla sürdüremeyeceğini fark etmiş, aslında çaresizliğini koymuştu ortaya bu cevabıyla anne.

— Sen haklıymışsın Ozan. Bu tek başıma bir karar için beni cidden de aştı. Babanla da oturup konuşmalısın bunu. Bu başkalığın ayrıntılarını da ortaya koyup tartışmanız için tabii. Ondan alabileceğin cevaba, daha şimdiden senin kadar meraktayım doğrusu.

— Yani olumsuz mu sence?

— Oldukça.

— Babam hiç sevmedi mi anne?

— Sevdi.

— Bir defa mı? Yani başka var mıymış? Nisan yağmurları gibi hani.

— İlk ve son demişti.

— Hâlâ âşık mısın sen de babama?

Utandı, yanakları kızardı. Bakamamıştı Ozan'ın gözlerine.

— Seviyorum tabii ki.

— Ya babam anne, o da âşık mıdır eskisi kadar?

— Hiç şüphen olmasın.

Yüzünde hırçın bir rüzgâr esmişti verdiği cevabın arkasından. Sesine bile yansımıştı öfkesi.

— Ne demek bu Ozan?!

Ozan'ın alınganlık belirtisindeki bakışları bekliyordu gözlerinde.

— Neden kızdın anne?

— Kızdığımdan değil. Daha çok bir kuşkuyu andırıyordu sorun?

— Hayır anne. Bekler misin babamdan?

— Hayır; ama aşırı seyahatlere çıkışı, sende bir vehim uyandırmış intibaını veriyordu sanki. Bunu sık sık sorup durmaktasın oğlum. Şayet bir bildiğin varsa diye söylemiştim.

Sakinleşti, üzülmüştü annesinin alınganlığı için.

— Anne biraz önce ona itimat ettiğini vurgulayan sen değil miydin ha?
— Evet; ama...
— Sence sorular birer güve midirler anne?

Huzursuz bir tavrı vardı annenin.

— Ozan?
— Babamın sana karşı davranışlarında bir değişiklik mi var?
— Hayır.
— Bu gizli tepkinin beklenmedik anda açığa çıkışının anlamı ne?
— Bilmiyorum.
— Sana, düşüncemi söylememi ister misin?
— Evet.
— Bence sen babamdan şüphelenmeye başlamışsın?
— Nereden çıkarıyorsun bunu?
— Bastırılmış duyguların hırçınlığı vardı tepkilerinde.
— Neyse çocuk, kapatalım bunu da senin meselene dönelim istersen.
— Yardımcı olamayacaksan neden konuşalım ki?
— Dedene açtın mı bu konuyu?
— Hayır anne. O çantada keklik.
— Ya ayrılık, bunu da ister mi dersin?
— Kolay, onu ikna ederim.
— Babanla daha önce ben konuşsam?
— Olumsuzluk yönünde etkilemen içinse vazgeçmelisin.
— Deli çocuk.

Ozan'ın arzuları, yaşadığı çatının altında bir bomba gibi patlamıştı.

Aslı, eşini ikna edememişti ya da Ozan'ın duygularını babasına yeterince ifade edememişti anlaşılan.

Akif Bey, aşırı bir hiddete kaptırmıştı duygularını. Peşpeşe sigara yakıp söndürüyor, öfkesinin biraz sönebilmesi için bekliyordu.

Odasından salona geçmesi için az da olsa rahatladığını hissetmişti. Ozan orada bekliyordu kendisini.

Yine parmaklarının arasında sigarası vardı. Ozan'ın hemen karşısına düşen koltuğu seçmişti oturmak için. Önce Ozan'ı karanlık bir seyirle inceledi ve sigarasının dumanlarına kattı öfkesini.

Ozan, pek hoşlanmamıştı babasının aldığı tavırdan. Bakışlar buluştu ve Akif Bey konuşmaya başlamıştı.

– Annen bir şeyler anlatmaya çalıştı az önce.

– Evet baba.

– Amerika'da okumak istediğin doğru mu?

– Evet baba.

Heyecanlanmıştı. Babasının ağzından çıkacak olan ilk sözler çok önemliydi onun için.

– Melisa, diye bir Amerika'lı kızdan söz etti annen. Bu da doğru mu?

Sıkıldı, konuşamadı bir müddet, başını önüne eğdi ve bekledi. Baba cevap istiyordu ısrarla.

– Söylesene evladım, var mı böyle bir kız?

– Evet baba.

– Anlaşıldı şimdi; yani Amerika hayalin okumak için değil. Bir macera rüzgârına kapılış bu açıkcası.

Çekingen bir sesi vardı konuşurken.

– Baba, gün olur arkadaş, gün gelir baba oğul gibi oluruz demiştiniz.

– Evet. Doğru.

– Bugün arkadaş gibi konuşmamızın bir mahzuru var mı sizce?

– Hayır. İstediğin gibi konuşuruz.

– Affedersiniz babacığım. Ben bahsettiğiniz o kızı seviyorum.

Akif Bey sakin görünmeye çalışıyordu. Oğlunu kırmadan ve ürkütmeden ona yardımcı olmaktı niyeti.

– Daha çok kız arkadaş çıkar karşına, umarım onları da seversin.

– Babacığım, benim inancım, karşıma çıkanlarla gönül oyunları denemek değil, sadece eş seçmek için.

Damarına basmıştı Ozan.

– Bak hele. Babana dinini sen mi öğreteceksin?

– Estağfurullah babacığım. Dinimizin geleneği bu. Koklamak değil, sadece kurulabilecek bir yuvanın temellerini atmak için verilen müsaadeden söz etmiştim. Bakmak ve görmek. Ruhların birbirlerini sevmesi, birlikte yaşamak için ilk adım olmalı yürekteki tutkular, diye düşünmüştüm.

– Bak evladım. Zora talip olmuşsun farkına varmadan. Çaylak bir düşüncenin hevese dönüşerek, sorumsuz akışlarıdır bunlar. İnanç ve milliyet ayrılıkları, örf ve âdetlerdeki başkalıklar, bunlar hayatın en önemli unsurlarıdır bence. Başladığın yolu, çok güçlüklerle yürürsün. Baştan bunu unutmamalısın.

– O da bir insan babacığım. Her şeyden önce bu ne bir ilk ne de son olacak. Çokları denemişler bunu. Uyum içinde yaşayanlar da olmuş.

– Henüz çok toysun. O olmazsa olmaz gibi hislere kapılırsın, bu normal. Şimdi benim fikirlerimi iyice dinlemeni istiyorum. Amerika'da okumuyorsun, bu bir. O kızı unutuyorsun, bu iki. Evlilik için çok erken, bu da üç.

– Baba!..

Hayret ifadesi vardı yüzünde ve sesinin tonunda babasına inanılmaz bir tepkinin sinyalleri.

Baba fazla konuşmayı uygun bulmamıştı anlaşılan. Yerinden

kalktığı gibi salondan çıkıp gitmişti. En son noktayı koyuyordu sergilediği tavrıyla.

Ozan, dedesinin yanında almıştı soluğu. Dinmeyen bir öfkenin verdiği cesaretle aynı şeyleri anlatmıştı ona da.

– Söyler misin büyükbaba. Anlayışsızlık değil mi sence de babamın yaptığı?

Alaylı bir gülüşü vardı yaşlı adamın. Gözlerinde müşfik, duru, kuşatıcı bir şefkat.

– Şimdi sus ve bekle. Zamanın çözemediği hiçbir olay yoktur bence. Şimdilik sen, sabrın o insanı rahatlatan memesini tercih et ve hırçınlaşma.

Eğis dolu bir bakış bırakmıştı dedesinin gözlerinde ve sesi inanılmaz şekilde titrekti.

– Oğlundu ne de olsa bunu yapan. Sen de onu destekliyorsun değil mi? Ben de hemen çağırıp ağırlığını koyacaksın sanmıştım.

– Bak yavrum. Bu tür çıkmazlarda karşındakiyle yüz göz olundu mu, açmazlar çoğalır, saygılar tükenmeye başlar. Sana biraz beklemeni söylemiştim. Daha yeni bir ateş yakmışsınız aranızda. Onun üzerine bir kucak odun da benim götürmemi isteyişin yanlış. Sabret ve bekle; çünkü Allah, niyetlere göre karşılık verendir.

– Tamam büyükbaba da kız vedalaşmak üzere. Ülkesine dönüyor o, araya uzak mesafelerin girmesi söz konusu. Kesin bir karar veremezsek...

– Dünya eskisi gibi değil artık evlat. Amerika dediğin yer bir solukluk mesafe. Telefon, mektup, internet. Karamsarlıklarını sil ve bekle.

– Tamam büyükbaba sustum.

Melisa'nın Vedası

SABAH ezanla kalkmış ve yatmamıştı. Hayatının en heyecanlı anlarını yaşıyordu. Taze bir fecr vardı gökyüzünde. Güneş doyumsuzluk ufkunu sergiliyordu yine. Duyguları titrek, yüreğinde engelleyemediği bir hüzün vardı.

Babası bütün ısrarlarına rağmen, son noktayı koymuştu hadiseye: Onu unutmalısın.

Kırgındı babasına bu yüzden. Okulun son günüydü bugün ve Melisa yolculuk için hazırlamıştı kendisini. O, üniversiteyi Amerika'da; yani ülkesinde okuyacaktı.

Son sınıf öğrencileri veda günü tertiplemişlerdi kolejde. Onlar, ne eğlenceye ne de kalabalığın içine katılmamışlardı.

İkisi de tenha bir köşeye çekilmeyi tercih etmişlerdi. Duygusal anlar yaşıyorlardı kolejin bahçesinde. Boğazın sularını karşılarına almışlardı ve manzarayı seyrediyorlardı içli bakışlarla.

İkisinin gözlerinde de hüzün, en koyu rengindeydi bugün. Genç kızın munis, aydınlık, masum bir çehresi vardı. Hüzne rağmen gözlerinden kuşatıcı ışıklar yansıyordu. O denli mütebessim bir yüz ifadesinin perde arkasında, iç dünyasına girilebilse, kimbilir şu an ne korkunç çöküşlerle iç içe yaşadığı anlaşılabilirdi.

Hassas, içli bir sesi vardı. Gözlerinde kaynaşan buharlar her an sağanaklara dönüşebilirdi. Dolukuyordu sık sık, düşüncelerini ifade etmeye çalışırken.

– Ozan, ayrılıyor muyuz artık?

Bir yol arayışındaydı düşüncesi. Kayan yıldızlar gibi bakışlar, düştüğü karanlıkları parçalayacak kadar keskindi. Gözlerinde nergis aydınlığı seyrediyordu Melisa'nın. Yüzündeki bahar tazeliğinin büyüsüne kaptırmıştı yüreğini. Sitemler ve de çeşitli lisanlarda kaynaşıyordu gözlerindeki ışıklarda. Çehresi, esefle doluydu.

– Hayat bence hiç ara verilmeksizin, virgüllerle devam eden anlamlı bir cümle niteliğindedir Melisa. Nokta koyulduğu yerde biter ancak. Biz şimdilik, sadece vedaya hazırlanıyoruz, nokta koymuyoruz ki.

– Yani hâlâ ümitvarsın öyle mi?

– Ümidi kalmayanın, başka hiçbir şeyi kalmadı demektir unutma.

– Göçmen kuşun gidiyor artık, senin de Amerika'da okuma şansın oldukça az.

– Büyükbabam, zaman her problemi çözer dedi.

– Tek dayanağın bu teselliden ibaret.

– Dünya artık çok küçüldü Melisa. Internet, telefon... Konuşur mektuplaşırız. Bence henüz kaybedilmiş hiçbir umudumuz yok ortada.

– Unutursun! Duyguların üzerlerini deşelemedikçe, üzerine çöreklenen ayrılık külleri sevdaları söndürürler.

– Küller, ateşleri saklarlar bence de. Tıpkı kapaklarını fırlatmaya hazır yanardağlar gibi, zinde tutarlar üzerlerini kapadıkları ateşlerin.

– Vakit çok yaklaştı. Vedalaşalım mı?

Bunları mırıldanırken, bakışlarında görüntüye inanılmaz işlevler yüklüyor, mana derinlikleri sihrin, mıknatısın bütün gücüyle kuşatıyordu Ozan'ı. Cazibesiyle onu esir almak, hafızasına sevdasını silinmeyecek şekilde kazıyabilmek için seferber ediyordu bütün işvesini. Onu etkisiz bir hale getiriyordu ve ekliyordu hemen.

– Ümidimin kırıntıları yüreğimde bekledikçe, senin inancındaki samimi namus anlayışıyla seni bekleyeceğim. Yemin ederim. Bitiş için son sözü sen söyleyeceksin demektir bu. Belki işte o vakit, kalbimin senden başka el değmedik duygularını, bir başkasına açmak zorunda kalabilirim. Sadece mutlu bir yuva kurabilmek adına olur bu...

Genç kızın gönül bahçesinde yeşerttiği, duygularında incileşen arzuların, belki de son argümanlarıydı gözlerindeki ifade. Dudaklarını terk eden sözcükler, duygusallığın burçlarından indirilmişti.

– Gönlümdeki hislerin belirsizliği, senin aşkınla anlam kazanmıştı. Senden başkasına hiç açılmamış bir kapı vardı yüreğimde. O ilk defa senin için açıldı ve sen girdikten sonra kapandı. Onu yine sen, evet sadece sen açmalısın.

※

Siyah, zifir karanlıkların, hicran iniltili, bayatlamış yalnızlıklarından bezmiş bir gece daha başlamıştı.

Artık hiçbir tılsım bu taştan daha katı gecenin sevimsizliğini yumuşatamazdı.

Kendisine bir yabancı ve acıların demir kuşaklı çemberine sıkışmış gibi boğuntuluydu gönlü. Unutmak için çırpınan yüreği başaramıyordu bunu.

Büyükbabasında kalmayı arzulamıştı bu akşam. Yemek ve çaydan sonra uykuları gelmişti yaşlı insanların. Şekerleme yapmaya başlayan, mahmur gözlerden alıyordu sinyalleri ve *"Siz yatın."* diye sesleniyordu onlara. Ben biraz daha oturmak istiyorum...

Canlarına minnetti. Yorgun kıpırdanışlarla kalkıp odalarının yolunu tutmuşlardı ihtiyarlar.

Gece iyice koyulaşmış ve ruhsuz katılıklarıyla çöreklenmişti, gamla dolu duyguların üzerlerine. İçinde tortulanmaya başlayan hasretin üzerindeki külleri deşeliyordu hülyaları ve Melisa düşüyordu gözlerinin önüne.

Sık sık arıyordu gideli. Cep telefonu korkunç faturalar ödetmeye başlamıştı ona.

Büyükbabasına getiriyordu çoğunlukla.

– Affedersin büyükbaba, yine kabarık geldi fatura.

İtiraz etmemişti hiç yaşlı adam. Onu seviyor ve kırılmasına asla dayanamıyordu.

– Tamam evladım. Babaannen versin, yarın yatırırsın.

Mahcup bir yüzle sarılıyordu sıkıntıları giderildikçe. Her defasında, yanaklarından öpüyordu.

– Biliyor musun büyükbaba, bana olan sevginin bedeli değil, ferman dinlemeyen bir gönlün faturaları ödediğin.

Odasının iniltili yalnızlığına çekildiğinde ilk bunları düşlemişti. İnterneti kurcalamaya başlamıştı peşinden. Telefonun dışında bir iletişim için seçiyordu onu. Önüne ajandasını çekti, önceden onun sayfalarına Melisa'nın düştüğü notları gözden geçirdi. Duygulanmıştı anlaşılan. Kalemine sarılıp içinden gelen duyguların dantelasını işledi satırlarına.

"Duygularımı sözcüklere hapsettim. Ajandamın sayfaları arasında şimdi onlar.

Kelimeler iç argümanlarımın gölgelerini düşürüyor, kurgusunu yapmaya çalıştığım cümleler, sana karşı olan hasretimi ifade etmekte yetersiz.

Hayat gocunmalarla dolu Melisa. Zararsız, masum fikirleri sunmak, bir kurşun, bir hançer acısı veriyor insana.

Fikirlerimin özgürlüklere vuslatını bekleyen gönlüm gamlı. Aydınların karanlık düşünceleri mi dilime vurulmak istenilen kilit?

Yoksa, çağın fikir kabızlığının çileleri mi yaşadığımız ayrılıklar, farkında değilim.

İlahî kitapların engin ufuklarında tüllenen gökyüzüne hasret bir dünyanın talihsiz insanları mıyız Melisa?

Engizisyon mahkemelerinin sislere terk ettiği çağlardan kalma, hâlâ vahşetin acı çığlıkları yankılanıyor semalarımızda. Koyu bulutların karanlık yüzü kapatıyor güneşimi.

Etrafıma beni aykırı kılan araştırmalarım ve yönelişlerim mi sadece; yoksa farkına varamadığım dikbaşlılıklar mı beni sevimsiz kılan?

Kavramlar, ikiyüzlüler mi senin yaşadığın ülkede de? Gönüldaş sandığım en aşina yüzlerle beraberliklerimizde bile özünden kaçışını hissedişim, korkunç bir azap olmakta hayatımda. Hatta, bu bir ölüm Melisa, en temiz, en berrak fikirlerin yargısız ölümleri bunlar.

Sözün özgürlüğünü kapatan engellere çarpa çarpa susan gerçekler, demokrasinin üzerindeki saydam perde.

Âdem peygamberin yaratılışına fitne düşüren, İblis'in meyyus gülüşlerini andırıyor kimliğimi sorgulamak isteyen farklı düşüncelerdeki dostlarımın mânidar bakışları.

Nelerden bahsediyorum yine? Sen ve ben, hasret ve aşk, inanç ve kardeşlik, barış ve geleceğimiz derken, dünyayı sırtımda taşımaya kalkışım; farkında olmadan beni yorgun düşüren bir anlayış bu.

An geliyor, firavun mu oluyoruz, ölümsüzlüğümüzü haykırıp. Basit bir rahatsızlık karartıyor an gelip dünyamızı. Uyanır gibi oluyoruz, sıkıntıların felaketlerin ikazlarını alıp. Rahatladığımız anlar da yeniden ölümsüzlüğün isyanı başlıyor hayatımızda; ölenler bizim yerimize ölüyorlar yine ve bizler kalan sağlardanız. Bir gün başkalarının yerine!.. Hayır, hayır onu anlasaydı insan?.. Ama biz inanıyoruz ya Melisa... Yaratılmış olduğumuzun idrakindeki inançlarımızla O'na sığınıyoruz ya... Ve sevdaları O'nun yarattığına inanıp... Nicedir inemedim hiçbir gözün derinliklerine, sana saygısızlık olur diye. Seni unutmadım Melisa, aramızda korkunç uzaklıklar olsa bile, seni unutamadım. Seni unutamadım Melisa ve bir de bizleri yaradana sığınmayı."

Melisa, babası ile arasında tam bir soğuk duş etkisinin kalmasına sebepti. Üniversite için sınava girmişti. İyi bir puan almıştı sonuçta. Babasının müdahale ederek doldurduğu sıralama formunu bankaya yatırmadan önce başka bir form alarak yeniden bir sıralama yapıp değiştirmişti. Böylesine bir tepki, arzularının tezahürüydü anlaşılan.

Baba daha çok İstanbul üniversitelerini yazmıştı. Başka bir şehir istemiyordu. Ozan, Ankara, İzmir ve Konya'yı koymuştu tercihlerin ilk sıralarına. Bunu söylememişti kimseye. Not defterine onun için yazdıklarını okuyordu telefonda ve son günlerde bilgisayar aracılığı ile günlük çetleşmeler başlamıştı.

"MELİSA'YA MEKTUPLAR" köşesi açmıştı bilgisayarında. Bazen içli şiirler düşüyordu ekrana, bazen duyguları tuğyana taşıyan, hasreti geçilmez eden satırlar. Gecelerin kayalaşan karanlıklarının zülüflerinden hicran tüllerini söküp ekrana yansıtıyordu.

Gecenin ilerlemiş saatlerinde yine ekranı başındaydı ve onun sayfasına taşıyordu duygularını.

"Ben hâlâ, sevdaların tutsak yaşadığını yüreğime anlatamayışımın ıstıraplarını yaşıyorum. Benim sevdalarımın kilitleri pas tutmuş Melisa. Gün vurmaz mahzenlerin izbe karanlıklarında esaretini yaşayan mahkum gibi sesleniyorum gecenin bu saatlerinde sana.

Yaşadığımız hayatın, vefasızlıklar adına hikâyelerle donanacağının bilincindeyim. Bütün aşkların, bencil duyguların baskısıyla oluştuğunu, kalbi kuşatma altında tutan hızların sarhoşluğuyla ve bunların çoğunun ıstıraplarla, hüzünlerle bittiğini.

Bencillik üzerine hayatların kurulduğunu, vücutlardaki hücrelerin bile hep almayı ezberleyişini, kaybedişlerin ve kopuşların bu nedenlerle kaosa dönüştüklerini biliyorum.

Oysa aşklara sınır biçilemeyeceğini öğretmişlerdi bize. Daha ötelerini kurcalayamadığımız sevdalara tutsaktık bu yüzden.

Nihayetsizlik ikliminin engin atmosferlerindeki duygular, bu handa misafir oluşumuzu bile unutturmuştu bize.

Sevdaların en demli yerinde ayrılıkların olabileceğini haykıran gerçeklere umursamadan yaşayışımız, kendimize ihaneti, kendimizi aldatışımızı, affedilmez hatalarımızı yok sayışımız, elimizdeki hayatın bitmeyeceğine kendimizi inandırmaya çalışmak mıydı?

Felekten kâm almak aymazlığına düşüşümüzün bir cilvesi, hisleri avutmanın kendisi miydi, bilmiyorum. Unutmuştuk buzların üzerlerine yazılan yazıların ikiyüzlü oluşunu, suya çentik atılamayacağını unutmuştuk anlaşılan. Zamanın gayesizlik değirmeninde, ömrü duyarsız düşüncelerin peşinde öğütürken, hayallerin tükendikleri yerlerden hayata yeniden başlayışların ıstırabında yüreklerimizin kavrulacağını, bilememiştik anlaşılan. Bir Donkişot olamayışımızın hayal yetersizlikleri miydi bizleri karamsarlık çöllerinde çaresiz bırakan?

Yanılgılarla tanıştıkça anlamaya çalışacağımız anekdotları, gözyaşlarımızla sulayacağımızı düşünmemiştik başlarken.

Hoşgörüleri bizlerden saklı tuttukları bir dünyanın çocuklarıyız. Duygularımız o katı ve duyarsız siyasetlerin birer parçası haline getirilmiş. Farkında olsaydık belki yenerdik olumsuzlukları. Belki de, yakalamayı başarırdık dürüst ve asude yaşayışın sırlarını. İkiyüzlülüklerin esrarlı perdesini yırtıp, bukalemunlaşmaların kahpe yüzünü açardık dünyaya. Ve namlular çiçek açardı. Bombalar saksı olurdu. Masumiyetini yitiren desenlerin renkleri höykürürdü saksılarda.

Yaşamak üzerine kurduğum hayaller var ya? Onları düşledikçe kurşunlanır yüreğim. Geriye hiç bir şeyin kalmamış gibi görünüşü söndürür umutlarımı. Avuntusuz bir karamsarlık içinde çırpınır duygularım. Geleceğe en içli ağıtlar yakar yüreğim. Gönül kandillerini söndürenler, kardeşlik ve barış üzerine sevdalı türküler bestelerlerken, ikiyüzlülüklere tutsak yaşayışımın yaraları kanar yeniden.

Karanlıklar ürperti verir Melisa, kandiller sönmesin diye yüreğimin yağını eritip damla damla beslerim alevlerini mumların.
Ben yansam bile etrafım aydınlıkta kalsın diye yaparım bunu."

Melisa mektup yazmıyordu Ozan'a. Israrla Ozan'ın yazmasını, telefonu onun açmasını; hatta internetle ulaşımın bile onun tarafından başlatılmasını istiyordu.

Bir sebebi, önemli bir dayanak noktası vardı bunun için.

– Ne olursun yaz. Aklına ne gelirse, zihninde geliştirmeye çalıştığın yönelişlerinden, mutlaka beni de haberdar etmelisin. Onlar benim yürüdüğüm yolların fenerleri. Beni cidden seviyorsan, yardımcı olmak istiyorsan ekranımı açtığım zaman satırlarınla gülümse bana... Kendi fikirlerim için bana fırsat tanı ve bekle.

İşte bu umutlardı Ozan'ı Melisa'dan koparmayan. Yazıyor, arıyor ve sabırla bekliyordu.

Sınavların sonuçları gelmişti. Sonuç bir bomba gibi düşmüştü evin içine. Baba neticeyi öğrenince öfkelenmiş ve keskin bakmıştı Ozan'ın gözlerine.

– Bu ne hal, söyler misin bana?

Anlamıştı. Soğukkanlıydı babasına bakarken.

– Kazandım işte. Tebrik etmek yerine, kızdınız.

– Bildiğim kadarıyla ilk tercihlerimiz Istanbul'du.

– Değiştirmiştim onu.

Beklenmedik bir sertlik vardı babada. Gözlerini gözlerine dikmiş ve haykırıyordu.

– Nedeeeen?

Ozan, sakinliğini yitirmiyor, rahat bir görünüm içinde veriyordu tepkisini.

– Bu daha çok hayata atılmak isteyen bir insanın tercihidir.
– Ne demek oluyor bütün bunlar?
– Babacığım, biraz sakinleşin ki konuşalım. Sizin de bildiğiniz gibi değişmez doğruları vardır hayatın.

Bir delikanlıya evlenirken sorarlar; kızı görücü usulü ile isteyecek olsalar bile: "Oğlum şu kızı istesek uygun mu sence?" diye. Genç kıza da sorarlar; "Nasıl beğendin mi? Onunla yuva kurmak ister misin?" diye. Çünkü yuvayı kuracak olanlar onlardır.

Hatırlıyorsanız bu konuda sadece kendi otoritenizi kullanmıştınız. Benim de tercihimin neler olup olmadığını hiç sormadan.

Hayretle bakıyordu Ozan'ın gözlerine. Anne şaşkın bir seyir içinde dinliyordu onları.

– Eeee, sonra?
– Üniversiteyi okuyacak bendim. Sevdiğim meslekler vardı, sıralamak istediğim. Onun planını bile gönlünüze göre yapmıştınız.

Kendime dönüp sormuştum daha önce. Hayatı yaşayacak ben değil miyim yoksa, diye. İçimden gelen bir ses aynen şunları söylemişti. "Sensin." Ve eklemişti o ses "Babana karşı saygıyı unutma; fakat yaşamak istediğin hayatın doğru ve yanlışlarını test et ve kendin işaretle. Onun tecrübelerinden faydalanmayı sakın unutma, faziletli gördüğün yönelişlerini sen de yaşamaya çalış; ama hakkın olan seçenekleri de sakın kimseye bırakma.

İşte böyle babacığım. Birincisinde susmuştum. İkincisinde meseleyi enine boyuna sorguladım ve bunu yaptım. Sonuçta çok iyi bir üniversite ve en iyi bölümü tutturdum. ODTÜ İnşaat.

Üzülecek birşey yok bence. Bu bir isyan değildi anlayacağınız. Sonuçta sadece ayrılık var, ona da katlanırız.

Baba sigarasını yaktı, derin bir sessizliğe gömülmüştü. Bozulmayan sükutundaydı cevabı.

Ankara

O ŞIMDI ait olduğu şehirden kilometrelerce uzaklardaydı. Aşınası olduğu yüzlere, hatıralarının sindiği sokaklara veda etmişti. Aralarında kırgınlıklar bile olsa baba onu kendi eliyle Ankara'ya getirmişti. Bahçelievler semtinden ev kiralamıştı ona. Tek başına kalacaktı kiraladıkları evde ve en son konuşmalarında:

– Sana güveniyorum, demişti. Çünkü aykırı yaşayışlar için müsait değil yaşamak istediğin dünyan. Yatacak yerin, imkanların, her şeyin mevcut. Özledikçe gel.

– Tamam baba, sağ ol.

– Hadi kendine iyi bak.

– Dönüyor musun hemen?

– Hayır.

Yüreğini burkan bir şeyler vardı. Onu hissettirmek için bakıyordu babasının gözlerine.

– Biliyor musun, annemi bütün ısrarlarına rağmen getirmedin.

Hiç düşünmeden bir cevaptı gelen:

– Ha, buradan Bursa'ya uğramayı düşünmüştüm.

– Onu da beraberinde götürürdün.

– Kardeşlerin?
– Her neyse babacığım. Teşekkür ederim.
– Bu zoru kendin seçtin unutma. Yine de yalnız kalamam dersen...
– Sağol babacım. Kalırım, sen hiç meraklanma.
Elini öptü, sarıldı ve uğurladı.

Ozan Ankaralı olmuştu. Yabancısı olduğu sokaklarda, tanımadığı caddelerde tek başına dolaşıyor, gezip gördüğü yerleri ezberlemeye çalışıyordu. İstanbul'a kıyasla sönük bile olsa, yine de hareketli ve şirin bir şehirdi.

Bahçelievler, Kızılay, Çankaya... Her gün bir semti dolaşarak tanımaya çalışmıştı. Sonbaharın sararttığı yapraklar hüzün rengine boyamıştı başkenti.

Orta Doğu Teknik Üniversitesi inşaat bölümündeydi. Ankara'da yirminci ders gününü geride bırakmıştı.

Aynı bölümde bir delikanlının davranışları çekmişti dikkatini. Sakinliği, derslere olan ilgisi ve yalnızlığı. Sade bir görüntüsü vardı. Kirli sarıyla kumral arasındaydı saçlarının rengi. Yüz hatlarındaki ciddiyet, onurlu davranışları, onun referanslarının sinyalleriydi Ozan'a göre.

Bugün aynı sırayı paylaşmışlardı onunla. Ders bitiminde sade bir tanışma merasimi başlamıştı aralarında. Daha çok Ozan tanışmak istemişti onunla. Göz göze gelmişlerdi toparlanırken ve Ozan sormuştu fırsatı yakalayıp.

– Buralı mısın?
– Ha, yok. Elazığ.
– Yurtta mı kalıyorsun?
– Şimdilik hayır. Henüz kalabileceğim yer kesinleşmedi. Uzaktan bir akrabamızın yanında kalıyorum.
– Adım Ozan, soyadım Sönmez. İstanbul'luyum ben de.
– Sen nerede kalıyorsun?

– Bahçelievler'de.
– Yalnız mısın?
– Evet.
– Benim adım Can. Soyadım Yılmaz.
– Memnun oldum.

Bu sade merasim, yakın dostlukların başlangıcıydı onlar için. Her gün beraberlerdi bu tanışmanın sonrasındaki günlerde.

Her sabah karşılaştıklarında birlikte dolaşıyorlar, birlikte derslere giriyorlardı. Daha iyi tanımaya çalışıyorlardı birbirlerini.

Huyları, düşünceleri ve mizaçları oldukça yakınlık içindeydi. Can, mütaassıp bir ailenin çocuğu olduğunu anlatmıştı Ozan'a ve inançlara saygısından söz etmişti.

Can'ın parmağındaki gümüş yüzük çekmişti Ozan'ın dikkatini ve merakını gidermek için sormuştu arkadaşına.

– Nişanlı mısın?
– Yo hayır; ama sözlüyüz. Okuyoruz şimdilik ikimiz de.
– Ankara'da mı sözlün de?
– Evet.
– Aynı üniversite de mi?
– Hayır. Gazi Üniversitesi İletişim Fakültesi'nde. Teyzemin kızı.
– Ya sözlün? O da akrabalarınızda mı kalmakta?
– Hayır, özel bir yurtta kalıyor. O hayatından oldukça memnun. Gidip baktım. Disiplinli temiz bir yurt. Üstelik bütün personel kadın.
– Senin için, özel yurtlarda da mı yer yoktu?
– Var; ama bizim bütçemiz onlarınki kadar yeterli değil.
– Can kusura bakma, daha yeni tanıştık. Madem sözlüsünüz, üstelik teyzenin kızı, durumları da iyi demiştin?

Can buruk bir tebessümle gülümsemeye çalışıyordu onu dinlerken.

— Ha evet, anladım. Birincisi, maddiyat herkesle bölüşülen birşey değil. İkincisi, bizim onunla sözlü oluşumuz sadece ikimizin bildiği, etrafımızdan sakladığımız bir sır. Ailelerimizin haberi yok bundan. Uzun bir hikaye senin anlayacağın.

Bir arada büyüdük, birlikte ders çalıştık. Belli bir çağa gelince bakışlarımızın anlamları değişti ve hissiyatlarımız içimize sığmamaya başladı. Duygularımızı yeterince gizleyemedi bakışlarımız ve ilk o açıldı. Gözleri dolu doluydu deşelenirken.

Ailece piknikteydik. Top oynuyorduk birlikte. Ailelerimizin oturdukları yerden bir bahane bulup uzaklaşmak hissi gelmişti aklıma. Hızla vurmuştum önüme gelen topa ve o koşmuştu önce topun peşinden. Ben de koşmuştum aynı zamanda. Uzaklaşmış, gözlerden kaybolmuştuk. Topu yakalamıştı. Beni karşısında görünce çok derin ve anlamlı bakmıştı gözlerimin içine. Hassas mı hassastı sesi.

— Can!..

Vadimsi bir arazinin yamacında oturmuştu topu alıp. Ben de çökmüştüm karşısına ve aynı hissiyattaydı bakışlarımız.

— Efendim.

— Biliyor musun hayat değişmeye başlıyor artık.

— Anlamadım.

— Üniversiteli yılları düşünsene.

— Ne var bunda?

— Arkasından iş ve daha sonra uygun bir yuva kurabilme telaşlarımız başlayacak, bizler istemesek bile. Bilmediğimiz simalar çıkacak karşımıza.

— Bunların hepsi de doğal.

— Yani sen aşina bir sima olsun istemez miydin?

Bu soru çok güç durumda bırakmıştı beni ve ben cevabını bir türlü vermek için hazır hissetmiyordum kendimi. O bir akrabaydı

sonuçta ve içimden geçenleri dürüstçe açamıyordum ona. Bilmem..
demiştim sadece. Kızmıştı Dilek.

– Üf be, ağzından sözü kerpetenle çekmek gerekiyor adeta. Hasan Ağa olup çıktın yine karşıma.

Aptalsı baktım gözlerine.

– Hasan Ağa da kim?

– Hiç duymadın mı hikâyesini?

– Hayır.

– Kulak ver ve dinle o zaman: Dul bir kadın varmış köyün birinde ve karısı yeni ölen bir erkek. Hasan Ağa imiş adı. Bir gün, karşılaşmışlar ikisi. Aslında karşı karşıyaymış evleri de. Hal hatır sormuş Ayşe kadın ve sonunda eklemiş.

– Yalnızlıktan şikayetçi misin Hasan Ağa?

Yakınmış, utanıp önüne bakmış Hasan Ağa.

– Nasıl şikayetçi olmazsın ki Ayşe Kadın. Yemek ister insan, çamaşır, bulaşık, tarla, tapan.

– Eh, doğru söylersin Hasan Ağam. Hayat zor. Yalnızlık daha da zorlaştırır onu.

– Zor ya.

– Bir kolayı yok mu bunun?

– Bilmem.

Gözlerinin içine ısrarla bakmış ve mırıldanmış Ayşe Kadın.

– Evin, evime yakın Hasan Ağam.

– Yakın ya.

– Tarlalarımız da birbirine yakın.

– Yakın ya, aynı ocaktan ayrılmayız.

– Bağlarımız da birbirine yakın Hasan Ağam.

– Dedim ya Ayşe Kadın, bir bütünün parçalarıydı onlar.

Hasan Ağa anlayamamış mı, utanmış mı bilinmez. Ayşe Kadın biraz daha netleştirmiş duygularını.

— Senin karın öldü, benim de kocam.

— Eh, ne yaparsın Ayşe Kadın, nasip işte.

Kahrolmuş kadın ve son umut olarak mırıldanmış.

— Evlenmeyi ilk aklına koyduğunda bana dünürcü göndermiştin Hasan Ağam.

Utanır bakamaz Ayşe Kadın'ın gözlerine konuşurken.

— He ya sevdalıydım sana o vakitlerde.

— Eeee, ya şimdi Hasan Ağam?

Sadece utançlı bir bakış uzatmış gözlerine ve yutkunmuş.

Bana döndü, hikâyeyi kesip o da gözlerimin içine bakıp sormuştu.

— Ya şimdi? Anlatmak istediklerimden bir şeyler anladın mı bari.

Yine de çekiniyordum. Arada akrabalık var ya. "Biraz." diye mırıldanıp yine ondan beklemiştim. Kızmıştı bana, oldukça öfkeliydi sesi ikaz ederken.

— Can, neden çekiniyorsun ki daha? Yani o aşina sima dediğim kız şu an gözlerinin içine bakan ve sana bu soruları soran birisi olsaydı demek istemiştim. Anlamadıysan daha da açık konuşayım istersen.

— Hayır! Aslında biliyor musun, ben bakışların dilinin en etkili belgeler olduğunu düşünürdüm.

— Bununla beraber, duyguların lisanla seslendirilişini bekler insan.

— O zaman, kulakların da duysun. Ben o aşina yüzü sevdim.

Derin bir soluk almıştı.

— Şükür. Duydum sonunda.

— Öyle söylememelisin Dilek. Yakın akrabayız. Erkek, çok güç durumlarda kalabilir bu şartlarda. Düşün, teklif reddedilse, söz büyür, bütün aileyi kuşatır.

— Bu sözü ilk kız açarsa, sence o zor durumda kalmaz mı?

– Erkekler biraz daha ketumdur bu hususlarda. "Sır" diye saklayabilirler.

– Ben de saklarım.

– Bilmem. Gönül frenleri pek ayar tutmaz. Söz verelim mi şurada? Bu arzular sır olarak kalacaklar aramızda ve günü gelesiye kadar kimseye açmayacağız. Söz mü?

– Söz.

İşte dostum, bizim hikâyemiz. Aileden ve etrafımızdan kimsenin haberi yok ve biz sözlüyüz Dilek'le. Üniversitelerin bitiminde...

– İyi de, niçin ailelerinizden habersiz?

– Başta maddî dengesizlikler söz konusu. Onlar oldukça zengin ve biz orta halli bir aileyiz Ozan. Bu yüzden açığa çıksak olmayabilirdi.

– Yani, ikinizin de karşılıklı arzularına rağmen mi?

– Evet. Örf, âdet işte. İkimiz de kalkıp "Bizler, birbirimizi seviyoruz." diyemezdik.

– Dilek senden daha cesurmuş doğrusu.

– Öyledir. Dobra ve dürüst bir kız. Tanıştığınızda göreceksin. Ahlâkî bütün kurallara duyarlı bir kızdır o.

Beş katlı lüks bir bina. Ana caddenin bir arka sokağında bahçeli, etrafı yüksek tel duvarlarla çevriliydi. Altın sarısı harflerle "KARDELEN KIZ YURDU" yazıyordu kapısında. Hemen girişte "Müracaat" ve sol bölmenin kapısında "Müdüriyet" yazısı vardı.

Oldukça lüks bir bina seçilmişti yurt için. Duvarlarda göz kamaştıran tablolar asılıydı. Dilek, yemekhanenin alt katındaki dört kişilik bir odada kalıyordu. Onların bitişiğindeki oda, biraz daha imkanlılar için hazırlanmıştı. Orada, sadece iki kız kalıyordu. Hicran ve Filiz.

Bitişik odadaki talebelerle aralarında çok iyi komşuluk ilişkileri başlamıştı. Sık sık birbirlerini çay ziyafetlerine çağırıyorlar, aralarında sohbetler düzenliyorlardı.

Dilek, komşu odada kalan Hicran'la, aynı üniversitede okuduklarını, daha birkaç gün öncesinde öğrenebilmişti. Onun için biraz daha yakınlık duymaya başlamışlardı birbirlerine. Bu yüzden son günlerde arkadaşlık köprüsü kurulmuştu aralarında. Sabahları birlikte çıkıyor, akşamları yine birlikte dönüyorlardı yurda.

Hicran, Bursa'lıydı. Dilek ise Elazığ'lı... O, Can'ın teyzesinin kızı ve sözlüsüydü. Dilek, bunu arkadaşlarına özellikle anlatmıştı.

Yakın evlilik ikazlarının dinmek bilmeyen tepkileri vardı arkadaşlarından. O, sadece arkadaşlarına: Ben sadece evliliklerde ve yaşadığım dünyada, haram ve helâl kavramlarının pencerelerinden bakarım hayata diyordu. Yani manevî bir yasağın olup olmadığına. Öyle birşey yoktu. Yakışıklıydı ve seviyordum onu. O halde, neden bıraksaydım ki?

Tepkilere hiç aldırış etmiyordu bu yüzden. Bugün Can'la buluşacaktı. Onun sevinci vardı yüreğinde.

Sabah kahvaltı için erkenden kalkmıştı. Günlerden cumartesi ve üniversiteler tatildeydi. Dilek, giyinip kuşanmıştı ve kaldığı odadan usulca çıkıp bitişikteki odanın kapısını yavaşça çalıp beklemişti.

Hicran kalıyordu bu odada. Cevap hiç de gecikmemişti. Filiz açmıştı ona kapıyı. Göz göze gelmişlerdi.

– Gelsene.

Çekingen bir tavrı vardı. Mahcup bir lisanla mırıldandı:

– Rahatsız etmedim ya?

– Hayır, kalkmıştık.

– O halde tamam. Hicran da hazır mı?

– Hazır, çıkıyorduk.

Üçü birlikte çıkmışlardı kahvaltı için. Hicran üniversitedeki sıkıntılara rağmen başını açmamıştı. Filiz, buruktu bu konuda. İnanç özgürlüklerinin boğuntularından söz ediyordu sık sık. İnanç, hiçbir şekilde sorumsuz, gocunmaların azizliğine uğramamalıydı ona göre. "İşte bu yüzden" demekle yetiniyordu düşüncesini ifade edebilmek için.

Bu sabah, bol sohbetli bir kahvaltı yapmışlardı aralarında. Filiz, başka bir programının olduğunu hatırlatıp, müsaade istemişti arkadaşlarından.

– Bazı özel işlerim vardı bugün. Üzgünüm, ayrılmamız gerekecek.

Hicran, arkadaşına bakıp hayretli bir yüzle soruyordu.

– Ne demek özel iş? Bizim olmamamız gereken yerler mi demek istiyorsun yani?

Pek açıklık getirememişti.

– Biraz.

Dilek, Hicran'ın gözlerine bakarak mırıldanmıştı.

– Ya senin? Senin de özel bir programın var mı?

– Yo hayır. Belki yarın. Babam gelecekti de.

– Desene keyfin yerinde.

– Öyle, özledim.

– Bugün benimle çıkmaya ne dersin?

– Uzun mu?

– Yo hayır. Pek sayılmaz. Önce Kızılay, Sıhhiye. Kıyafet bakmak için. Sonra da Gençlik Parkı'nda bir tur. Anlatırlardı hep. Belki bir semaver kaynatmak. Ne dersin?

– Sen Ankara'yı biliyorsun anlaşılan.

– Kaybolmayacak kadar. Kabul mü?

– Tamam, ne diyelim.

Aralık ayına rağmen havalar nefisti. Birkaç gün öncesi, yağmur yağmuş, sert rüzgârlar esmişti başkentte. Havalar yeniden açılmış ve ılıman bir ısı yaymaya başlamıştı güneş.

Akşam Melisa'yı aramıştı Ozan... Şaşırtıcı bir cevap almıştı ondan.

"Düşünüyor ve araştırıyorum." demişti ve yakınmıştı hemen peşinden." Ah şu açmazlar. "Söyler misin Ozan, bu sence daha ne kadar sürebilir?"

Ozan'ın gönlünde inanılmaz bir umut kıran olmuştu bu cümleler. Kandiller, titrek ışıklarla yanıyordu artık yüreklerde. Belki de cılız bir rüzgârın esintisi söndürecekti araya mesafelerin girdiği sevdalarını. Yavaş yavaş kendisini göstermeye başlayan bir bitişin öyküsüydü, Ozan'a göre bu hikâye.

Can, sabah erkenden ziyaretine gelmişti. Günlerden cumartesi ve saat henüz dokuzdu.

Ozan heyecanla fırlamıştı yatağından. Unutmuştu arkadaşının geleceğini. Pijamalarını soyunmadan aralamıştı kapıyı. Mahmur bakışların, puslu görüntüsüne takılmıştı Can. Eliyle gözlerini ovuşturuyordu durmadan...

– Hay Allah, Can! Kusura bakma. Geç yatmıştım da biraz.

– Zararı yok canım. Anlaşılıyor halinden.

– Hoş geldin. Girsene içeriye.

– Kahvaltı yapmadım, dışarıda yaparız diye.

– Tamam, gel. Giyineyim de. Hava nasıl?

– Nefis bir hava var dışarıda.

– Dolaşırız biraz da.

– Hı hı.

Güneş, üşütmeyen ve yakmayan müşfik bir dost edasındaydı bugün.

Cadde üstü bir lokantaya girmişlerdi. Kahvaltılarını yaparlarken sohbet koyulaşmıştı. Ozan, Can'a bakıp sordu.

– Bundan sonrası için bir programın var mıydı?

– Aslında yapılmış bir program var. Seni de bugün kendi aramızda düşünmüştük.

– Yani?

– Sözlüme de senden bahsettim ve bugün tanıştırmak için söz verdim ona. Biliyor musun Ozan, kardeşim gibi ısındım sana. Yoksa aklımdan bile geçirmezdim bunu.

– Yani sözlünün de haberi var mı bugün tanışacağımızdan?

– Evet, Gençlik Parkı'nda buluşmak için sözleşmiştik. Ona parktaki köprüyü tarif etmiştim buluşmak için. Birlikte bir semaver kaynatalım istemiştik; hatta yanında bir arkadaşının da olabileceğini söylemişti. Bakarsın?..

– Tamam da, gönül oyunları bize göre değil biliyorsun. Ahlâka ve inancıma olan saygım için demek istemiştim bunu.

Mevsim, Gençlik Parkı'nda bir hüzün rengini almıştı. Ağaçların dipleri yol kenarları, kehribar sarısı yapraklarla doluydu. Dallarda kalmayı başaran yapraklar, hüznün en uçuk renginde, titrek ve ürpertiliydi. Parkın ortalarında kabarmış, bombeli bir yürek gibi duran köprünün kıyısında bekliyorlardı.

Can birden heyecanlanmıştı. Gözleri parlıyordu Ozan'a bakarken.

– İşte geliyorlar.

Ozan, arkadaşının işaretlediği mevkiye baktı ve hemen değiştirdi bakışlarındaki istikâmeti. Can mırıldanmaya başladı.

– Bir de arkadaşı var yanında. Başı açık olanı sözlüm.

Tedirgin bir hali vardı Ozan'ın. Rahatsız olmuştu.

– Can! Bu başka bir anlam taşımıyor değil mi?

Sabırsız bir gönlü vardı onun. İçli bir bakış bıraktı gelenlerin üzerinde ve ivme kazandırmaya çalıştı sözlerine onu ikna için.

— İnan hiçbir anlam taşımamakta. Konuşurken de "Belki" demiştim hatırlarsan. Bozuntuya vermemelisin. Aksi halde zor durumda bırakırsın beni. Şunun şurası bir çay içimi zaman işte.

— Pekâlâ.

Aralarındaki mesafe tükenirken, Dilek "Buradayız." anlamında el sallamıştı Can'a. Hicran tuhaf bir ürpertiyle irkilmişti Dilek'in takındığı tavırlara. O da aynı alınganlığı göstermeye başlamıştı aradaki mesafeler azalmaya başlayınca.

— Dilek, arkadaşı da var yanında.

— Biliyorum.

— Benim aranızda oluşum?

— Kaygılanma. Tanıştırırken izah ederim. Can'ın bana anlattığına göre inançlı, dürüst ve çok mükemmel birisi olmalı.

— İyi de?

— Korkma canım, biraz mantıklı olmaya çalışmalısın. Üniversitede aynı sıraları paylaştıklarımız, başka varlıklar mı?

— İyi de sen sözlünün yanına geliyorsun. O yalnız... Ne anlam taşır sence bu, hiç düşündün mü?

— Hicran'cığım, lütfen. Ben onun izahını istediğin gibi yaparım. O çocuk fırsatçı birisi olsa, Can onunla beni hiç tanıştırmak ister miydi sanıyorsun?

Zor bir kabuldü bu Hicran için; fakat başka bir çıkar yolu da yoktu anlaşılan. Her şeye rağmen vakitsiz bir emrivakinin hoşnutsuzluğu vardı mimiklerinde.

Aralarındaki mesafeyi adımlar yuttu ve yüz yüze geldiler sonunda. Can, güleç bir yüzle selamlıyordu onları ve Dilek tebessümle karşılık veriyordu.

— Merhaba Can.

— Merhaba, hoş geldiniz.

– Beklettik mi sizi?
– Önemli değil. Sıkılmadık.

Hicran ve sözlüsünün yanında bekleyen Ozan sıkılmışlardı. Hoyrat, tedirgin bir alacalıktaydı onlardaki bakışlar. Utançlı, kaçamak pırıltılar, şeffaf tüllere sarılarak dökülüyordu her noktaya.

Utancı, yüreklerinden, yüz hatlarına çekmişlerdi ikisi de. Hem bu buluşmadan hoşnut değillerdi hem de kaçamak bakışlarla adeta, irade dışı bir içgüdünün dürtüsüne kapılıp birbirlerini seyrediyor, tanımaya çalışıyorlardı. Bunu çok kısa bir zamana sığdırıyorlardı iki genç. Şaşırmışlardı aslında. Arkadaşlarına kızıyorlardı, sıkılmış, utanmışlardı; fakat anlamsız gelen bir duygunun rüzgârına kendilerini kaptırmış, kaçamak bakışlarla incelemeye çalışıyorlardı birbirlerini.

Tarif edilmez bir yakınlık, inanılmaz bir ılıma olmuştu hislerinde. Ürkeklik yüzlerini hicap rengine boyasa da, yüreklerde yaklaşım sinyalleri vardı.

Sözlülerin kısa hasbihallerinden sonra ilk Ozan tanıştırılıyordu. Can, arkadaşına dönüp takdime başlamıştı.

– Bak Ozan, işte sana bahsettiğim sözlüm Dilek. Aynı zamanda o benim teyzemin kızı.

Toparlandı, mahcup bir bakış uzattı yüzüne ve buruk bir tebessümle gülümsedi.

– Memnun oldum.
– Bu da arkadaşım, sana ezberletecek kadar anlatmaya çalıştığım Ozan.
– Memnun oldum. Çok bahsetmişti sizden.
– Teşekkür ederim. Sanırım abartmıştır da anlatırken.

Dilek, geciktiğini hissedip Hicran'a dönmüştü.

– Ha, Can bak. Benim de en iyi anlaştığım arkadaşım Hicran.
– Memnun oldum. Nasılsınız?
– Teşekkür ederim. Ya siz?

Arkadaşına dönüp son tanıştırmayı da Dilek yapıyordu.
— Bak Hicran, bu da Can'ın arkadaşı Ozan. Ben de kendisini yeni tanıyorum.
— Memnun oldum.
Ozan, yine kısa bir bakış uzatmıştı genç kıza, utanacak bir sesi vardı cevaplarken.
— Memnun oldum.
Hicran'ın karşılığı aynı tonda bir cevaptı. O da pesperdeden ulaşıyordu sahibine.
— Merhaba.
Merasim bitmişti. Can, önce Dilek'e baktı.
— Ne yapıyoruz şimdi?
— Semaver kaynatırız demiştin ya.
— O halde karar ver, hangi bahçe?
— Yer o kadar önemli değil Can.
Ozan, hemen yolun kıyısındaki akasya ağacına yaslamıştı sırtını. Muzdarib bir gönlü vardı. Damarlarındaki kan bile dolaşımını hızlandırmış, kaçamak bakışları büyülü sinyallerle konup şaşkın bir kelebek gibi uçuşuyordu Hicran'ın üzerinde. Adını henüz koyamadığı bir his, belirsizlik içindeki çırpınışlara bırakıyor bedenini, kalbinin atışları insafsızlaşıyor, hırçın gümbürtülerle velveleler koparıyordu duygularında...

Melisa düşüyor aklına, kısa periyotlarla fotoğraflar veriyor mazi, babasının tepkisi yankılanıyor kulaklarında sık sık: "Kötü bir çığır açacaksın ailede."

Hicran'ın yüzündeki masumiyet, inancının fotoğrafı gibi karşısında duruyor, düşünceleri bunaltıyor duygularını.

Aynı sihirli bakışların, ufkunda misafir oluşuna şahit olan vehimli gözlerin iç mahzenlerindeki ürpertileri sarmalıyor bedenini.

Hepsi de, birkaç dakikalık zaman içinde oluyor bunların, Can'ın davetçi sesi bozuyor gençlerin arasındaki romantizmin dekorlarını.

– Durmayın öyle. Bir semaver çay içimlik zaman demiştik.

İtirazsız bir kabul, sessiz ve tepkisiz. Ozan'la Hicran. Görünmez, irade dışı bir el çekiyor onları ve analiz edilmedik duygular yönlendiriyor ikisini de.

Peşlerine takılıp sessiz sedasız, uysal bir gölge gibi takip ediyorlar arkadaşlarını.

Suları henüz boşaltılmamış havuzun kıyısında, bir masa seçiyorlar kendilerine, dörtlü grup karşılıklı oturuyorlar kare masanın sandalyelerine. Bahçede dost bir güneş, asude dekorlar kurduruyor gençlere. Yanlarına gelen garsondan semaver istiyor Can.

Etrafta sarı sarı yapraklar, havuzda artık çekilmek üzere oluşunu hatırlatan, üzerinde yaprakların yüzdüğü kirli su. Dost bir güneş ve platonik aşka hazırlık yapan bakışların eşliğinde, beraberliklerin başladığı ılık, uysal bir sohbet başlıyor oturdukları masanın etrafında. Masanın üzerine konulan semaver tamamlıyor dekoru. Dilek ve Can coşkulu, Hicran ve Ozan çekingen ve suskun önceleri... Can, fark ediyordu kaçamak bakışlarıyla olanları. Sıkılganlıkları, tedirginlikleri ortadan kaldırabilmek için çırpınan düşünce, ona Necip Fazıl'ın bir dörtlüğünü hatırlatıyor ve koca şairin duygularıyla canlandırmaya çalışıyor havayı. İçli bir ses sarıyor masanın etrafını, hiç beklenmedik anda. Onu dinliyor herkes, duygusallığın duvarlarını yıkan mısralarında.

İkinizin de ne eş, ne arkadaşınız var,
Sükût gibi münzevi, çığlık gibi hürsünüz,
Dünyada taşınacak bir kuru başınız var,
Onu da hangi diyar olsa götürürsünüz.

Dilek genişletiyor yelpazeyi. Üstadın başka bir dörtlüğünü mırıldanıyor Hicran'ın gözlerinin içine bakıp. İçli duygularla dolu bir ses, hazin mısraları asıyor yorgun güneşin tüllenen ışıklarına.

Eğri dallar gibi halsiz yorgunsun,
Birikmiş sulardan daha durgunsun,
Görünmez bıçakla içten vurgunsun,
Seni öz yurdunda bir sürgün gördüm.

Ozan bozuyor suskunluğunu Hicran'a bakıp.

– Bunlar bizim için sitem dolu göndermeler yapmaktalar arkadaş. Bari bir iki kelam edip susturalım bunları.

Hicran'ın yanaklarında güneşin batış seremonisinde tutuşan ebrulu renkleridir kızaran. Ezginlik içinde, sihirli bakışları uzanır anlık seyirlerle kendisine seslenişte bulunan delikanlıyı dinlerken.

– Hangi bölümde ve nerede okuyorsunuz?

Hicran yutkunuyor, soluğu darlanıyor konuşmaya hazırlanırken, açılmamış, hicaplı bir sesle ulaşmaya çalışıyor delikanlıya:

– Gazi, diş hekimliğindeyim.

– Güzel bir bölüm. Başarılar diliyorum size.

İçli, hazin bir ses sürdürüyor diyaloğu.

– Ya siz?

– Can'la aynı. ODTÜ İnşaat.

– Tebrik ederim, başarılar.

– Sağ ol arkadaşım.

Can giriyor devreye bu bağlamda.

– Hah, işte şöyle yahu. Sanki bir arkadaşlık sohbetinde değil de yas tutulması gereken bir yerde karşılaşmışız gibiydi az öncesi.

Hicran yeniden kapanıyor dünyasına. Düşünce yapısındaki estetiği bozuyor beraberlikler, onu zor durumlara sokuyor içinde bulunduğu ortam, adeta düşünce ikliminin dokularındaki parçalanışların paniğini yaşıyor hissiyatı. Sık sık kahırlı, sıkılgan; hatta gocunan boyutların ürpertilerini yansıtıyor bakışları.

Ozan, sanki biraz daha rahat ondan. Çaylar içilmekte, sohbetler koyulaşmakta, bakir duyguların deşifre edilmeye başlandığı bile görülmekte eriyen zamanın içinde.

Ozan, herkesi şaşırtan bir tutum içinde buluyor kendisini arkadaşlarından affını isteyerek.

Ilık bir sesleniş içinde bakıyor Hicran'ın gözlerine.

– Sakın yanlış anlamayın ne olur. Bazen elimde olmaksızın anlamlı bakıyorum gözlerinize. Bu henüz tarifini yapamadığım bir hissin tezahürü sadece. Art niyetsiz, duru ve saf. Bunu size açıkça söylemenin gerektiğini istemekte duygularım. Dedim ya, hiçbir art niyetim olmaksızın. Temiz, asude, saygı duyulmasını insana emreden bir yüzünüz var.

Hicran utanmıştı. Güçlükle nefes alıp kaçamak bakmıştı yüzüne.

– Teşekkür ederim.

– Biraz şairane oldu galiba sözlerim. Bazen bir şeyler karalamaya çalışırım da.

– Şiir mi?

– Evet şiir de var. Yine söylüyorum arkadaşım, sakın aklınıza kötü şeyler gelmesin. Benim mizacım değildir öyle lüzumsuzluklar; ama Can bilir beni, sıra dışıyımdır böylesi işlerde. Aslında keskin bir çizgim vardır hayatta. Helâl çizgisinden kavisler çizerek, haram yurduna uğramak istemem elimden geldiğince.

– Benim yönelişlerim de sizinkinden farklı şeyler değil.

– Seçtiğiniz model, yüzünüzdeki mahcubiyet, sizi ifade etmekte.

– Benim adım arkadaşlarımın arasında "Kuralcı Kız"dır; fakat, hayat yine de sapağlaçlarla dolu. Ne yapsanız günahsız yaşamanız zor. Aslında şu fotoğrafın karelerine sığışımızı bile, oturup dürüstçe sorgulamamız gerekir diye düşünmekteyim.

– O günahsız yaşanabilecek yurdu bir gün bulursanız, mutlaka benim de haberim olmalı.

Dilek titizlikle dinlemişti onları. Fazla sabredememişti anlaşılan.

— Hey, bizi unutup felsefeye daldınız. Siz de bize iyi göndermeler yaptınız bu arada hani.

Ozan kibarca geçiştiriyordu:

— Sürç-i lisan etmişsek affola.

— Şaka canım, alınmayın hemen.

Oldukça sade bir ayrılık başlıyordu az sonra. Semaver kalktı ve masadaki bardaklar. Güneş bulutların arasına girmişti ve hava mevsimi hatırlatmıştı onlara. Can, baktı arkadaşlarına.

— Kalkalım mı?

Ozan cevaplıyordu onu.

— Siz bilirsiniz.

İki arkadaş Dilek'le Hicran'ı uğurlamışlardı. Can, Ozan'a döndü onlar uzaklaşınca.

— Biliyor musun, anlaşılmaz bir çocuksun.

— Neden?

— Önceki tepkilerin ve kızla tanıştıktan sonraki halin.

— Bir olumsuzluk mu vardı?

— Bence değil.

— O halde?

— Bakışlarındaki esrar ve ona karşı olan yakınlığın. Otururken buz dağı, kalkarken adeta eritti kız seni.

— Affedersin Can. Ben de anlayabilmiş değilim henüz. İçimden bir şeylerin kopup ona doğru aktığını hissettim yakından görünce.

— Âşık oldun kıza.

— Caaaan!

— Kızma hemen, yalan mı söylediklerim?

Sitemle doluydu sesi:

– Can inan bu öylesi değil. Yemin ederim ki değil. Ona baktığım doğru; hatta konuşmak, yakınlaşmak istedim onunla. Bu bir aşk ya da değişik duyguların yakınlaşmak isteyen dürtüsü değildi, inanmalısın bana.

– Aksi halde Melisa kızardı sana.

– Bilmem, o da ayrı bir tutku, umutsuzluğun çağrısı sanki yüreğimde.

– O bir macera bence Ozan. İkiniz de avutuyorsunuz kendinizi. Şakayı bir kenara bırak ve beni dinle şimdi. Bu çok farklı bir kızdı. Tam da senin düşünce yapına göre.

İtirazlı bakıyordu arkadaşının gözlerine.

– Can, dur hele.

– Hadi hadi. Tıpkı o da senin gibiydi. Duygusal, utangaç; ama kaçamak bakışlarınızı seyrettik. Kafanızı kuma gömdünüz.

– Şimdi ne söylesem inandıramam seni. Evet duru lekesiz bir yüz. Mahcup bakir duygularla insana bakışı, onda da başka duyguların mesajını taşımayan bir hal vardı. Onu ben test ettim Can. Siz, başka bir açıdan değerlendiriyorsunuz meseleyi. Arzulardan sıyrılmış, naturel masum bir dost bakışıydı onlar.

– Gel gör ki, beyimizin yüreğinde iz bırakmış.

– Doğru. Günümüzde hâlâ öyle saf, duru ve masumiyetini yitirmemiş bakışların da olduğunu hatırlattı bana ve iz bıraktı.

– Sen hâlâ oradasın dostum.

– Can, yemin ederim ki, aşktan ve beraberlik arzularından çok uzak bir haldi anlatmaya çalıştığım.

Dilek ve Hicran, Gençlik Parkı'nın operaya açılan kapısından henüz çıkıyorlardı. Sıhhiye istikametine yönlenmişlerdi. Yürümeyi düşünmüş olmalılar ki, otobüs durağını gerilerde bırakıp aheste adımlarla ilerliyorlardı. Onlar da az önceki beraberliklerin artılarını ve eksilerini konuşmaya başlamışlardı.

Dilek sormuştu arkadaşına.

– Nasıl buldun sözlümü?

Durgun suları andırıyordu bakışları. Arkadaşının sorusuyla toparlanmıştı. O iç âleminde fırtınaların koptuğu anları yaşıyordu. Kısa bir cevap vermeyi uygun bulmuş olmalı ki sadece "Allah ayırmasın" diye mırıldanmıştı.

O, kendisini acımasızca sorgulamaktaydı hâlâ. Çay sohbetinde serbest olan duyguların hesaplaşması vardı iç dünyasında.

Elinde olmayan sebeplerle, an be an akışa bıraktığını düşündüğü hissiyatının, sorumsuzluk içindeki davranışlarının, çetin mahkemesindeydi düşüncesi. Sersemlemiş aptalsı bir hali vardı kaldırımda yürürlerken. Dilek, arkadaşına dikkatlice baktı ve içtenlik izlenimi veren bir alâkası vardı sesindeki ayarın.

– Hicran, sen hâlâ oradasın anlaşılan.

Bu sesleniş adeta onu sıçratmıştı.

– Ne daldın o kadar?

– Bilmem.

– Ozan'ı nasıl buldun.

Eğisli bir bakış ve sitemli bir sesi vardı.

– Dileeek!

– Bırak şimdi sitemi. Etkilendin bal gibi. Yıldırım aşkının vurgunu mu bu dalgınlık?

– Dileeek!

– İyi de çok sıcak davranışlardı onlar.

– Doğru. Suçluluk duygusunun acıları şu an yaşadıklarım.

– Neden?

– İrade dışı şeylerdi onlar. Kendimi onun için sorgulamaktayım şu an.

– Yanlış birşey yapmadın ki?
– Ona anlamlı ve derin baktım, elimde olmadan.
– Ne var bunda?
– Olmamalıydı en azından.
– Çok onurlu bir gençmiş o. Bence ilerleyen bir arkadaşlık kurulsa, muhteşem bir yuvanın temelleri olurdu atılan.
– Dilek, ben anlatamıyorum anlaşılan. Bu bildiğin cinsten bir duygu yoğunluğu değildi.
– Bütün aşklar böyle başlarlarmış kızım. Beni Can'la buluşturan duyguların aynısıydı gözlemlemeye çalıştığım.
– Ben aşkın rengini ve vasfını tahmin edebiliyorum az çok. İnan bu aşk olamazdı.
– Hayatında hiç sevdiğin oldu mu? Birisinden hoşlandın da, hülyaların onun peşinden koşturdu mu hiç seni?
– Her yürek zaman zaman yaşar bence o duyguları. Biraz dürüst olmalı insan. Fakat onlar çoğunlukla gönül mahzenlerinden esen rüzgârların dürtüsü olarak başlarlar ve yeniden küllendirirler üzerini. Küllenmeyeni varsa o, kendisinden kopuşudur insanın.
– Bu üzeri küllenmeyecek cinsten olanı mı demek istiyorsun?
– Hayır. Bu o duyguların dışında bir esinti gibi gelmekte bana.
– Bence kandırmaya çalışmamalısın kendini. İkiniz de hazırlıksız yakalandınız duygularınıza, hepsi o işte.

◆━◆━◆

Gece koyu bir kabus gibi çökmüştü başkentin üzerine. Günlerdir hafızası yoğun mahkemelerin kurulduğu bir yerdi.

Can, Dilek'ten dinlediklerini anlatmıştı Ozan'a. Hicran hakkındaki düşünceleri de mutlaka ona ulaşmıştı.

Yankılarını yarınlara taşıyan bir tanışmanın öyküsü günlerdir sürüp gitmekteydi.

Dayanamıyordu artık ve Can'a utana sıkıla bir ricada bulunmuştu.
— Can.
— Efendim.
Üniversitenin kantininde çay sohbetindelerdi.
— Senden bir isteğim var.
— Söyle.
— Ya, yanlış anlaşılır diye de...
— Senin yanlış anlaşılabilecek bir isteğin. Merak ettim doğrusu.
— Diyorum ki. Dilek, Hicran'ın cep telefon numarasını bize verse?
— Evet.
— Bilmem ki.
— Ben sana dememiş miydim, sen o kıza abayı yaktın.
— Ya her neyse... Ben başka bir yakınlık duygusu diyorum, sen istersen onun adına aşk de.
— Diyelim ki aldık?
— Bunda bir tuhaflık yok sanırım. Onunla konuşmak istiyorum.
— İstiyorsan daha önce yeniden bir buluşmayı deneyelim ha, ne dersin?
— Önce bir konuşmayı denesem?
— Niyetin ciddi mi?
— Şu an hiçbir şey düşünecek durumda değilim inan ki!
— Ya Melisa?
— Can, anlatamıyorum ne yapsam. Bak, o kuralcı bir kız ve ben de onun kadar kuralcı bir delikanlı. Kötü birşey düşünmek en azından yersiz şu an.
— Desene Melisa'nın üzerine kalın bir çizgi...
— İnan şu an hiçbir şey bilmiyorum. Samimiyetime güvenmelisin. Yemin ederim ki elimi bile eline sürmem. Bu hayat tarzı benim inancım ve tutkum.
— Buna inanıyorum arkadaşım. O halde deneriz.

Gün kararmıştı. Ankara gecenin kollarındaydı artık. Yatsı namazını daha yeni kılmıştı. Koyu bir yalnızlık duygusunun kuşatması içine düşmüştü oturduğu odasında.

Cep telefonunun musikili sesiyle toparlandı. Üzerindeki numaraya baktı, Can'dı.

– Efendim.

– Ozan. Merhaba.

– Merhaba Can.

– İyi misin?

– Bildiğin gibi.

– Sana bir haberim var.

– Hayırdır?

– Dilek, Hicran'la konuşmuş.

Heyecanlanmıştı:

– Eeeee?

– Senin, telefon numaranı istediğini söylemiş ona ve "Arzu edersen vermek istiyorum." demiş.

– Vermiş mi?

– Evet, vermiş. Yaz bakalım.

Kalem aradı, kâğıt buldu. Numarayı yazarken, eli titrekti ve soluğu derin.

– Şu an arayabilirmişsin.

– Benim vefakâr arkadaşım.

– Bu iyiliğimi de unutma tamam mı?

– Tamam.

– İyi şanslar Ozan. Sonuçlarını yarın konuşuruz.

– Sağol Can. İyi akşamlar.

Telefonunu kapatıp önce derin bir nefes almıştı. Kısa ve hızlı bir muhasebe yaptı zihninde. Kalbinin vuruşları bile değişmişti.

Melisa?.. Bir nokta koydu beyninin verdiği ismin sonuna ve sanki bir umursamazlık duygusuna kaptırdı kendisini. Önce, gamsız bir hareketle az önce kağıdın üzerine kaydettiği telefon numarasını cep telefonunun hafızasına kaydetti ve "Yes" dedi tuşa.

Belki de hayatında hiç böylesine bir heyecanı daha öncesinden yaşamamıştı yüreği.

Telefonun üzerindeki ekrana baktı. "Bağlanıyor" yazısını okuyup telefonu kulağına yaklaştırdı sabırsız bir bekleyiş içindeydi.

Karşı taraftan gelen sinyalde "Alo" diyen ses, en az kendi nefesi kadar titrekti.

– Merhaba Hicran. Ben Ozan.

– Merhaba!

– Sesiniz çok tutuk. Benim sesimdeki açılmamışlık da dikkatinizi çekmiş olmalı.

– Evet. Nasılsınız?

– Teşekkür ederim. Yine söylüyorum. Affınıza sığınarak aradım. Sakın beni bir fırsatçı, art niyetler besleyen birisi olarak değerlendirmeyin ne olur. Bunu özellikle belirtmek istiyorum.

– Anlıyorum. Birşey mi söyleyecektiniz?

– Bir ricam vardı sadece.

– Estağfurullah.

– Okul çıkışı bile olsa benim için birkaç dakikalık vaktinizi ayırmanız mümkün olur muydu?

– Bilmem, yakışık alır mı buluşmalar?

– Sizin kurallarınıza uymak şartıyla.

– Neymiş benim kurallarım?

– Siz daha iyi biliyorsunuzdur, dedi gülümseyerek.

– Madem kuralları biliyorsun.

– Evet.
– Yarın, çıkışta.
– Saat kaç gibi?
– Dur bakayım. Yarın öğlenden sonra derse girmesem de olur. Ya sen?
– Aynen.
– Saat iki. Normal mi?
– Olabilir.
Buluşma yerlerini yazmıştı. Tandoğan metro durağı.
– Yazdım.

Sabahı iple çekmeye başlamıştı. Melisa'ya yazdığı mektupların müsvettelerini okudu ajandasından. Aynı duyguların tazeliklerini yaşıyordu sayfalarda. Buna rağmen bilmediği bir rüzgârın esintilerine kaptırmıştı kendisini.

Gün doğdu, ortalık aydınlandı, sabah namazından sonra yatmamıştı. Sabırsız bir gönlü vardı. Üniversiteye bugün gitmeme kararı almıştı.

Sabırsızlıklarla beklediği buluşma saati gelip çatmıştı. Giyinmiş, süslenmişti. Ela gözlerinde hüzün, esrarlı bir dünyaya bırakmıştı kendisini.

Hicran'ı farketmişti uzaklardan. Sevinç miydi, yanaklarında tutuşan al benekler, utançtan mı.. bilinmezdi. Nedense arzularına rağmen koyu bir karamsarlık içindeydi duyguları.

Hicran, kendisine yaklaştıkça heyecanı da artmıştı. Aynı sıkıntıları yaşıyordu aralarındaki mesafeyi tüketmeye çalışan genç kız.

Mesafeler tükendi, adımlar ağırlaştı ve göz göze gelmişlerdi. Masum yüzlerde yine aynı renkteydi bakışlar.

İlk seslenen Hicran oldu.

– Merhaba.

– Merhaba.

Aralarında mesafe vardı ve tokalaşmamışlardı. Bu bildik bir tarzdı ikisi için de.

İkisi de sıkılmıştı ve gözlerini kaçırıyorlardı sık sık birbirlerinden. Ozan mırıldandı havayı açmak için.

– Beni kırmadığınız için teşekkür ederim.

– Bilmem, 'Bir şey değil.' mi demek gerekirdi? Aslında 'bir şey' bu buluşma. İtiraz edemedim nedense.

– Yürüyelim mi şöyle?

– Nasıl isterseniz.

İkisi de fazla bakamıyorlardı birbirlerinin yüzlerine. Hicran usul usul kaldırımları adımlarken konuştu.

– Önce bir ricam olacaktı sizden.

– Estağfurullah.

– Sizi kırmadım, geldim. Ancak benim tarzım değil aslında böylesi buluşmalar. Engel koyamadım yine de kendime. Geldim işte. Bu saf, arı ve bakir düşüncelerle başlayan bir arkadaşlık olmalı bence. Bana sakın arzuların giderilmesi gibi hislerle yaklaşmayı aklınızdan bile geçirmemelisiniz; şayet bu merhabanın devamını istiyorsanız.

Annem ve babama, buraya uğurlanırken onlara ettiğim dürüstlük yeminime aykırı yaşayamam. Bu kendime olan inancıma ve onlara saygısızlık olur her şeyden önce.

– Daha önce sana bir itirafta bulunayım istersen. Sana bunu anlatmak için adeta mecbur hissettim kendimi. Kolejde bir kız arkadaşım olmuştu. Amerikalı bir kızdı bu. Adı Melisa. O diplomasını alır almaz ait olduğu ülkeye uçup gitti. Onunla olan arkadaşlığımız boyunca, eline bile dokunmayışım şaşırtmıştı onu. Bu hususta rahat olabilirsin diye anlatmaktayım bunu.

– Sağol.

– Doğrusu annenin ve babanın, seni buraya uğurlarken söylediklerini merak ettim.

– Öyle bir hayat yaşayacaksın ki kızım, bütün şehvet sarası tutmuş insanlara öğreteceksin, her kuşun etinin yenmeyeceğini. Yarınlara sen taşıyacaksın ahlâkın hayat için en kutsal sermayesi oluşunun mesajlarını. Azabını vicdanında taşıyabileceğin hiçbir arzuyu yaşamayışındır soyluluğun.

– Ne kadar güzel mesajlar bunlar. Bir merakım daha var şu an. Sordun mu annene hiç? "HİCRAN"... Neden gönül yarası bir isim?

– Sordum.

– Meraklandım şimdi.

Yakamozlanmıştı bakışları onu seyrederken. Renk cümbüşleri kaynaşıyordu gözbebeklerinde. Hüzün dolu ve duru.

– İstersen mahfuz kalsın bu.

İçli baktı gözlerinin derinliklerine ama, itirazı yoktu.

– İyi ya öyle olsun. Hem seninle buluşmak isteyişimin çok mühim bir sebebi de vardı. Çok halis bir niyetti bu. Tabii ileride sen de istersen demek istemiştim. Babam ilk evlilik isteğime şiddetle karşı çıkmıştı. Günaha girmeden yaşayabilmem için ona, evlenmemin gerektiğini söylemiştim. Bu Amerikalı bir kız olunca dehşetli bir tepki uyandırmıştı onda. Şu an öylesi bir teklifle ona gitsem, itirazı olacağını hiç sanmam. Belki de hayatının müjdesini aldığını söyleyebilirdi.

Hicran mesajını almıştı Ozan'ın. Hafiften esen rüzgârın tenini yalayan ayaza dönüşmesine rağmen terlemişti. Güneşin batış anındaki tabloyu andırıyordu çehresi.

– Şey, iyi de böylesi bir teklifi ima için çok erken değil mi henüz?

– Bence maddi durumları yerinde olanlar için erken değil. Günaha girmeden yaşamak için başvurulması gereken bir müessesedir evlilikler.

– Anladım. Ancak bu bizim tek başımıza verebileceğimiz kararlar değil ki.

— Elbette; ama bizler karar verdikten sonra, onlara görevlerini hatırlatmış olmuyor muyuz?

— Bizde örf, görücü usulüyledir. Bir kız dışarıdan birisini bulup evdekilere hatırlatırsa çok ayıp sayılır. Ben bunu yapmam.

— Tamam tamam. O halde, sana düşen çok küçük bir görev olacak, bari onu yap.

— Nedir o?

— Sadece bana bir fotoğrafını verebilmen. Bunu da yapamaz mısın? İstiyorsan ben de sana veririm. Merak edenlere gösteririz ve deriz ki...

Kesin bir itiraz vardı Hicran'ın dudaklarında.

— Yo hayır, ben asla bunu yapamam.

— O halde sen bana fotoğrafını vermelisin.

İçli bir seyir uzatmıştı gözlerine.

— İyiden iyiye kararlı mısın?

— Ya, hâlâ şüphen mi var?

Sustu, yutkundu, dudaklarını gevdi farkında olmadan. Derin bir nefes aldı, eli irade dışı bir hareketle uzandı omuzunda asılı çantanın kapağını açmak için ve biraz aradıktan sonra içinden bir fotoğraf çıkartıp uzattı Ozan'a.

— İşte. Fakat bir şartım var.

— Evet.

— Sık sık buluşmasak diyordum.

— Anlıyorum seni. Kabul. Ya telefon?

— Arayabilirsin.

— Tamam, anlaştık işte. Dönem sonunda göreceksin her şey değişecek. Babam ve annem gidip isteyecekler seni.

— Hayırlısı.

Hicran sevinçle hüzün arasındaydı. Bakışları dalgındı. Hareketlerinde belirgin bir durgunluk vardı. Kaldıkları odaya girdiğinde Filiz yoktu. Dilek, onu görür görmez peşinden koşmuş, arka arkaya girmişlerdi içeriye.

Daha üzerini soyunmadan açılmıştı kapısı.

– Hicran!

Dilek'in sesini alır almaz dönüp buruk bir tebessümle karşılamıştı.

– Üzgün gibisin?

– Bilmem.

– Neler oldu anlatsana?

– Evlilik teklifinde bulundu.

– Yani, bu kadar çabuk mu?

– Günahtan korkuyormuş, öyle söyledi. Buluşmak beni de ürkütmeye başlamıştı hoş. Hem söz verdik birbirimize. Dokunmak, el ele bile tutuşmak yok. Gel gör, yine de mahzurlu bunlar.

– Kolayı var.

Gözleri parlamıştı Hicran'ın.

– Neymiş o?

– Yeni bir akım başladı günaha girmemek için. Haberin yok mu senin?

– Nasıl bir akım bu?

– Buluşmalarda, arkadaşlıklarda; hatta daha ileri boyutlar için günahtan kaçışlarda, en iyi ilaç bu?

Alaylı baktı Dilek'in gözlerine.

– Vahiy, Peygamber Efendimizin ahirete göçüyle bitmişti benim bildiğim.

– Bu bir vahiy değil.

– O halde?

– Fetva kızım.

– Şaşırtıyorsun beni Dilek. Dinini az çok bilen birisiyim, duymadım öyle birşey.

– Ya, hemen itiraz etme be kızım. Nikâhtan söz ediyorum.

– Daha o basamağa gelmedik.

– Gelirsiniz o halde. İki şahit bir hoca.

– Dilek, neler söylüyorsun Allah aşkına? İstenilmedik bile. Annem, babam, onun annesi ve babası.

– Kızım, o daha sonraki iş. Ya, siz günaha girmemek için önlem dememiş miydiniz?

– Evet.

– Bak, bu çok yaygın günümüzde. Biz de Can'la öyle yaptık. Sana onu anlatmaya çalışıyordum.

– Nasıl yani?

– Sözleştiğimizden ailede kimsenin haberi yok. Buluşuyorduk; hatta birbirimize duygu ağırlıklı bakıyorduk.

– Eeee!

– Bu böyle olmaz dedik aramızda. Bazı arkadaşlarımız, daha önceden yapmışlardı bunu. Hatta onlar çok daha ilerilere gitmişlerdi. Sınır yoktu aralarındaki ilişkilerde.

Yüzü kırıştı, çizgiler keskinleşti çehresinde, gözleri hayretli bakışlara bırakmıştı kendisini. Sesi titrek ve ürpertiliydi arkadaşına mırıldanırken.

– Çok tuhaf bir önlem bu. Ya, siz? Siz ne durumdasınız şu an?

Çok rahattı Dilek.

– Nikâhlıyız.

– Onu anladık da, hangi noktadasınız demek istemiştim.

– Rahat ol. Günaha girmemek için sadece. Başka birşey yok korkma.

– Üzgünüm, Dilek. Nikâh çocuk oyuncağı bir iş mi sence de?

– Ne var bunda?

Duyduklarının şokunu yaşayan bir yüreği vardı arkadaşını incelerken. Gözlerini gözlerine dikmişti.

– Sizin açınızdan belki birşey yok şu an ama, nikâhın açısından çok şeyler var yoruma muhtaç.

– Hicran, yani bizim yanlış yaptığımızı mı söylemek istiyorsun?

– Bu, alınganlığın boyutlarını da aşar arkadaşım. Nikâhın bir anlamı var. Tek vücut, tek yürek, bir bütün olmak. O çok kutsal bir müessese Dilek. Ona böyle bir yol açıldığında hiç inanmak istemediğimiz tehlikeler çıkacaktır ortaya. Nikâhtan sonra nefsin istediğini de vermeyişin günah olduğunu da düşünmüş müydünüz hiç?

– O zaman, az önce misalini verdiklerimiz gibi, bütün engelleri ortadan kaldırmalı mıydık yani?

– Onlar çok daha korkunç.

– Ya, kızım dinlesene beni. Üniversite devam ettikçe geçici bir nikâh bu. Sonunda isterlerse nikâh öncesine dönebiliyormuş her şey. Küçük bir doktor operasyonu. Senin anlayacağın daha öncesi, tarafların anlaşmalı yaptığı bir nikâh akti bu.

Şaşkınlığın komasındaydı Hicran.

– Yani o sözkonusu edilen doktor müdahalesinden sonra, isterse başka bir evlilik için hazırlayabiliyormuş o kız kendisini. Bunu mu demek istiyorsun bana?

– Evet aynen öyle işte.

– Bu, bir kızın kendisine saygısızlığı olmalı her şeyden önce. Dahası, inancına ve yeni izdivaç için söz verdiği erkeğe saygısız yaşamayı göze alması... Ömür boyu eşine, çocuklarına ve kendisine karşı bitmeyen bir vicdan azabı içinde yaşaması... Yalancılık, basitlik bu Dilek; hatta cinayet. Anlatmak istediğin, yasaklanmış bir "muta" nikâhının yortularının kalıntısı yeryüzünde.

Dilek alınmıştı anlaşılan. Az önceki cüreti yoktu bakışlarında. Sesi hassas ve sitem doluydu.

– Benim hakkımda da aynı şeyleri mi düşünmektesin şu an?

– Üzgünüm arkadaşım. Bence hemen ailelerinizi haberdar etmelisiniz durumunuzdan. Dilek, uydurulan dine göre değil, indirilen dine göre yaşamalı insanlar. Böylesi nikâhların sonundaki tehlikeleri düşünmeliyiz en azından. Düşünsene arkadaşım, ilan edilmemiş, kimsenin evliliklerinden haberdar olmadıkları nikâhlar ve çocuklar. Ayrılıklar, yeniden evlilikler ve çocuklar! Toplumun içine düşebileceği tehlikeleri şimdiden görmeye çalışsana...

– Özür dilerim arkadaşım. İnan bunları hiç düşünmemiştik öncesinden. Gençlik heyecanları işte; ama söz. En kısa zamanda bundan ailelerimizi de haberdar etmeye çalışacağımdan kuşkun olmamalı. Beni uyardığın için teşekkürler, arkadaşım.

– Dilek, bunu ailelerinize anlatamadığınızı bir düşün istersen. Can, sesini çıkartamıyor, seni başka birisi istiyor, o ara Can'la da aran bozuk. Yeni taliplin hoşuna gidiyor. Can, seni boşamamış ve sen nikâhlı olarak başkasına gidiyorsun. Ne kadar korkunç değil mi?

– Hay Allah, dalmışım işte. Oturalım demeyi bile unutmuşum inan. Sana, bunun çok hazin bir anekdotunu anlatayım ister miydin?

– Hı hı.

– Geç, otur şöyle. O yeis içindeki suratını da düzeltmelisin önce.

– Tamam.

İkisi de kendilerine birer sandalye bulmuşlardı oturmak için. Dilek, bozuk bir moralle gözlerini Hicran'ın gözlerinin içine dikmiş, anlatacağı öyküyü bekliyordu. Hicran, nefesini hissedecek kadar sokulmuştu arkadaşına. Muzdarip bir gönlü vardı ikisinin de.

Hicran, içli bir solukla rahatladı Dilek'in gözlerinin içine bakarken.

– Bak arkadaşım. Alınmamalısın konuştuklarımdan. Hayatın doğruları tektir; yalansız, dürüst ve emrolunduğumuz gibi yaşamaya çalışmak.

Bak, keyfilikler, sorumsuz davranışlar kapılarını hangi tehlikelere açar, insan farkında olmadan. Onu anlatmaya çalışıyorum sadece.

Kendi düşüncelerinin önünde dimdik, eğilmeden duramayan insanlar saptırır hayatın akışlarını.

Hafızamda daha sıcaklığını yitirmemiş bir hadiseden söz etmek istemiştim sana. Ankara'ya gelmezden daha birkaç ay öncesi, düşünceyi cinnete davet eden bir ürpertinin hikayesiydi sana anlatmak istediğim.

Geldiğim o ilde, iki ilkokul talebesinin içler acısı öyküsünü hafızama kazıyışımın, henüz dördüncü ayındayız.

Sonradan edindiğimiz bilgilere göre, her şey bir yaz günü çocukların coşkuyla oynadıkları bir parkta başlamıştı. Anneler, ayrı ayrı kanepelerin üzerinde oturmuş, çocuklarının oyunlarını seyrederlerken, beş altı yaşlarında iki çocuğun arkadaşlık kurmasıyla başlar hikaye. Onlar kaydıraklarda, salıncaklarda oynarlarken, pekişen arkadaşlıklar, ayrı kanepelerde çocuklarının oyunlarını seyreden anneleri de buluşturur.

Çocuklardan sonra iki anne de tanışıp kaynaşırlar. Günler geçtikçe dostluklar pekişir. Bir gün Binnaz Hanım, oğlu Bülent'in doğum gününden bahseder ve ekler.

– Fahriye Hanım. Yarın Bülent'in doğum günü. Pınar'la çok iyi anlaşıyorlar. Sizleri davet etsek, Bülent'in doğum günü için, Pınar'ı da alıp gelmez miydiniz?

Fahriye Hanım bir an duraklar ve karar verir.

– Neden olmasın?

Adres yazılır, saat belirlenir ve ertesi gün Fahriye Hanım kızı Pınar'ı da hazırlayıp yeni tanıştıkları dostlarının evlerine gitmek için yola düşerler.

Kapı çalınır, bahçeli dubleks evin alt kattaki salonuna alınırlar anne ve kız. Pastalar yenilir, meşrubatlar içilir, çocuklar çılgınca eğlenirler aralarında.

Zaman misafirlikler için eskimeye başladığında, davetliler birer birer çekilip, giderler; ancak Pınar'la anne, en sona kalırlar müsaade almak için.

Fahriye Hanım, Pınar'ı araştırır, ortalarda yoktur.

— Müsaade alsak, diye mırıldanır ev sahibine.

— Otursaydınız.

— Yo gitmeliyiz artık. Evde de işlerim var. Şey, Pınar nerelerde ki?

— Bilmem, bakarız acele etme. Üst kata çıktılar sanırım, sesleri yok.

Bülent ve Pınar dubleks evin üst katına çıkmışlardır o ara. Bülent, Pınar'ı odasını göstermek için götürmüştür üst kata.

Oyuncaklarını, dolabını gösterir tek tek ve üst kattaki odaları gezdirirken, yatak odasının önünde durur ve elini dudaklarına koyarak ikaz eder Pınar'ı.

— Biraz yavaş konuşmalıyız burada. Babam uyuyor.

— Bu saatte mi?

— Evet. Geç geldi. O iş adamı, yoldan gelir bazen, uyur.

— Hâ anladım; ama yine de inanmam. Bu gürültüde uyunur mu hiç?

— İnanmıyor musun bana?

— Bilmem. Babalar bu saatlerde işlerinin başında olurlar da.

Bülent alınganlık gösterir ve yeniden ikaz eder.

— Şimdi sus ve bak.

Bülent, usulca aralar odanın kapısını ve fısıltılı bir sesle ulaşmaya çalışır Pınar'a.

— Bak, işte orada babam ve uyuyor.

Pınar merakla bakar aralanan kapıdan içeriye ve birden değişir bakışlarındaki uysallık. Hayret, çığ gibi büyür masum gözlerde.

— Aaaa! Benim babamın bu yatakta işi ne?

Bülent öfkelenir bu sesi duyunca.

— Neler söylüyorsun sen? O benim babam. Burası da bizim evimiz.

Beklenmedik bir hırçınlık başlar Pınar'da.

– Saçmalamasana, o benim babam.

Bülent öfkelidir, kapıyı kapatırken. Pınar'a döner, kapıya sırtını yaslar.

– Neler söylüyorsun sen. İnsan babasını tanımaz mı hiç?

Pınar öfkesini sindirmez ve hırçınlığı artar. Bülent'i çekmek ister odanın kapısından ve içeriye girebilmek için çırpınır.

– Çekil önümden, o benim babam anlıyor musun, benim babam o.

Tepki dolu bir ses yükselir evin ikinci katında.

– Hayııır! Benim babam oooo!

Aralarında amansız bir mücadele başlamıştır çocukların. İtişler kakışlar sonunda Pınar kapının koluna yüklenip açmayı başarmıştır.

Odanın içine soluk soluğa dalmıştır ikisi birden:

– Babaaa! Ne işin var senin burada?

Bu feryat, evin içinde fırtınaların kopuşuna sebep olur az sonra. Olanlar olur, çok geçmeden.

Baba fırlayıp doğrulur yatağından, uyku mahmurluğunun panik ışıkları kaynaşır duyduğu seslerle beraber; hayretle bakar oturduğu yatağın üzerinden, amansız mücadeleye girişen çocuklara. Beynini döndüren, düşünceyi bunaltan bir manzara vardır karşısında.

– Senin baban olamaz, aptaal. Ne sersem çocukmuşsun sen öyle?

Pınar, kin dolu bakışlarını diker Bülent'in gözlerine ve avazının çıktığı kadar bağırmaya başlar.

– Bu benim babaaam!

Anneler yukarıdaki panik seslerine kaptırmışlardır kendilerini. İkisi birden koşarlar evin üst katına.

Ekrem Bey, başını avuçlarının arasına almış, beyninin sancılarını geçiştirmek için çırpınıyordur o sırada.

Anneler yatak odasının önünde alırlar soluklarını ve manzara ürperticidir ikisi için de.

Çocuklar "Benim babam o!.. Benim babaaam!.." kavgasında birbirlerini hırpalarlarken, annelerin kanları damarlarında akışını durdurur onları seyrederken. Buluttan heykeller kadar fersiz ve çürüktür bedenler. Sallantılar başlamıştır ayakta.

Ekrem Bey açar gözlerini ellerini yüzünden çekip, iki karısı ve iki çocuğudur karşısındakiler. İlan edilmemiş bir nikahın sıkıntısıdır oradaki manzara. Sadece, kabuslu bir düşüncenin sesidir çocukların dikkatini çeken.

– Çocuklar bırakın kavgayı; çünkü ben ikinizin de babasıyım.

Anneler, çocuklardan daha dayanıksızdır duydukları itirafın karşısında. Yatak odasının eşiğine yığılır bir tanesi ve hemen kenarına da öteki.

Bu dramın sonucu değil beni ilgilendiren. Derler ki, anneler ayıldıktan sonra çocuklarının ellerinden tutup, babalarının evlerine başlatmışlar yolculuklarını. Barış oldu sonuçta ya da ayrılık, benim üzerimde durmak istediğim nokta o değil.

Hafızama silinmez harflerle kazıdığım bu öyküyü, satırlarda da silinmezliğe taşımaya çalışmıştım. Yazdım senin anlayacağın. Dilersen okursun bir gün.

İyi anladın mı beni arkadaşım? Sonuçların ne kadar vahim oluşu ürpertti mi senin de yüreğini? İşte, içinde yaşadığımız toplum ve ilan edilmemiş korkak nikahların hazin sonuçları.

Dilek fersiz bakışlarını güçlendirdi, ışıklar çoğaldı, pırıltılar canlandı gözlerinde ve açılmamış bir sesle mırıldandı.

– Bu sadece gizli nikah kıyanların sorunları mı toplumda? Bu sorumsuzluklar artık her dakika yaşanmakta dünyamızda.

– Ya onlardan dünyaya gelen çocuklar? Onların sonuçlarını da düşündün mü hiç arkadaşım? Bu çocuklar arkadaş olarak büyüseler, duygusallıklar başlasa sonuçta, vee...

– Evet, insanın düşünmeye bile cesaret edemediği sonuçlar.

– Ne yazık ki bunlar olmakta. Annem anlatmıştı. Genç kızken okumuş. "Yakılacak Kitap" diye birşey. Aynen şu anlattıklarımızdan ibaret konusu. Düşünebiliyor musun Dilek, buna yeltenen insanın geleceğe ait endişeleri de ortadan kaldırması gerekmez mi sence?

– Gerekir de, merak ettim. Sonucu anlatır mısın?

– Sen hâlâ işin hikaye kısmındasın arkadaşım. Bence evlilik çok dikkat edilmesi gereken bir müessese. Çünkü en güçlü binalar, en sağlam temellerin üzerlerinde yükselirmiş. İğreti temeller güçlü binaları üzerlerinde taşıyamazlarmış. Kaçak yapıların; yani gecekonduların kaderleri, genellikle bir greyderin acımasız dişlilerinin arasında viraneleşmekmiş. Evlilikler macera işi değil. Hele hele, bir anlık keyiflerin işi hiç değil.

– Anladım arkadaşım. Ya sonuç?

– Sen hâlâ orada mısın Dilek?

– Evet. Merak ettim.

– Hazin. Hem de çok hazin bir son. Hepsi için de. Yeterli mi bu kadarı?

– Hı hı.

Zaman o kadar çabuk akmıştı ki, adeta bir soluklanış kadar kısa gelmişti Ozan'a.

Seyrek de olsa buluşmalar sürmüştü. Ancak Dilek ve Can'ın da bulunduğu beraberliklerdi bunlar. Hicran, öyle istemişti nedense.

Daha çok telefon konuşmaları ve günlüklere düşülen içli notlarla büyüyordu sevdalar.

Öyle yazmıştı, günlüğünün bir sayfasına Ozan.

> *"Bir sihir var beni sana doğru çekip alan. Günahı, duygularımda arındıran o, berrak ve masum bakışların limanında beni eğleyen, bakir, nesli tükenmiş dostlukların, art niyetsiz beraberlikleri çünkü bunlar.*

Çözemedim ne yapsam seni ve sana olan sevginin sihrini.

Melisa ile ilk buluştuğumuz anlardaki hisleri taşımıyorum seninle olan beraberliklerimizde. Doyasıya bakmak istiyorum gözlerinin içine. Bu benim arzularım. Dokunmadan seyretmek. Ne tuhaf bir sevda değil mi?

Bir eksiklik mi yoksa bu bende? Melisa'ya olan hislerini boğuntuya uğratan, kıyamamazlık, haksızlık olmamalı diye de düşünüyorum. Evet, bu sana karşı yapılmış bir haksızlık değil Hicran, sana ve annene ettiğin yemine saygının ifadesi olarak da düşünüyorum bunu.

Seni özlüyorum, ayrılmak istemiyorum yanından. Ben aşkı yanlış mı anlıyorum? Karşında bir biblo, yahut gözlerini üzerinden alamadığın bir tablosun, dokunursam, sana sahip olursam, tılsımı bozulacak duygularımın. Ne tuhaf değil mi?

Sahi aşk, sahip olunca eriyen, kendisinden korkunç şeyler eksilten bir değirmen mi? Aşk, vuslattan gocunur mu Hicran? Bana bunları emretmekte duygularım. Aşk, bakışlarda sürdürülen, ona yaklaştıkça varlığından çok şey kaybeden bir muamma olmalı.

Düşünüyorum da, beraberlikler eski sihrini ortadan kaldırabilir. En mutlu yuvalarda bile zaman zaman anlaşılmazlıkların, münakaşaların olduğu bir gerçek. Bunlar hayatın gerçekleri.

Oysa aşk, münakaşalardan, kavgalardan ve zıtlaşmalardan gocunur. O zaman evliliklerdeki beraberlik aşkın alt basamaklarını oluşturan, sevgilerin ve hoşgörülerin adı.

Evlilik kutsal, evlilikler yarım olan cinslerin beraberlikleriyle anlam kazanan bir müessese. Evlilikler hayatın devamı için gerekli. Evlilik aşk olmasa bile, sevginin zaferi.

Ben seni seviyorum anlaşılan; çünkü sana bir yuva kurmak için teklifte bulundum. Ebedileşmesini istediğim arzuların ön bildirisiydi sana sunduğum.

Kendime soruyorum sık sık. Ketum yüreğim, sevda yelpazesinin hangi renginde karar kıldığımın ipuçlarını vermiyor ne yapsam ve şaşıyorum düşünürken.

Neyse, aşkın tarifinde herkes ayrı tellerden çalmakta, ayrı nitelikler, ayrı anlamlar yüklemekteler ona. Ben, aşk yelpazesinde şu an kendimi bile şaşırtan bir rengin üzerindeyim anlaşılan.

Benim düşüncem, sevgim ve beraberlik arzularımdaki farklılıklar elbette çözülecek bir gün.

Aslında korkuyorum; çünkü sana dokunduğum an, her şey bitecek ve o rüya, en hassas, en demli yerinde bozulacak. Onun için dokunmak istemiyorum sana, sadece seyretmek.

Sakın, şikayetçiyim sanma. Ben, o günaha yol çıkarmayan beraberliklerin ve duru, berrak bakışların limanında beklemekten memnunum."

Bir sihir, bir el değmedik sırdı ikisinin arasındaki sevginin tezahürü.

Son kez, yine dört arkadaş, dönem sonu ayrılığı için buluşmuşlardı. Bir burukluk vardı bugün hepsinin davranışlarında. Veda, hüzne davetiye çıkarmıştı yüreklerinde anlaşılan.

Can ve Dilek, Elazığ'a, Hicran Bursa'ya ve Ozan, İstanbul'a yolculuk için hazırlanacaklardı bu akşam.

Çay içtiler yine Gençlik Parkı'nda ve artık veda vakti diyen saat çekiyordu dikkatlerini. Buruk bir veda başlamıştı aralarında.

"Gidişimiz sessiz, dönüşlerimiz muhteşem olacak." diyordu Ozan.

Yolcu...

OZAN uçaktaydı. Semalarda, bulutların üzerinde, hayallerin derinliklerindeydi düşüncesi.

İstanbul ufuklarındaydı. Penceresinin puslu camından şehri seyrediyordu. Mesafe kısaldıkça heyecanı buyuyordu.

Neler olacaktı evlerine girdiğinde? Babası belki de sevinçten uçabilirdi, Hicran'ın resmini gördüğünde. Daha şimdiden, onun neler söyleyeceğini işitiyor gibiydi.

– Bak, işte şimdi oldu. Tam da bizim aileye göre bir gelin. Madem beğendin, hemen istiyoruz. O kız, o kız bize göre değildi. Dili, inancı ve örfü. Şimdi anladın mı babanı? Tecrübeler konuşur evladım. Sana unutursun dememiş miydim ha?

Büyükbabası, babaannesi, ya ağabeyi?.. O istikbal peşinde koşturan, üniversiteyi bitirmeye ramak kalmış delikanlı, o, ne diyecekti? Bu ikinci defa evlilik arzusu? Hem de ağabeyinden önce.

İçli bir nefes aldı. "Neyse..." diye noktaladı hayallerini. Hostesin sesi yankılandı kulaklarında.

– Lütfen kemerlerinizi bağlayın, yerlerinizden kalkmayın. Uçağınız şu an iniş için hazır.

Toparlandı, kemerini kontrol etti, uçağın alana ineceği anı iple çekiyordu.

Şaşırtan Fotoğraf

EVDE huzur rüzgârları esmişti. Ozan aralarındaydı çünkü. Hele, dede ve babaanne sevinçten uçuşuyorlardı. Sarılıp koklaşmalar ve hasreti eriten bakışlar hüküm sürdü dakikalarca. Esra, yanından hiç ayrılmıyordu Ozan'ın. Anne peşpeşe sorular soruyor, gözlerini hiç çekmiyordu üzerinden. Baba, sitemli sözler etti ayrılıktan, nihayet akşam yemeği için sofranın etrafında toplandı aile.

Anne sevdiği yemeklerden hazırlamıştı.

Vakit oldukça ilerlemişti. Yemeğin ardından çaylar da içildikten sonra, büyükbaba ve babaanne hemen bahçenin içindeki evlerine yolculuk başlatmışlardı.

Oğuz, onları evlerine bırakmak için birlikte ayrıldı, Esra odasına çekildi ve anne mutfaktaki işlerinin başına.

Salonda baba-oğul başbaşa kalmışlardı. Baba, sigarasını dumanladı önce ve anlamlı bir bakış yöneltti oğluna.

– Derslerin nasıl?

– İyidir baba.

– Bu yıl iyi bir not ortalaması alırsan İTÜ'ye yatay geçiş yaparak gelebilirsin.

– Okulumdan ve hayatımdan oldukça memnunum baba.

– Ayrılık zor iş.
– Bunları başka zaman konuşalım baba.
– Bundan daha önemli bir meselen mi var?
Gözleri parlıyordu mutluluktan.
– Var! Seni sevinçten uçurabilecek bir haber hem de.
– Meraklandırdın beni. Neymiş o uçuracak kadar şaşalı haberin?
– Daha önce, anlaşalım istersen.
– Hangi hususta?
– Şey, derdin ya zaman zaman: Arkadaş gibi olmalıyız.
– Evet.
– Şu an, arkadaş gibi meselelerimizi konuşabilmemiz için, müsade eder misiniz?
– Bu bir gönül hikâyesi mi yine?
– Rahat konuşabilir miyiz? Öncelikle söz istiyorum sizden?
Tamam, rahat ol.
– Ben bir kızı sevdim baba.
– Sakın bu da önceki gibi olmasın?
Ozan yüreklendi ve sevindi.
– Hayır babacığım. Dedim ya, sevinçten uçabileceğin bir cinsten.
– Evlilik için henüz erken değil mi Ozan?
Yüzündeki sevinç uçuk bir renge dönüştü önce, müteessir bir çehreye büründü görüntüsü.
– Babacığım, inançlı insanlar için, hele maddi sıkıntısı da yoksa ailenin, geç bile kaldık bence.
– Aynı fakülteden mi?
– Hayır.
– Buralı mı?
– Hayır.
– Nasıl buldun? Kim? Anlat o halde.
– Resmi var yanımda. Bakmak ister misin?

131

– Önce anlat be çocuk. Kim, nereli? Okuyor mu, ev kızı mı?
– Gazi Üniversitesi Diş Hekimliği Bölümü'nde.
– Ankaralı mı?
– Hayır babacığım. Nereli olduğu bu kadar önemli mi sence? Gözlerindeki ışıklar keskinleşti babanın.
– Kaçıncı sınıf.
– Aynı, birinci.
– Kimin nesi, kimin fesi?
– Bursalı bir kız işte. Daha nasıl anlatayım? Resmi de var. Görmek ister misin?

Gizli bir heyecan sarmıştı babayı. Soluğu değişmişti, kalp atışları hızlanmıştı.

Ozan, heyecanına anlam verememişti babasının. Resme uzanırken ellerinin titreyişi tuhaftı. Daha fotoğrafa bakmazdan önce, bir sorusu vardı Ozan'a.

– Adı ne?

Derin bir bakış uzatmıştı Ozan, babasının gözlerine:
– Hicran!

Elindeki fotoğrafa bir türlü bakamıyordu baba. Başı döndü, gözleri karardı, üzerinden bir kazan kaynar su boca edilmişcesine irkildi. Titrek parmaklarının arasında sıkı sıkı tutmaya çalıştığı fotoğrafı, puslu görüntüdeki gözlerinin önüne çekmeye çalışırken, bakışlarının kaydığını hissediyordu Ozan. Yüzü yamulmuştu, korkunç bir değişiklik vardı hareketlerinde babanın. Sıkıntı terlerinin sökülmeye başladığı çehre, buhar buhar kaynamaya başlamıştı.

Ozan telaşlandı ve heyecanlı bir sesle uyardı babasını.
– Baba söyler misin, neler oluyor?

Soluğu inanılmaz derinleşmişti babanın.
– Yok bir şey, galiba tansiyonum yükseldi biraz.

Güçlükle baktı elindeki fotoğrafa ve daha fazla omuzları üzerinde tutamayacağını anladığı başını, koltuğa yavaşça bıraktı.

Ellerini yüzüne kapadı ve kaşlarının üzerinde gezindirdi. Ozan iyice endişelenmişti. Oturduğu yerden kalkıp babasının omuzuna koydu elini, yeniden seslendi ona.

– Baba!

Ellerini yüzünden çekip bulanık gören bakışlarla Ozan'a bakarken boğuntuluydu nefesi.

– Yok bir şey, endişelenme. Yemeği fazla kaçırdık galiba. Geçer şimdi.

Bakışları fersiz, rengi uçuktu. Gözlerini kıyıştırdı. Ozan'a dikti gözlerini.

– Aranızda birşey geçti mi bari?

Ozan anlam veremiyordu olanlara. Ya, bu soru...

– Baba iyi misin sen?

Durdu, yeniden uzandı sehpanın üzerine. Bir sigara çıkardı paketinden ve çakmağa fersizce çöktü parmağını, yakmak için.

Titrek parmaklarıyla dudaklarının arasına sıkıştırdı sigarasını ve fersiz dudaklar zor sömürüyordu dumanlarını. Bulut bulut, ağan dumanlar kadar efkâr doluydu baba.

– İyiyim, iyiyim geçti. Hâ ne diyordum, aranızda bir şeyler geçti mi?

Ozan garipleşmişti babasını seyrederken.

– Neden soruyorsun bunları?

– Hiç öylesine işte. Yani mecbur musun onunla evlenmeye diye?

– Babacığım, sen de biliyorsun ki benim düşünce yapıma uymaz senin aklından geçenler. Elini bile tutmadım, yeter mi bu kadarı?

Derin bir soluk aldı, toparlandı ve acı acı yutkundu.

– Ha, yeter, anlıyorum seni. Ben de öylesine sormuştum bunu. Yani inancınla yaşayışın uyum sağlayabiliyor mu diye.

– Ben kendimle hep barışık yaşamaya çalıştım babacığım; hatta uyum sağlayamadığım bir inancın safında gözükmekten bile nefret ederim. Kendime olan saygımdan dolayı da kendimi hiç aldatmayı denemedim.

– Tamam, görüşebiliriz demektir.

– Bu dönem tatilinde istemeye geleceğimizi söylemiştim ona.

– Meraklanma delikanlı. Birkaç günlük seyahatim var. Hemen başlayan ve bir hafta içinde biten bir seyahat bu. Dönüşte dilediğin şekilde hallederiz.

– Baba?!

– Oğlum tamam dedik ya. Döner dönmez Allah'ın izniyle bitiririz o işi, meraklanma.

– Beğendin mi kızı?

– Güzel.

– Namazlı, abdestli, kapalı gördüğün gibi de. Babacığım, inan tam senin arzuladığın gibi bir gelin buldum sana.

– Hı hı.

– Yalnız baba, bir şey çekti dikkatimi.

– Nedir o?

– Sevinmedin.

– Kalkıp da oynasamıydım yani?

– Yoksa, ağabeyim var sırada diye mi bu burukluk?

– Önemli değil, takma kafanı. Ha, ya annesi babası? Tanıyabildin mi onları da?

– Hayır babacığım. Önce müsaade alacak Hicran ve haber verecek bize.

– Telefonları yok mu sende?

– Cep telefonu var onun da.

– Tamam. Ben seyahatten dönünceye kadar sen de haberini almış olursun. Anlaştık mı?

– Yaşa.

– Yalnız sana bir sorum olacak.

– Evet baba.
– Ya Melisa? Unuttun mu onu gerçekten de?
Zorlandı, derin baktı babasının gözlerinin içine.
– Bilmem. Böyle bir karar aldığıma bakılırsa...
– Tamam Ozan. Şimdi yat ve istirahat etmene bak. Konuşuruz sonra.
– İyi geceler baba.
– İyi geceler.

※

Gece kâbusu kudurtmuştu. Akif Bey huzursuz dönüşler yaptığı yatağında, eşinin dikkatini çekmişti. Aslı Hanım da rahatsız olmuştu onun tedirgin dönüşlerinden.
– Uyuyamadın?
– Bilmem, uyuyamadım nedense.
– Rahatsız mısın?
– Biraz.
– Bir şey mi dokundu yediklerinden?
– Galiba.
– Bir isteğin var mı benden? İlaç ya da soda gibi.
– Yo, hayır, sen uyumana bak.

Sırt üstü uzandı, gözlerini kısarak baktı tavana. Odanın içini romantik, yorgun bir ışıkla aydınlatmaya çalışan gece lambası hüzünlü bir görüntü kazandırıyordu geceye.

Kâbus, beyninde dibek döven bir hırçınlıktaydı. Buhranlı düşüncesi yıllarca öncesine yolculuk yapıyordu.

Mazinin kollarına bırakmaya hazırlamıştı kendisini. Yıllar öncesine uzanmıştı gözlerini yumduğunda.

Henüz, evleneli ikinci yılını yeni doldurmuştu. Oğuz dünyaya gelmişti evliliklerinin birinci yılını doldurduklarında.

İşleri inanılmaz şekilde parlamıştı ve şansı yaver gitmişti o yıllarda.

Bursa'da yaptırdığı lüks evlerin inşaatına bakması için işe aldığı Veli Ağa ile hayat, yeni bir döneme hazırlamıştı kendisini.

Bir gün, Bursa'daki inşaatları dolaşıp kontrollerini yapmıştı. Tam yolculuğa hazırlıyordu kendisini ki, Veli Ağa dikilmişti karşısına.

– Gidiyor musun Bey?

– Evet. Bir sorun mu vardı?

– Estağfurullah Bey. Fakirhanede çay demlemişler sizin için de. Şeref vermez miydiniz?

Sıcak bir davetti bu. Reddedememişti. Arabasına binmek için hazırlanırken vazgeçip "Neden olmasın?" demişti.

Şehrin hemen kıyısında, geniş dölek bir arazinin üzerinde yükselen lüks binalar, göz kamaştırıcıydı. Çoğu daha temelden satılmış, alâka görmüştü ve kazandırmıştı Akif Bey'e. Artık, ruhsatları alınıyor ve teslim için hazırlıklar yapılıyordu. Veli Ağa keyifsizdi bu yüzden. "Bursa'da ikinci işin başlaması muhtemel." fısıltısı kulaklarına kadar gelmiş olsa bile, karamsardı gönlü.

Üç kişilik bir ailelerdi onlar. Bekçilikten kazandığı küçük bir ücretle geçinmeye alışmışlardı. Kendisi, eşi ve bir de kızları vardı.

Kırsal kesimden, rızıklarını aramak için Bursa'ya gelmiş yoksul bir aileydi onlar.

Tedirgin ve ürkeklerdi bu yüzden. Onlar hep yarınların kaygısını taşıyorlardı yüreklerinde.

Bey'e beyanları vardı bunun için. Çay faslı kaçınılmaz bir fırsat gibi düşmüştü akıllarına. İş isteyeceklerdi Bey'den kızları için. Adı Gülşen'di. Liseyi güçlüklerle bitirdiğinde üniversitenin kapıları yine maddi sıkıntılar yüzünden kapatılmıştı ona. Yılgın yürekli insanlardı onlar, yoksulluğun boğuntusunu içlerinde duya duya yaşamaya alışmışlardı. Yarınların yılgınlığı, kâbusu hiç gitmezdi akıllarından. Bir yazgı gibiydi onları kısgacında tutan maddi sıkıntılar.

Veli Ağa, çayı sadece kızına bir iş bulması için bahane etmişti.

Görkemli binaların hemen kenarına kondurulmuş, gecekondu görüntüsü veren bir şantiye evinde kalıyorlardı. Bey, ilk kez giriyordu bu eve. Dört yıldır ilk kez.

Veli Ağa'yı reddedememişti. Canı, biraz da çay istemişti anlaşılan. Saatine bakmıştı önce ve öyle söylemişti.

– Neden olmasın?

Veli Ağa sevinmiş, eli ayağı dolanmıştı heyecanından. Öyle ya Bey, evinde çay içecekti. Koskocaman bir iş adamı misafiri olacaktı ne de olsa. Heyecanlanması da normaldi bir bakıma.

– Sağol Bey, kırmadın bizi. Buyur...

Şantiyenin kapısı kulak tırmalayan bir sesle açılmıştı kendisine... Çekinmişti nedense bey, içeriye girerken. Adeta ruhsuz bir robot gibi süzülmüştü eşiklerden. Etrafını durgun bakışlarla süzmüştü. İçerisi, eşyaların eski, sefil manzaralarına rağmen, temiz ve iç açıcıydı.

Yılların yorgunluğunu üzerinde taşıyan bir kanepenin, hemen karşısında durmuşlardı.

Veli Ağa, Bey'e eğile büküle yer gösterdi.

– Şöyle buyurunuz Bey.

Anlamıştı Akif Bey. Kenarında durdukları o sefil kanepenin soluk yüzlü kumaşının üzerine oturacaktı.

Oturduktan sonra etrafı garip bir seyirle gözden geçirmeye başlamıştı.

Yerde oldukça küçük, yıpranmış, iplerinin beyazları çıkmış, ortası incelmiş ve hafif delinmiş bir halının üzerine basıyordu ayakları. Duvarın kenarında artık son görevlerini güçlükle yapmaya çalışan bir ahşap masa ve kırık dökük üç sandalye vardı.

Buruk bir seyirin sonunda hâlâ ayakta bekleyen Veli Ağa, Bey'e hassas bir sesle yeniden ulaşmaya çalışıyordu.

– Hoş gelmişsiniz Bey.

Duygularında eşyanın ve içerideki hazin manzaranın verdiği burukluk vardı işçisine bakarken.

– Hoşbulduk Veli Ağa.

Beyninde fırtınaların koptuğu andı. Yaşadığı debdebeli hayatı ve şu gariban çatının altında yaşama mücadelesi vermeye çalışan, tedirgin insanları yorumlamıştı. Kendi işinde çalışıyordu bu adam. Bu, bedbin hayatın uzaklarında demlemişti hep düşüncelerini. "Olur muydu böylesi?!.." düşünmemişti bile.

Karmaşık duyguların içindeyken, oturdukları odaya açılan kapı çekmişti dikkatini.

Önden, orta yaşlarda bir kadın girmişti içeriye. Yerel bir kıyafet vardı üzerinde. Başını farklı kapatmıştı bildik simalardan. Başında kenarları oyalı, sarı zemin üzerine mavi, al ve ebrulu renklerin desenler oluşturduğu yazma, topuklarına kadar inen bir entarisi vardı evin kadınının. Mahcup yüzüne bakamayacak kadar sıkılgandı. Veli Ağa mırıldandı.

– Eşim Hüsniye Hanım'dır, Ağam.

Titrek, açılmamış bir sesi vardı kadının.

– Hoşgelmişsiniz Bey.

– Hoşbulduk.

Gözleri biraz daha öteleri aralamıştı Bey'in. Elinde çay tepsisi, başı daha modern kapatılmış, kıyafeti biraz daha gösterişli, genç ve güzel bir kız vardı annesinin hemen arkasından içeriye giren.

Yanaklarında alevler tutuşmuştu onun da. Yüzünün derisinde hoş bir buharlaşmanın şebnemi andıran, kabarcıkları sökülmeye başlamıştı utancından. Hilâlleşen siyah kaşların altında, çift mühür gibi duran ela derin gözler çekiyordu Bey'in dikkatini. Boy, pos, endam ve güzelliğindeki inanılmaz zerafet. Hayret, bir kâbus gibi kuşatıyordu onu seyrederken Akif Bey'in gözlerini.

Bakışlarındaki keskinlik ürpertiyor genç kızı, heyecanı biraz daha yükseliyor Bey'in karşısında beklerken. Önüne çayını uzatırken elleri titriyor ince ince. Yüzündeki buharlaşma, bulgur bulgur kabaran terlere dönüşüyor ve Veli Ağa'nın hazin sesi incitiyor odanın içine düştüğü sessizliği.

— Kızım olur Bey. Adı Gülşen.

Veli Ağa'nın seslenişiyle toparlanıyor Akif Bey, bir yandan çayına uzanırken.

— Ha, evet, Allah bağışlasın. Güzel bir kız.

Çayını almış, şeker için uzanmıştı tepsiye. Gözlerini alamamıştı genç kızın gözlerinden Bey.

Gülşen sıkılmış ve bunalmıştı. Soluğu derinleşmiş, dudaklarını gevmeye başlamıştı sıkıntısından.

Bey, Veli Ağa'nın konuşmalarını güçlükle duyuyordu. Bir yandan kaçamak bakışlarıyla süzüyordu Gülşen'i.

Hicaplı çehre, dikkatleri üzerine çekecek kadar güzeldi. Veli Ağa'nın önündeydi Gülşen. Çayını alıyordu tepsiden ve birşeyler anlatmaya çalışıyordu Bey'e.

— Liseyi bitirdi bıldır. İsteyenleri oldu, cesaret edemedik Bey. Hani, bir göçmen kuş gibiyiz buralarda. Dört yıldır sayenizde aç, açık kalmadık.

Bey, başka bir cevap veriyordu Ağa'ya.

— Üniversite sınavlarına katılmadı mı?

— Yok Bey, neredeee.

— Neden?

— Harç dediler, masraf dediler. Yetmez ki Bey. Üstesinden gelemeyiz deyip vazgeçtik. Hem diyelim ki tuttursa; neresi, bilinmez ki? Kalacak yer, para, dahası Bey, bize ancak yeter aldığımız da.

— Bunu vaktinde söyleseydin ya Veli Ağa.

— Bilmem ki Bey, şimdi düşünmüşüz işte. Diyoruz ki, Bey elimizden tutup kızımıza çalışabilecek bir iş bulsa? Sakınmışız bunu sana söylemek için, bağışla.

Kadın elleri önünde bağlı dikiliyor, Gülşen, buram buram terlemeye devam ediyordu karşılarında.

Baba, eline aldığı çay bardağına şekerini de atmıştı. Akif Bey, Gülşen'in gözlerinin derinliklerine baka baka soruyordu.

— Nasıl bir iş istediğin?

Veli Ağa cevaplıyordu Bey'i.

— Bilmeyiz ki Bey. Hatırlı adamsınız. Başka da kimsemiz yok. Allah ve sonra da siz.

— Anladım.

Ağa sevinmişti. Gülşen buruk bir tebessüm oluşturuyordu dudaklarında Bey'e bakarken. Akif Bey, bir bahane arıyordu genç kızı konuşturmak için. Yine gözlerinin derinliklerinde misafir, yanlış telaffuz ediyor adını bu yüzden.

— Gülen miydi adın?

Mahcup, topuklarının dibine inmeyen, içli bir sesi vardı genç kızın:

— Gülşen efendim.

— Çalışmak istiyor musun?

Başını hafifçe önüne eğmişti. Gözlerine bakamıyordu genç patronun.

— Evet.

Birinci, ikinci ve peşinden üçüncü çayı da gelmişti. Gülşen boşalan her bardağı elinden alırken, Bey gözlerinde etkili bakışlar bırakıyordu.

— Bir çay daha...

Dördüncü bardağı da bitirmişti. Tekrar derin bakıyordu genç kızın gözlerine.

– Eline sağlık, çok güzel demlemişsin çayı.

O, açılmamış mahcup ses vardı dudaklarında hâlâ.

– Afiyet olsun efendim. Dilerseniz bir daha getirebilirim.

– Yo, fazla gelir. Teşekkür ederim.

Bardakları tepsinin üzerine alıp giderken durdurmuştu onu.

– Ha, dur bir dakika. Biz babanla konuşuruz birazdan ve baban sana anlatır, kararını verirsin, olmaz mı?

Durdu, kafasını hafifçe çevirdi Akif Bey'e. Bir şey anlamamıştı söylediklerinden. Buna rağmen kibar bir baş selamı göndermişti dikkatli bakışların sahibine.

– Başüstüne efendim.

Garip şeyler olmuştu Bey'e. Adını koyamadığı bir duygunun peşine takılmıştı farkında olmadan. Hislerinde değişik dürtülerin olduğuna aldırış etmeden irade dışı tavırlar sergilemişti genç kızı seyrederken. Yıldırım hızıyla ortaya çıkan arzuların güdümündeydi iradesi.

Genç kızı değişik kıyafetlerin içinde şekillendiriyor, onu anlamlı bakışlarıyla seyrediyordu. Yüzünde en derin hazların izi, gözlerinde hissedilir dalgınlıklar vardı. Genç kız, fotoğrafını silinmeyecek biçimde kazımıştı yüreğine ve düşüncesine asmıştı kendisini.

Kalbinin atışları değişmişti, hızlı vuruşlar yapmaya başlamıştı damarlarındaki kan, bu yüzden. Anlık çarelerin akıntısındaki adamın çırpınışları şaşırtmıştı ev halkını. Aşırı ilgisinden, bakışlarının neyi ifade ettiğinden, davranışlarındaki kararsızlıklardan ve beden dilinin neler anlattığından habersizdi Bey.

Genç adam, hiç beklenilmedik bir anda gönlünde kopan fırtınanın dehşetli dalgalarına bırakmıştı kendisini.

Henüz Gülşen odadan ayrılmadan önce yerinden kalkıp:

– Eh, bana müsaade, demişti.

Gülşen'e bakmıştı yine elinde olmadan ve seslenmişti ona.

– Çay için teşekkürler.
– Afiyet olsun efendim.

Kısık, boğuntulu bir sesti yine cevabı.

Evin kadınına dönüp vedalaşmıştı ardından.

– Allah'a ısmarladık, hanımefendi. Teşekkürler.
– Güle güle Bey. Selametle.

Veli Ağa, Bey'i uğurlamak için açmıştı kapısını. Peşinden sadece o çıkmıştı. Ağa, otomobilinin yanına kadar uğurlamıştı onu. Akif Bey, zor durumdaydı. Otomobilinin kapısını açmış, fakat binmemişti. Derin bir seyir içindeydi bakışları.

– Veli Ağa?
– Buyur Bey.
– Seninle çok ciddi bir mesele konuşmak istiyorum.
– Başım üstünedir Bey.
– Veli Ağa. Karınla, kızınla birlikte lüks bir ev ve bol paralı bir hayat ister miydin?

Kelimenin tam anlamıyla bir şaşkınlık içindeydi Veli Ağa.

– Onu kim istemez ki Bey?
– İyi de sana bunu nasıl söylesem bilmem ki. Yanlış anlama duyduğunda sakın. Önce şunu iyi bilmelisin ki ben inançlı, dürüst, sözüne güvenilir bir insanım.
– Estağfurullah Bey. Ona ne şüphe.
– Veli Ağa.
– Buyur Bey.
– Gülşen çok güzel bir kız. Onu Allah'ın emri, Peygamberimizin kavliyle, senden eş yapmak için istesem, kabul eder miydiniz bunu? Evliyim, fakat inancımıza göre, onu da nikâhımda bulundurabilirim.

Daha yeni yeni anlamaya başlamıştı Veli Ağa. Tepkisi bile çaresizlikti.

– İyi de Bey, duyarız ki siz evlisiniz; hatta çocuğunuz dünyaya gelmiş bir ay öncesi.

– Söyledim ya evli olduğumu. Korkma onlar yine duracaklar. Unutmamalısın ki bizim inancımızda bu ruhsat var. Dini bir nikâh kıyarız, lüks bir ev alırım üzerine, bol aylık bağlarım; hatta noterden iş anlaşması yapıp yeni kurduğum şirketten hisse veririm güvence için. Dilediğiniz gibi bir arada yaşar gidersiniz. Sıkıntısız bir hayat var sonunda, unutmamalısın bunu.

Veli Ağa şaşırmıştı:

– Bilmem ki Bey!

– Bunu sadece geçici bir heves saymamalısın Veli Ağa. Pazara kadar bir beraberlik için değil, şerefim ve namusum üzerine yemin ederim ki hiç mağdur olmayacaksınız. Çoluk çocuk, onların hakları olacak üzerimde. Bunu yanlış düşünmemeniz için söylemekteyim.

– Bilmem ki Bey. Ne demeli? Şaşırdım kaldım şuracıkta.

– Gülşen'e de sor. İstanbul'a vardığımda şantiyeyi arayıp vereceğiniz cevabı almak istiyorum. İş aramayı, maddi sıkıntıları bir yana bırakıp, refah içinde yaşamak istiyorsanız, işte size bulunmaz bir fırsat. Yalnız bundan kimsenin haberi olmamalı şimdilik.

Sakın unutma Veli Ağa, bir talih kuşu bu başınıza konan. Uçurursanız, bir dahası yok. Kabul ederseniz haftaya nikâh ve lüks bir daire, değişir hepinizin de hayatı.

Şimdilik Allah'a ısmarladık.

Veli Ağa, Mersedes'in arkasından bakıp yorgun bir el sallamıştı. Sevinçle burukluğu bir arada yaşıyordu. Durup etrafı seyretmiş, binalara göz gezdirmiş ve içli bir soluk indirmişti ciğerlerine. Yönünü şantiye binasından yana çevirip fersiz adımlarla yürümüştü evlerine. Eşi ve kızı, Veli Ağa'nın dönüşünü sabırsızlıkla beklemişlerdi.

Gülşen'in gözleri parlamıştı babasına bakarken.
– Bey ne söyledi baba?
Karmaşık duygular içindeydi baba. Altına ahşap sandalyeyi çekip yorgun bırakmıştı kendisini üzerine.
– Çok şey! Gel gör, anlatmak o kadar zor ki.
Gülşen üsteliyordu:
– Cidden baba, Bey birtakım anlamsız sözler de etti: "Babanla dışarıda konuşurum. O sana anlatır. Sen de ona göre kararını verirsin." Sahi ne demekti bunlar? Baba, söylesene, kendi işyerinde çalışmamı mı istedi yoksa?
Derin derin soluklanıyordu Ağa.
– He ya, kendi işinde.
Haykıran bir sesi vardı genç kızın. Uçuşan gönlü, kadar, kanatlanmıştı kolları ve evin ortasında tıpkı bir mevlevî ritmiyle dönmeye başlamıştı kollarını açıp.
– Yaşasııııın!
Sandalyeden kalkıp az önce Bey'in kalktığı kanepeye oturmuştu Ağa. Umutsuz, solgun bakışlarında belirsizlik ifadesi, daha fenası yorgunluk vardı edalarında. Beden dilinde garip ifadeler vardı. Sıkılan, kıvranan, konuşamayan bunaltıların içinde çırpınışları vardı. Sonra, kendisini zorlayarak konuşmayı denemişti. Biraz buruk, biraz sevinçli, anlaşılmazdı o da.
– Beyimiz evlidir. Taze evli hemi de. Bir oğlu olmuştur giden ay.
Gülşen durdu, babasının gözlerine dikti gözlerini, neşesi söndü bakışlarında, bir an hareketsiz bekledi babasının gözlerinin içinde.
– Baba, şimdi ne alâkası var bizim beklediğimiz cevapla Bey'in taze evliliğinin?
Anne bir şeyler sezinmiş gibi baktı erkeğinin gözlerine ve Gülşen'e dönüp alaylı sözler mırıldandı.
– Aptal kızım, anlasana biraz?
– Neyi anne?

– Bey'in sana hayran bakışlarını, babanın Bey'in evliliğinden söze başlayışını. Bunlar sana hiçbir şey anlatmıyor mu hâlâ?

Yüzündeki canlılık soldu birden ve "Yani..." diye mırıldandı sadece.

Baba anlamlı seyretmişti kızını ve gözlerine bakamamıştı konuşurken.

– Bey der ki: "Lüks içinde bir hayat ister misiniz?" Dedim, "Kim istemez ki Bey." Dedi ki: "Önce lüks bir daire, sonra yeni kurulan şirketten güvence için hisse." Dedim: "Kim istemez ki Bey."

Dedi ki: "Harcayacağınız kadar ayda para." Dedim ki: "Kim istemez bunları Bey?"

Dedi ki: Haftaya dinî nikâh ve mezara kadar olan bir beraberlik. Namus, şeref sözüdür verdiğim."

Dedim ki: "Bey!.."

Dedi ki:

"Yarın İstanbul'a varır varmaz ararım. Zor yok. Devlet kuşu hayatta bir defa konarmış insanın başına."

Duydunuz işte Bey böyle der. Her şey senin vereceğin karara bağlıdır. İşittin mi Bey ne dermiş? İş bitti, biter. Yarınlar karanlık ve zor. Gerisini de siz düşünün gayrı.

Evin kadını konuşamadı kahırlanıp. Gülşen şaşkındı. Yüzündeki sevinç sönmüş, uçuk bir renge boyanmıştı çehresi. Hayatında hiç beklemediği bir haber, onu sersemleştirmişti adeta. Sevinç mi, keder mi, kaos mu, anlaşılmayan bir karmaşayı yaşıyordu düşünceleri. Sadece babasına bakıp yine de renksiz bir moralle mırıldanıyordu.

– Ne tez bir sevdadır ki bu, Bey'in yüreği yangın yerine dönmüş?

Baba sustu ve anne bir söz bulamadı o an konuşmak için. Gülşen karmaşık düşünceleriyle yönünü kapısı açık duran odaya çevirip bir gölge gibi süzüldü gitti yanlarından. Duyulan tek ses, ayaklarındaki terliklerin zemine inip kalkışıydı.

Gülşen o gece hülyaların salıncağındaydı. Uydurma tahtalardan yapılmış karyolasındaki rahatsız eden yatağında hayallerin ötesini kurcalıyordu düşüncesi. Lüksü, ihtişamı, köşk misali bir evi, geniş bahçeleri, renklerin cümbüşünde açan çiçekleri, onların arasında koşuşan çocukları düşlüyordu.

Hanımefendilik rolünü üstlenmişti, bu gece. Hayat senaryosunda hiçbir karamsarlık yoktu. Bakir bir yüreğe cemre düşmüştü beklenmedik bir zamanda...

Sabah çok neşeli kalkmıştı yatağından. Geçim, iş düşünmeyen debdebeli bir dünyayı düşlemişti sabaha kadar.

Her gece iki gündüz arasıydı ve artık gün doğacaktı karanlıkları uğurlayıp. Düşünmemişti, her gündüzün de iki gece arası oluşunu.

Pembe hayallerin rüzgârlarına kapılan gönlü şendi ve bu yüzden avuntuların rüzgârlarıydı yüreğini serin tutan.

Baba, kadınıyla birlikte hayatı kotaran bir geceyi sabaha bağlamıştı. Sıkıntıların darağacı bir umuttu, dünyalarına doğan. Olumlu hayaller kurmuşlardı onlar da sabaha kadar. Gülşen de katılırsa düşüncelerine, kurtulmuşlardı sıkıntılarından.

Gülşen, kalkar kalmaz çayı demlemiş, kahvaltılarını hazırlamıştı bile. Onu sevinçli, güleryüzlü görünce coşmuştu yürekleri onların da. Benimsemişti anlaşılan.

Daha yerine oturur oturmaz kızının gözlerine dikmişti gözlerini. Ela, derin gözlerdeki huzuru yansıtan pırıltılar umut katmıştı babaya.

– Gülşen?

Şen, şakrak ve kıvançlıydı cevaplarken:

– Efendim baba.

– Şey, demek istediğim şu ki, Bey ararsa?

Daha sözünü tamamlamaya bile fırsat tanımamıştı babasını cevaplamak için. Uçuşan bir gönlü vardı.

– "Evet." de baba. Çok çektik parasızlıktan. Adam gibi yaşar gideriz hiç değilse. Yalnız, vaadinde de dursun. Şartları yerine getirsin önce, sonra da nikâh.

Yüzleri gülmüştü karı-kocanın. Kurtuluşun sevinç sinyalleriydi sanki gözlerinden yansıyan. Öyle bir bakıştı aralarındaki.

Baba, kahvaltısını yapar yapmaz şantiye binasının diğer bölmesindeki telefonun başına koşmuştu.

Sabırsız bir gönülle, köstekli saatine sık sık sarılıp bakıyor, zor eritiyordu vakti. Çok bekletmeden telefon çalmıştı. Eli ayağı dolaşmıştı Veli Ağa'nın.

– Alooğ.

– Veli Ağa.

– Buyur Bey.

– Nasılsın?

– Sağol Bey.

– Konuştunuz mu aranızda?

– Evet Bey.

– Cevap müsbet mi?

O an müşkil bir durumda hissetmişti kendisini. Ahizeyi kulağında tutarken, elinde tonlarca yük taşıyormuşcasına ağırlık hissetmişti.

Kalbi çırpınışlardaydı Akif Bey'in. Biraz duraklamıştı Veli Ağa cevabını verirken. Beklediği cevap geliyordu ardından.

– Müsbet sayılır Bey.

Soluk soluğa bir sesin yankısıydı kulaklarına ulaşan. Ağır yük altında yürümeye çalışan adamın soluyuşunu andırıyordu nefesi...

– Gönlüm var, dedi mi Gülşen?

– Dedi Bey. Gönlüm vardır dedi. Ancak, verdiği sözleri yerine getirdikten sonra nikâh... dedi.

– Tamam Veli Ağa. Gerisi kolay iş. Yarından tezi yok oradayım. İlk işim, şehrin en iyi semtinden bir villa bulmak ve döşemek olacak.

Gönlünüz rahat olsun Veli Ağa, hayatınız dilediğiniz şekilde değişecek.

– Sağolasın Bey.

※

Yıllar ne de çabuk akıp geçmişti öyle. Yirmi koca yıldı gerilerde bıraktığı.

Uzandığı yatakta, kâbuslu hülyaları irdelerken uyuyup kalmıştı.

Sabah yeni bir hayat başlıyordu kahvaltı masasında. Baba iştahsız ve neşesi inadına sönüktü.

Aile tam tekmil buluşmuşlardı masanın etrafında. Baba, Oğuz, Esra ve Ozan. Anne çaylarını doldururken eşinin bozuk morali dikkatini çekmişti.

– Neyin var senin dünden beri?

– Yok birşey.

– Pek de öyle sayılmaz hani. Belki de çok birşey var bizim bilmediğimiz.

– Olsa söylerdim.

Ozan bir şeyler hatırlamıştı. Annesinin sözleri biter bitmez babasını inceledi ve sordu.

– Baba.

– Efendim.

– Cidden moralin bozuk senin.

– Yok birşey dedim ya.

– Şey, bir şeyler vardı aklımda. Resim sende kalmıştı babacığım. Verir misin onu?

Derin bir nefes almıştı ciğerlerine. Elini isteksiz uzattı ceketinin cebine ve titrek parmaklarının arasında tutmaya çalıştığı fotoğrafı uzattı oğluna.

– Annem de gördü mü?

– Hayır.

– Neden? Ya sen, bunu da mı beğenmedin?

Bulutlandı bakışları birden ve sağ elinin parmaklarını sağ kaşının üzerine kıyasıya çökerek övşeledi.

– Beğendim.

– Dalıp dalıp gidiyorsun ikide bir. Ya bunun sebebi?

– Başımda bir ağrı var akşamdan beri. Birazdan doktoruma da uğrumam gerekiyor yola çıkmazdan önce.

– Rahatsızken yola çıkılır mı hiç?

– Acı patlıcanı kırağı çalmazmış.

– Ben de seninle gelsem.

– Yo, hayır. Sen burada kal ve hasret gider evdekilerle.

– Eee, fikrini tam olarak söylemedin bu konuda.

– Konuşuruz dönüşümden sonra.

Anne meraklandı.

– Ver bakalım şu resmi, kimmiş, neyin nesiymiş?..

– Aman anne, biz aramızda anlaştık ve beğendik birbirimizi. Size sadece gidip ailesinden istemek düştü.

Anne baktı fotoğrafa, Esra kaptı elinden ve Oğuz... İlk önce Oğuz beyan etti fikrini.

– Tam kendi düşüncende birisini bulmuşsun işte.

– Ne o, beğenmedin mi yoksa?

– İyi, güzel. Dedim ya, tam sana göre.

– Sağol.

Esra sulandırmaya çalıştı konuyu.

– Babam beğenmedi anlaşılan.

Akif Bey anlamlı baktı kızının gözlerine. Gamlı bir sesi vardı onu cevaplarken:

– Nereden çıkarıyorsun bunu. Beğendiğimi söylemiştim ya.

Ozan neşelendi babasını duyunca:

– Sağol baba.

Sönük bir bakış uzatmıştı Ozan'a. Kahrolmuşluğun şokunu yaşıyordu aslında. Sandalyesinden kalkmak için yekinmiş, başaramamıştı birincisinde. Herkesin dikkatini çekiyordu ruhundaki çöküntü. Yeniden yekinmiş ve başarmıştı ikincisinde. Masadan kıl payı bir mesafe aralanmıştı. Elini kalktığı sandalyeye bastırarak ayakta durmayı başarıyordu aslında.

Gözlerini Ozan'ın üzerinden çekmemişti. Kuruyan dudaklarının arasından güçlükle hazırladığı bir cümleyi fısıldamaya çalışırken, eski düşünceleriyle çeliştiğinin farkında bile değildi.

– Yalnız bir husus daha vardı ki, bence oldukça düşündürücü bu.

Ozan dikkat kesilmişti babasını dinlerken.

– Anlayamadım doğrusu.

– Demek istediğim şu ki, sonuçta asla beni suçlamamalısın.

– Üzgünüm babacığım. Yine anlayamadım.

– Hani o kulağıma sık sık gelen hikâyen vardı ya? İşte ondan söz ettim.

– Babacığım biraz daha açık konuşur musun lütfen?

– Melisa!

– Evet.

– Sonunda, gün gelip "Gönlümün fermanını yırttırmıştın bana." dememelisin.

Şaşırmıştı Ozan.

– Yani şimdi kalkıp "Amerika'ya onun yanına gidiyorum." deseydim, "Okey" diyecek miydiniz? Bunu mu demek istiyorsunuz şimdi?

– Neden olmasın?

– Babacığım lütfen. Şaşırtıyorsun beni. Ona vaktiyle şiddetle karşı çıkan, "Kötü bir gelenek başlatıyorsun ailede." diyen siz değilmişsiniz gibi konuşuyorsunuz şu an.

– Ileride beni suçlayamasın diye hatırlatıyorum bunu sana.

– Bir şeylerden kaçıyormuş gibisin sanki. Söyler misin baba neden kaçıyorsun?

— İki gönül arasında kara çalı rolünü oynamış olmaktan.
— Başa mı dönmeliyim sence?
— Orasını senin düşünmen gerekiyor artık. Ben düşündüm, taşındım. Sanki gönlüne engel koyuşun azabını hissettim vicdanımda. Şu anda iş işten geçmeden, çok daha sağlıklı düşünüp karar verebilmen için hatırlatmak istedim sadece. İleride böylesi bir suçlamayı asla kabul etmem haberin olsun.

Efkâr efkâr tütüyordu Ozan'ın bakışları. İçli bir sesi vardı babasına ulaşmaya çalışırken.

— Baba, daha önce, o kırgınlıkları bana yaşatmadan, bu hoşgörüyü yansıtsaydınız ya. Biliyor musun baba, beni yeni bir arayışın içine bırakıp çareler aramaya başlatmadan önce, neden yapmadınız ki bunu?

— Bilmem, pişman oldum galiba. Gençlik yıllarındaki arzuları unutmuş olmalıyım o günlerde.

— Baba!

— Sitemi bırak ve bana dürüstçe bir cevap ver. Asıl kaçıştaki insan sensin bana göre. Kendini sorgulaman için uyarıyorum seni. Evlilik çok ciddi bir konu. Düşüncelerini sorgula ve bana cevap ver. Şimdi soruyorum sana, cidden unuttun mu o kızı?

Allak bullak olmuştu Ozan'ın düşüncesi. Sadece muğlak bir cevaptı dudaklarından dışlamaya çalıştığı:

— Bilmem.

Heyecanlanmıştı birden. Kalbinin atışları değişmişti.

— İki kalp arasında, dönek bir insanın duygularını yaşamanı istemiyorum.

— Neden hatırlattın ki onu durup dururken?

— Daha yolun başındasın. Kararını doğru vermelisin diye.

— Baba!

— Kararın?

— İnsanların kalbi sence, yaz boz tahtası mıdır baba?

– Bilmem, günümüzde sevdalar da anlık duygulardan ibaret gibi bir şey. Birisi çıkar diğerini unutturur. Ya da, eskisi ön plana çıkar zaman zaman insanın duygularında.

Şaşırtıcı bir tepkisi vardı Ozan'ın:

– Hayır baba. Başladık bir kere. Benim verilmiş sözüm var Hicran'a.

– Unutma ki Melisa'ya da verilmiş bir sözün vardı ve zaman zaman da hâlâ onu aradığın gelmekte kulaklarıma.

– Dönüşünüzü bekliyorum baba. O hislerin üzerindeki külleri deşeletme bana bir daha. Ben bu kızı istiyorum. Şayet siz "olmaz" derseniz evlenmek için yaşlarımız müsait. İkinci dönem evlenmiş olarak dönerim aranıza. Bana bunu, tek başıma aldığım bir kararla umarım yaptırmazsınız.

– Son sözün bu mu?

– Evet babacığım. Son sözümdü söylediklerim.

– Tamam o halde, dönüşümü beklemelisin.

Bursa

YILLAR, iyisiyle ve kötüsüyle, eksisiyle ve artısıyla su gibi akıp geçmişti. Akif Bey, Gülşen'e verdiği sözde durmuş, mükemmel bir hayat tarzını onlardan esirgememiş, her türlü imkanları vermişti.

Gülşen şimdilerde orta yaşlı bir hanımefendiydi. Anne, oldukça yaşlanmış, Veli Ağa senelerin özenle işlediği çizgileri taşıyordu çehresinde.

Geçen zaman, Gülşen'den çok şey çalmamıştı doğrusu. Asil, uysal ve müşfik bir yüzü vardı takındığı beyaz tülbentinin altında.

Hicran, annesini evin salonunda yalnız bulur bulmaz yanına sokulmuştu. Annesi ve babası hâlâ kahvaltı masasında sohbettelerdi.

Gülşen, ortalığa çekidüzen vermeye başlamıştı sabah sabah. Sehpaların tozunu alırken yakalamıştı Hicran, annesini. Ürkek bir görünüşü vardı ona yaklaşırken. Önce, cesaretini topladı ve sonra kendisini farkeden annesinin gözlerine hicaplı bir bakış uzattı.

– Anne.

Anne, elindeki bezi sehpanın üzerine bıraktı.

– Evet.

— Biraz konuşabilir miyiz seninle.
— Neden olmasın?
— Beni dikkatle dinlemeni istiyorum. Çalışmana biraz olsun ara vermelisin.
— Demek o kadar mühim?
— Evet anne.
Hemen yakınlarında bulunan koltuklara oturdular.
— Evet, dinliyorum.
— Anne.
— Söyle be kızım, o kadar zor mu?
— Zor.
— Çekinme o halde.
— Kızmazsın değil mi?
— Neden kızayım ki, durup dururken?
— Bu değişik, alıştığımız konuların dışında bir mesele de.
— Olsun, yine de anlatmalısın. Ha, dur biraz; yoksa bozdun mu yeminini?
— Ne kadar kuşkulusun öyle?
Yumuşatmıştı annesini.
— Hani alıştığımız konular değil derken?
— Sözümde durdum anne. Yalnız...
— Evet, yalnız...
— Acele etme anne. Elime bile dokunan olmadı henüz.
Biraz rahatlamıştı anne, derin bir nefes aldı kızını dinlerken.
— Eeee!
— İnançlı bir çocuk. Israrlı ve sizlerle tanışmak istiyor. Annesini, babasını alıp beni sizden istemeye gelecekmiş. İşte hepsi bu kadar. Oh be, kurtuldum.
Annenin yüzünde huzursuz bir rüzgâr esmişti.

– Hicran! Sen nelerden söz ettiğinin farkında mısın şimdi?
– Evet anne.
– Yani, sen o çocukla konuştun. Elin eline dokunmadı ama, evlilik sözü verdin kendisine öyle mi?
– Evet anne. Sadece sizden istemek için gelecekler. Hepsi bu kadar. Sadece cep telefonumun numarası var, evin telefonunu bile yazdırmadım inan.
– Hayret. Ortada hiçbir şey yok ve seni istemeye geliyorlar. Neyse; yani sen istiyorsun onunla evlenmeyi öyle mi?
– Evet anne. Bunu babama uygun bir şekilde anlatır mısın? Söz verdim ona.
– Hani, gönül işleri olmayacaktı hesapta?
– Oldu anne, elinde değil ki insanın bu.
– Sence de normal mi yaptıkların?
– Her şeyi açıkça ve olduğu gibi anlattım size. Kısmetse sizler de müsaade ederseniz istiyorum onu anne. İnançlı, manevi değerlere saygılı, tam aradığınız gibi bir genç.
– İyi de be kız, ben bunları oturup nasıl izah ederim babana, hiç düşündün mü?
– Neden anne? Bir gariplik mi var anlatmanı istediklerimde?
– Yok belki ama... Tahsilin henüz başlarındasın. Daha, yarım dönem içinde böylesi bir hadise, tahsilin askıya alınışı; hatta bitişi demektir. Kabul eder mi baban?
– Anne, ben ilk miyim böylesi bir konumda evlilik için hazırlık yapan?
– Babanın kafasında yatan hazırlıklardan da haberdar mıydın akılsız kızım? Üniversiteyi tutturuşun engelledi, hayata atılışını.
– Murat'tan mı bahsediyorsun?
– Evet, Murat'tan. Babanın sağ kolu olan, inşaat mühendisinin oğlu Murat'tan. Babana bu anlattıklarını ilettiğim an, bence hayatının

akışı bile bir anda değişebilir. Zira Murat onun çok beğendiği bir delikanlı. Aslında o hikâye bitmiş de değildi, sadece üniversite tahsilin için ertelenmişti.

– Anneciğim, benim senden ricam şu. Babama münasip bir uslûpla bunları anlatıp onu ikna edebilmen. Gelecekler diyorum sana anlamıyor musun?

Derin bir "ah" vardı dudaklarında annenin.
– Gelmesi lazım bu günlerde. Ama bilemiyorum yine de.
– Anne!
– Evet.
– Seninle bir konuyu daha açık açık konuşmak istiyorum.
– Hesaba mı çekiliyoruz?
– Eh, sayılır.
– Dinliyorum o halde.
– Nüfus cüzdanım ve senin adın.
– Ne varmış nüfus cüzdanında?
– Adını dedim.
– Ha, anladım. Nüfuz cüzdanında adımın farklı oluşu mu?
– Evet.

Cevap için oldukça zorlanmıştı:
– Ne yani, o benim diğer adımdı, dememi mi bekliyordun?
– Sadece doğruları söylemeni.
– Adım şu an bildiğin neyse, odur.
– Ya benim nüfus cüzdanımdaki "Aslı" kim o halde?

Derin bir nefes daha aldı, yüzündeki ifade değişti annenin.
– O isim babanın ilk eşine ait.
– Nikâhsız mı yaşadınız?
– Nikâhım var.
– Sen, sadece dinî nikâhtan bahsediyor olmalısın.

– Evet. Öteki yok.

– Neden böyle anne?

– Anlaşıldı. Bu hesabı sana karşı mutlaka bir gün vereceğimi biliyordum. Haklısın aslında. O halde kısaca özetleyim, olmaz mı?

– Eh. Madem öyle istiyorsun.

– Yoksulluk... Babamın işi ve imkanlarımız çok kısıtlıydı. Kısıtlı demek biraz abartı aslında. Perişanları oynuyorduk hayatta.

Babam, babanın şantiyesinde bekçiydi. Taze bir evli, yakışıklı ve zengin bir iş adamıydı. Babam, patronu olan o genç adamdan bana bir iş bulmasını istemişti ve inşaatlarını dolanmaya geldiği bir gün onu davet ederek çay içmesini istemişti. Çayları kendisine ben ikram etmiştim. Baban yıldırım aşkıyla çarpılmış ve babamdan istemişti beni.

Evli ve çocuk sahibi olduğunu bildiğimiz halde, adam gibi yaşamak hevesiyle onun teklifini ailece kabul etmiştik, senin anlayacağın.

İşte sana hayatın kısa bir özeti. Şimdi anladın mı?

– Anladım. Bari mesut musun anne?

– Korktuğum olmadı doğrusu. Verdiği sözlerin arkasında hep durdu.

– Ya korktuğun olsaydı anne? Kumar gibi bir şeymiş senin oynadığın.

– Hayat da öyle değil mi sence? Seversin, nikâhlanırsın, her şey kayıt altına alınır. Bir de bakmışsın ki her şey beklenmedik anda tersine dönmüş ve sevdalar kâbus olmuş. Ayrılmış, hayata yeniden başlamışsın. Olmaz mı bunlar?

– Sana sadece memnun olup olmadığını sormuştum.

– Şikayetçi olmadım. Buna fırsat vermedi daha doğrusu. İyi davrandı.

– Sadece o kadar mı anne? Hayatın başka yönleri de yok muydu şikayetçi olabileceğin?

– Anlaşılan senin şikayetlerin var?
– Bunu hiç sormadınız ki benden. Ne sen, ne de babam. Arkadaşlarımın yanında eziklik duymaktayım. Onların babaları her zaman yanlarında.
– Sevmiyor musun onu? O seni çok sevmekte bana göre.
– O, sana göre anne. Sadece, sana göre işte. Seviyorum sevmesine. Gel gör, inanılmaz bir boşluk var yüreğimde. O, gerçekte başka bir yuvaya ait. Bize gizli bir destek. Arzularının tatmini için yaptığı evlilikte kaçamak bir baba sadece. Bizleri başkalarından saklayan. Onun açıktan ilan ettiği bir evlilikten doğma hür çocukları ve karısı var anne. Onlardan hiç söz etmemekte bize. Tıpkı bizlerden de onlara söz edemediği gibi. Sadece ilk eşinin adını bilmekteyiz. Benim nüfus cüzdanıma zorunlu yazıldığı için. Yalan mı bütün bunlar, söyler misin anne?

– Doğru. Fakat bu kadar katı bir suçlamanın içinde oluşun da yanlış bence. Çünkü bizim inandığımız kitapta ruhsat var erkeklerin birden fazla da evlenebilmeleri için. Yasak bir evlilik değildi suçladığın gibi bizim yaptığımız.

– Anneciğim, araştırmadım fazla; ama yine de bana kaçak bir evlilik gibi geldi yaptığınız.

– Ne mahzuru var bunun? Şahitler vardı, nikâhımız kıyıldı ve dinî vecibelerin hepsi de tamamdı.

– Dedim ya anne, araştırmadım. Sadece bildiğim kadarıyla saklanan evliliklerde mutlaka inancı inciten olumsuzluklar vardır.

– Her neyse. Konuşmamız bitti mi?

– Bitti.

– Baban geldiğinde o hikâyeyi anlatmamı hâlâ istiyor musun?

– Evet anne, mutlaka.

– İyi düşündün mü?

– Evet.

– Biraz daha düşünmek istemediğinden emin misin?

— Sanmam.
— Pekâlâ konu bitti. Mutfağa geç ve yardım et biraz.
— Tamam anne.

Hicran mutfağa geçtiğinde huzursuzdu. Yeni yeni sıkıntılar edinmişti verdiği sırla birlikte. Adeta bir ürperti, adını koyamadığı bir korku sarmıştı duygularını.

Veli Ağa ve eşi mutfaktan salona geçmişlerdi. Yıllardır rahat bir hayat yaşayan yaşlı adam koltuğa kurulmuş, sigarasını yakmıştı. Hanımlığı yıllardır benimseyen kadını vardı hemen yanındaki koltukta.

Veli Ağa'ya kızıyordu Hüsniye Hanım.

— Bıktım şu sigara dumanlarından da...

Elini havada yelpaze gibi sallayıp dumanları dağıtıyordu bir yandan da.

— İçmesen şu mereti olmaz sanki.

Veli Ağa sokranıyordu hanımına:

— Kibarlaştın canım. Ne de nazlı oldun!..

— Evin havasını bile kirlettin. Yanına sokulan, nefesinden tiksinmekte.

— Zil çaldı duymadılar. Kapıya bak. Rahatsız olmazsın hemi de.

— Sen aç da, dumanlarını da peşinden götür bari.

— Hay Allah, çattık be.

Veli Ağa hanımına homurdanarak kalkıp, antreye doğru hızlı adımlarla yürümeye başlamıştı.

Kızıyla karşılaştı ve olduğu yerde durdu. Hicran belirmişti yanında. Gülşen, kapıyı açarken dede ile torun merakla bekliyorlardı.

Gülşen, sokak kapısını açtı. Yüzü gülmüştü evin kadınının.

— Akif! Hoş geldin.
— Hoş bulduk.

Yorgun, bitkin bir hali vardı Akif Bey'in. Açılan kapıdan hayalet gibi içeriye süzülmüştü. Gülşen beğenmemişti görüntüyü.

— Haber bile vermedin geleceğini?

Kapı yavaşça örtülmüştü. Ayakkabılarını çıkartıp, antrede keyifsiz yürüyen eşinin peşine takılmıştı Gülşen.

Akif Bey, dalgın ve yorgundu. Gözünün önünü göremeyecek kadar kâbus doluydu bakışları. "Baba!" diyen sesin etkisiyle uyanmıştı kâbusundan.

Hicran, kollarını açıp hasret tüten bir davranışla boynuna dolamıştı Akif Bey'in. Sıkı sıkı sarılıyor, yanaklarından öpüyor, kokluyordu adeta onu.

— Hoş geldin baba.

Neşesi, hâlâ sönük ve titrekti. Eskilerde olduğu gibi ona sarılıp havalarda savurmuyordu.

Donuktu bakışları. Yorgun bir mukabele vardı sesinin tonunda ve Hicran'ın coşkusunun karşılığı değildi verdiği tepki.

— Hoş bulduk kızım.

Yanaklarına uçuk buseler kondurmuştu sadece. Anne ve dede onları seyrediyordu antrede.

Hicran kollarını babasının boynundan çözüp hafifçe aralanıyor, gözlerinin derinliklerinde bir şeyler arıyordu adeta.

— Hasta mısın baba?
— Çok yorulmuşum. Biraz istirahat edince geçer sanırım.

Veli Ağa dikkatle süzüyordu damadını:

— Hoş gelmişsin Bey!
— Hoş bulduk Ağa.

Sesler Hüsniye Hanımı da çekmişti antreye ve devamını getiriyordu karşılama merasiminin.

– Hoş geldin Bey.
– Hoş bulduk Valide Hanım.
Salona yürümüşlerdi peşpeşe. Yorgun oturmuştu bulduğu koltuğa Akif Bey. Herkes bir yer bulmuştu onu karşısına alacak şekilde ve Gülşen gözlerinin içinde misafir olmuştu bir an.
– Yorgunluk desen de, değişik bir halin var bugün.
– Yorgunluk sadece.
– Bir duş alsan?
– Fena da olmaz hani.

※

Gün oldukça neşesiz kocamıştı. Akşam, yemek, çay sohbeti ve yatsı namazının hemen ardından herkes odasına çekilmişti. Hicran, yatmamıştı. Babasıyla başbaşa kalıp onun gönlünü almak, kederlerini hafifletmek için fırsat kolluyordu. Yanına sokuldu, boynuna sarıldı, yanaklarından öptü. Ne yapsa, eski neşesi yoktu üzerinde.

Gözlerinin içine dikti gözlerini ve anlamlı bekledi oralarda.

– Babacığım, sen her zamankinden farklısın bu defa. Neyin var söyler misin?

– İnsanlar yaşlandıkça değişirler kızım. Neşe, tebessüm, o şen kahkahalar birer birer silinirler çehrelerinden.

– İnanmıyorum babacığım. Bütün bunlar bizden saklamaya çalıştığın bir sıkıntının ifadesi olmalı.

– Yanılıyorsun kızım. İnsanın bir günü diğerini tutmaz. Sabah bakarsın değişirim ha?

– Bilmem. Özlemişim demek ki eski sıcaklığını.

– Hadi sen de yat. Sabah uzun uzun konuşuruz. Anlaştık mı?

– Hı hı. İyi geceler. Allah rahatlık versin...

※

Garip bir hali vardı Akif Bey'in. Gün boyu ser vermiş, sır vermemişti kimseye.

Hicran bütün çabalarına rağmen çözememişti onu ve Gülşen sabırsızlıkla beklemişti başbaşa kalacakları zamanı.

Akif Bey pijamalarını giyinip sırt üstü uzanmıştı yatağına. Ellerini başının altında kenetlemiş, gözlerini tavana dikmişti. Düşündükçe, dalıp dalıp gittikçe, keder korkunç çizgilerini çekiyordu suratındaki deriye.

Gülşen, merak içindeydi. Yatağın ucuna kadar gelip bekledi ve dikkatlice süzmeye başladı eşini. Hassas, onu okşayan bir sesle mırıldanıyordu:

– Söylesene neyin var senin?

– Yok birşey.

– Bence çok mühim bir şey var demektir bu. Seni hayatta hiç böyle hırpalanmış, pörsümüş, eskimiş; hatta "pes" demiş, somurtkan ve hayata küskün olarak seyretmemiştim. Kuşkulandırmaktasın beni. Söyler misin, işlerin mi bozuk gitmekte?

Derin bir bakış bırakmıştı Gülşen'in ela gözlerinde. İçli, derin bir nefes almıştı hemen peşinden ve kâbusun ipuçlarını veriyordu eşine:

– Hicran! diye mırıldanmış, yeniden gözlerini dikmişti tavana.

– Kaygılandırmaktasın beni. Ne olmuş Hicran'a?

– Anlatmadı mı sana birşeyler?

Gülşen durakladı, gözlerini iyice açtı, sonra kirpiklerini kısıp baktı eşine:

– Evet, birşeyler anlattı. Sen nereden biliyorsun bunu?

– Ne gibi bir şeylerdi onlar, anlatır mısın?

– Bu bozuk moralin üzerine gider mi, bilmem.

– Anlat.

– Bir arkadaşının olduğunu ve ailesini alıp istemek için geleceklerini söyledi. Sana da münasip bir lisanla duyurmamı istiyordu.

– Arkadaşlıklarının boyutlarından da söz etti mi hiç?

Rengi uçmuştu annenin. Yatağın üzerinde bağdaş kurmuş, gözlerinin içine keskin, ürpertili pırıltılarla bakıyordu:

– Neler söylüyorsun Akif? Yoksa?!..

– Panik istemiyorum. Sakin ve dirençli olmalısın sadece. Senden istediğim şu: Neler anlattı?

– Sen de haberdar mısın yani bunlardan?

– Baştan al sorumu ve cevapla sadece. Bir şeyler geçmiş mi aralarında?

– Duygusal bir arkadaşlıktan söz etti sadece. Elime bile dokundurmadım diye de yemin etti. Bildiğim sadece bunlardan ibaret.

Yüzündeki kâbus az da olsa durulmuştu. Derin, rahatlatıcı bir nefes almıştı Gülşen'i seyrederken.

– Bir bildiğin mi var?

– Var!

– Anlat Allah aşkına. Boğulacağım yoksa.

– Dünya çok küçükmüş meğer, biliyor musun?

– Neyin var senin? Anlat şunu açıkça?

O şok eden sözü güçlükle mırıldanıyordu eşine.

– Hicran'ın evlenmek istediği çocuk benim oğlum.

Gülşen'in beyni bulandı, gözlerinin önü karanlıklaştı ve kan akışını kesti damarlarından. Sadece, "Akif!.." diyebilmişti...

Akif Bey, sıçrayıp doğrulmuştu yatağının üzerinde, eşini kollarının arasına alıp hafif tokatlar indirmeye başlamıştı ayılması için. Kolonyalar, masajlar... Bir panik yerine çevrilmişti yatak odası.

Güçlükle ayılmıştı Gülşen. Akif Bey, eşinin başını kolunun üzerine yasladı ve ikaz etti.

– Dirençli olmalısın biraz. Hemen bırakmamalısın kendini.

– Neler duymakta kulaklarım?

– Sakin ol ve dinle beni. Bu eksik gördüğümüz bir işin cezası. Sadece ve sadece benim hatalarımdan kaynaklanan bir ceza bu. Ozan'ın "Gelinin olacak kızın resmini görmek ister misin?" diye önüme uzattığı fotoğraf Hicran'ındı. Düşünebiliyor musun Gülşen?

Cinnet geçirecekmiş gibi fenalaşmıştı Gülşen. Başını yorgun kıpırdanışlarla avuçlarının arasına alıp kıyasıya sıkıştırdı.

– Yüreksizce kıyılan, ilan edilmemiş nikâhlar için indirilmiş ne korkunç bir tokattı bu Yarabbi?

Akif Bey, hüzünlü sesiyle ulaşmaya çalışıyordu eşine.

– Sakın, duymamalı bunu Hicran. Hatta annen ve baban bile. Bu, içimizde bir azap, vicdanımızda bir acı olarak yaşamalı sadece.

Gözleri irkilmişti ürpertilerinden. Yuvalarından çıkacak kadar korkunçtu gözbebekleri.

– Bir halli var mıdır bu kâbusun?

– Var!

– Söyler misin?

– Okumayacak.

– Kabul eder mi bunu sence?

– İstemese bile edecek. Zor da olsa ona, katı ve anlayışsız bir baba rolü oynamak zorunda kalacağım anlaşılan. Sen şimdi usulca odasına gir ve cep telefonunu getir bana.

– Neden?

– Ozan'ın ulaşabileceği elindeki tek adres o.

– Nasıl izah edeceksin bunu Hicran'a?

– Evleniyor.

– Akif Bey!..

– Başka da çaremiz yok.

– Nasıl ve kiminle?

– Eski hikâye. Muhsin'in oğlu Murat'la.

– Ya diretir de istemezse?

— İsteyecek. Başka çaremiz yok. İkna edeceksin, sen ve ben yapacağız bunu. Ozan'ın onun kardeşi olduğunu söyleyemeyiz ya.

— Yarabbi ne korkunç imtihandır bu?

— İzmir'e taşınıyoruz buradan. Muhsin Bey'i aradım gelmezden önce. Kiralık bir ev bulacaktı hemen.

— Onlar İzmir'delerdi.

— Evet. Artık oralı sayılırız bizler de.

※

Uykusuz, kâbus dolu bir gece daha sabah olmuştu. Hava, oldukça puslu ve soğuktu. Kış kendisini iyiden iyiye hissettirmeye başlamıştı bile.

Hırçın bir rüzgâr başlamıştı dışarıda. Kar tanelerini önünde savuran, çatıları, pencereleri amansız vuruşlarıyla kamçılayan bir hava.

Yine iştahsız bir kahvaltı tamamlanmıştı ailede. Baba sofradan kalkarken Hicran seslendi.

— Çayı bile az içtin baba.

— Kızım salona getirir içerim diye yaptım bunu.

— Tamam baba. Kalkıyordum ben de.

Yüzlerdeki ifadeler hiç de iç açıcı cinsten değildi bugün. Merak içindeydi Hicran. Babasının çayını doldurduğu gibi peşinden o da salona geçmişti.

Baba, kızının elinden çayı alırken, muzdarip pırıltılarla bakmıştı yüzüne.

— Baba?

— Efendim.

— Neden somurtkansın öyle? Sana hiç yakışmamakta bu tarz.

İçli bir soluk tazelemişti çayını karıştırırken.

— Otur yanıma şöyle.

Hüznü biraz daha koyulaşmıştı gözlerinde ve Hicran bunu hissediyordu onu seyrederken.

Hicran oturmuştu yanına, babasının ağzından çıkacak sözler çok mühimdi onun için. Annesi anlatmıştı hadiseyi anlaşılan. Öyle düşünüyordu en azından.

– Anneni dinledim bu gece.

Anlamıştı. Başını önüne eğdi usulca, mahcup bir çehreyle dikkat kesildi babasının söyleyeceklerine.

– Evet baba.

– Hicran!

– Efendim baba.

– Beni sever misin?

– Neden sordun ki? Yoksa, şüphen mi var bundan?

– Hiç, öylesine sordum işte.

– Babamsın, severim elbet.

– Baban için fedakârlık edecek kadar mı?

– Anlayamıyorum doğrusu. Bilmem, denememiştim bunu hiç.

– İş başa düşse, ispata hazır mısın desem? Cevabın nasıl olurdu merak ettim.

– Babacığım, o meselelere göre değişebilir bence.

– Sevgini ispat edip edemeyeceğini sormuştum senden.

– Hiç kuşkun olmasın.

– Senin huzurlu bir hayat sürebilmen için, babanın her şeyini feda edebilecek kadar sevdiğini de bilir miydin?

– Bilmem.

– Dinle beni o halde ve cevap ver sorularıma. Tahsil ne için yapılır?

– Meslek edinmek, eğitimle donanmış olarak hayata atılmak için olmalı.

– Yalın bir ifade o. Diploma hiçbir zaman eğitimin tam olarak kendisi değildir. Uzun bir hikâye onu anlatmak şimdi. Daha çok, mevki, para ve hayat şartlarını iyileştirmektir önemli olanı. Senin söylediklerinin lüzumsuz olduğunu söylemiyorum. Neyse kızım, biz asıl konumuza dönüyoruz şimdi. Beni çok iyi anlamalısın. Kırılma, küsme ve babanı sev. Bu benim şu andaki en önem verdiğim bir arzum. Anneni dinledim, demiştim. Kararımı da verdim. Artık okumuyorsun.

Şok bir haberdi bu ve Hicran'ın beynini zonklatacak kadar da etkiliydi.

– Baba?!..

– O çocuğu da yeterince tanıdığını söyleyemezsin bana. Kafada esen iki günlük kavak yellerinin, pembe hayalleri olarak düşün ve sil onu hafızandan.

– Baba?!..

Ağlıyordu Hicran. Utançlı, çekingen; ama tepkisi gözyaşlarıydı yine de.

– Önce beni iyice bir dinle kızım... Çalışmanı istiyorum senden. İzmir'deki işimiz başkasının elinde şu an. Oranın sorumlusu olacaksın. Düşün bir kere, bu yaşta patron bir hanımefendi. Para, imkan, herşey elinde. Hem, çok yakışıklı bir delikanlıya sözlemişliğim vardı seni; Murat. Düşündüm, taşındım ve karar verdim. Hem sen de "Üniversite bitiminde Murat olabilir." demiştin, unuttun mu? O sözün cesaretlendirdi beni. Şimdi, senin de işin başında oluşuna ihtiyacım var Hicran. Kırmamalısın beni kızım. Zorla değil, gönlünle olsun istiyorum bunu, anlıyorsun değil mi?

– Baba?!..

– Tamam kızım o hikâye bitti. "Eskiyi unut, yeni yolu tut." demişler ya aynen öyle işte. Üniversite masalı ve o hikâye bitti. İlginç bir rüya gördün ve uyandın şimdi. O çocuğu kesinlikle unutmanı istiyorum senden. Cep telefonun bende. Hattı iptal ediyorum, yeni bir hat alırız sonra.

– Baba?!..

– Sil o gözlerindeki yaşları ve daha fazla ne sor, ne de üzmeye çalış beni. Anlaştık mı?

Mevsim hırçın dekorlarını kurmaya çoktan başlamıştı. İstanbul şiddetli bir kışın kollarındaydı artık. Yolları karlar kaplamıştı. Belediye araçları yoğun çabalar harcıyordu cadde ve sokaklarda.

Trafik kazaları, yolların kenarında bekleyen araçlar, ürkütücü manzaralar vardı ortalıkta.

Ozan televizyondan kışın amansızlığını takip ediyor, bir yandan da oturduğu pencerenin kenarından ara ara dışarıları seyrediyordu.

Bir otomobil takıldı gözlerine ve aşırı bir heyecanla yerinden fırlayıp dışarıya koşmaya başladı.

Babasının aracıydı bu. Merdivenlerden hızlı hızlı inip kapıyı açtı. Akif Bey aracını yeni bırakmıştı garajına.

– Hoş geldin baba!

Bozuk bir morali vardı oğlunu incelerken.

– Hoş bulduk Ozan.

– Ne o, keyfin kaçmış?

– Yolların halini görseydin senin de kaçardı.

Günlerden pazardı. Aile tam tekmil evdelerdi. Oğuz çıkmıştı karşılarına ve peşinden Esra ile anne.

Aslı Hanım dikkatle süzdü antreye giren kocasının gözlerini. Ayakkabılarını usançlı bir yorgunlukla çıkarıyordu. Paltosuna sarıldı Aslı ve çıkarması için yardımcı oldu. Sitem vardı sözlerinde eşine ulaşırken.

– Yol yorgunu oldun hayatta.

Aynı göndermeler vardı Akif Bey'in dudaklarında.

– Ne yaparsın iş bu.

– Mezara götüren de olmuş mu kazancını?

– Demişler ki hazıra dağ bile dayanmaz.

— Bu kadarı da fazla ama.

— Neyse. Üzerimi değiştireyim önce.

Çocukları teker teker süzmüştü odasına geçmezden önce. Herkes dağılmıştı başından.

Ozan sabırsızdı. Salona geçip sıkıntı turları atmaya başlamıştı ortalıkta. Yalnız yakalamak ve başbaşa konuşmak istiyordu babasıyla. Vakit sıkmıştı onu. Babası gelmemişti hâlâ. İrade dışı adımlar onu babasının soyunmak için girdiği yatak odasının kapısına kadar getirmişti. Annesinin mutfaktan sesi geliyordu, kardeşleri odalarına çekilmişlerdi.

Sessiz adımlarla geldiği odanın kapısı önünde daha fazla bekleyememişti. Parmağını odanın kapısına üç defa vurdu ve bekledi.

— Gir.

Kapıyı usulca açmıştı. Akif Bey pijamalarını giyinip sırtüstü uzanmıştı yatağına.

— Affedersin babacım. Uyuyor muydunuz yoksa?

— Hayır, biraz dinlenmek için uzanmıştım sadece.

— Girebilir miyim?

— Elbette.

Kapıyı kapatıp yatağın kenarına oturmuştu.

— Baba?

— Evet.

— Gidiyor muyuz?

— Nereye?

— Hani demiştim ya. Hicran için.

— Ha, henüz değil. Şu kar, ortalıktan kalksın önce. Aradı mı?

— Yo, hayır.

— Nasıl gidiyoruz o zaman. Ev adresi, ev telefonları yok demiştin anladığım kadarıyla. O seni arayacaktı ailesinden müsaade alıp.

— Evet baba.

– Ara o halde. Müsaade almışsa gideriz.
– Ulaşamıyoruz ki.
– Demek müsade alamadı ya da başka bir sorun var.
– Ne sorun olabilir ki babacığım?
– Bilmem. Erken derler bakarsın. Olamaz mı sence?
– Hiç düşünmemiştim doğrusu.
– Arıyorum, ulaşamıyorum diyorsun, yanlış mı bu?
– Evet doğru.
– Bence bu bilinçli olarak telefonu kapalı tutuş olamaz mı?
– Neden yapsın bunu?
– Evdeki pazarlıklar çarşıya uymadığı için. Bak oğlum, toy bir karar aranızda aldığınız. Evlerinin adresini almıyorsun. Sonra ev telefonlarını bilmiyorsun. Şimdi cep telefonuna ulaşamıyorsun. Bunlar sana, hiçbir şey anlatmıyor mu? Bence, bilinçli olarak kapatılıyor telefon. Müsaade alamadı anlaşılan ailesinden.
– Bilmem.
– Üzülmemelisin hemen. İkinci dönem öğrenirsin her neyse. Bu defa sağlam yaparsın işini ve gidip isteriz.

Keyifsiz bir bakışı vardı babasına.
– Tamam baba. Başka bir çaremiz de yok şu anda.

⋯⋯

Kış bütün ülkede şiddetini artırmıştı. Gökyüzü günlerdir gülümsemesini unutmuştu. Yüzü soğuktu güneşin bile. Ayakkabıların gururla gıcırdadığı asfaltlar değildi, insanların yürüdüğü zeminler.

Fırtınaların önünde uçuşan karlar, insanın iliklerine işleyen soğuklar, sulu ve kaygan caddeler ve sokaklar yılgınlık veriyordu.

Dışarısı hiç de iç açıcı olmamıştı günlerdir. Dönem tatili de tükenmişti. Arzuları kursağında düğüm düğüm, beynini zonklatan düşüncelerin ızdırabını yutkuna yutkuna Ankara'ya dönüş hazırlıklarını yapıyordu Ozan.

Bütün çırpınış ve ısrarlı arayışlarına rağmen Hicran bir muamma olup çıkmıştı. Cep telefonu hiç açık değildi günlerdir. Dilek'i aramayı düşünmüştü zaman zaman, vazgeçmişti.

Hicran'ın annesinin yeminini hatırlıyor, babasının emrivaki karşısındaki tepkisini. Ya telefonunun kapalı tutuluşu? Hiçbir anlam veremiyordu. Yoksa nisan yağmuru duygular mıydı olup bitenler?

Ailesinin sıcaklığını hissedince, söyleyememiş olabilir miydi? Bunların hepsi de varsayımdı şimdilerde.

Yoksa gurbet yakınlığı mıydı Hicran'a bu duyguları veren? Muhitine kavuşup o aşina simaların arasına döndüğünde, ait olduğu iklim unutturmuş olabilir miydi verdiği sözü?..

Ankara'yı iple çeken bir gönlü vardı bu yüzden. Hissiyatı inanılmaz şekilde ezik, sevdaları buruk bir başı vardı omuzlarının üzerinde taşımak zorunda kaldığı.

Ya Melisa?.. Bütün sıkıntılarının arasında bile gözlerinin önüne içli bakışlarıyla düşen, sitem sitem tüten çehresiyle hülyalarını bırakmayan kız? Yoksa, unutamamış mıydı onu hâlâ? Bir sevda yüreğe girdiğinde, diğeri silinip giderdi kendiliğinden. Bu öyle olmamıştı. Sık sık kendisini sorguluyordu bu yüzden. Yoksa benim gönlüm de mi ikircikli bir sevdanın peşinde?

Affedemiyordu kendisini bu yüzden; ama unutamıyordu da Melisa'yı.

Hicran'a kızdıkça, ulaşamadıkça ona, sitem dolu esintiler kuşatıyordu duygularını. Ona nisbetle, yüreğindeki külleri deşeleyip onu düşlüyordu sırf bu yüzden.

Melisa müsaade istemişti Ozan'dan. "Zamana ihtiyacım var." demişti en son konuşmalarında ve yönelişlerini anlatan kitaplar istemişti. "Gönderdiğin kitapları araştırdıktan sonra, sana cevabımı verebilirim." demişti.

Düşüncelerinin rengini yazacaktı, aldığı müsaadenin sonunda. Ya "evet" derse?.. Hicran'a rağmen ona nasıl bir tavır alacaktı?

Düşünmemişti bile bunları. Herşey, bir oldu bittiye gelmişti gönül ırmaklarında. Çaylakça, duygu belirsizliklerinin kaypaklığını yaşamıştı yüreğinde. Dedesi sık sık onu ikaz ederdi. Kişiliğinin şekillenmesinde yardımcı olmak için usanmadan tekrarladığı bir kalıp vardı ona sunduğu: "Evladım hayatta muvaffak olmak istersen, aklını duygularının emrine değil, duygularını aklının emrine vereceksin." Ozan, bunun aksini yapmıştı anlaşılan ve şimdi bu yanılgıların sıkıntısını çekiyordu belki de.

Babası son günlerde yoğun bir iş trafiği yaşıyordu. İçine kapalı bir hali vardı ve oldukça yıpranmıştı. Sanki Ozan'a göre sıkıntılarını anlatamıyor, başka şeyler söylüyordu sorulduğunda. "Önemli değil, basit iş uyumsuzlukları." diye geçiştiriyordu. İnandırıcı değildi.

Daha çok dedesi ve babaannesiyle birlikte kalmıştı Ozan ve artık ayrılık günü de gelip çatmıştı sonunda.

Oldukça duygusal bir veda töreni vardı evlerinde bu akşam. Sadece, babası aralarında değildi. O yine bitmeyen seyahatlerinden bir başkasındaydı. Ozan'ı hava limanına ağabeyi ve kız kardeşi götüreceklerdi.

İçi içine sığmayan bir yolculuktu Ozan için başlayan. Ankara, onun için kuşkularından, hatta ızdıraplarından kurtuluşun bir başlangıcı gibi gözüküyordu ufukta. Uçakta hayaller kurdu olumlu, olumsuz. Bulut dağlarını seyretti yükseklerden. Satırlara dökülmeyen mısralar ve sitemler vardı Hicran için. Yol bitmişti sadece, beynindeki kuşkular değil. Hava limanına iner inmez, cep telefonunu çalıştırdı, Hicran'ın numarasını buruk bir ümitle defalarca aradı. Cevap yoktu yine. HAVAŞ otobüsleriyle tren garının meydanına kadar gelip iner inmez taksi durağına yönelmişti. Bir an önce evine ulaşmak, oradan Can ve Dilek'le bağlantı kurabilmek için sabırsızlanıyordu.

Ankara da kıştan nasibini almıştı. Sisli, boğuntulu bir havası vardı başkentin. Cadde ve sokak lambalarının fersiz ışıklarıyla, pas kızılı bir renkteydi hava.

Taksi, oturduğu dairenin kapısının önüne kadar gelmişti. Ücretini ödeyip valizini aldı bagajdan ve etrafına bakmadan binanın giriş kapısından gölge gibi süzüldü içeriye.

Daha kapısını açıp valizini antreye bırakır bırakmaz, lambayı yaktı ve telefonun bulunduğu mevkiye doğru yürüdü.

Ilk Dilek gelmişti aklına. Sınırsız bir heyecanla çökmüştü telefonun tuşlarına. Aldığı sinyal sesi, ne de olsa umutlandırmıştı onu. Dilek'ti karşısındaki.

– Alo?

– Dilek. Ben Ozan. Nasılsın?

– Sağol, ya sen?

– Geldim ve hemen seni aramayı düşündüm.

– Sağ ol. İyi haberlerim var sana.

Heyecanı artmıştı Ozan'ın.

– Meraklandım doğrusu.

– Can'la nişanlandık. Ailelerimizi ikna ettik sonunda.

– Çok sevindim inan. Hayırlı uğurlu olsun. Tebrik ederim.

– Teşekkürler Ozan. Ya siz, siz ne yaptınız?

– Hicran'dan hiç haber alamadım. Cep telefonu çalışmıyordu. O beni arayacaktı önce. Bunu da yapmadı. Siz haberleşebildiniz mi bari?

– Hayır. Biz de meraklanmıştık doğrusu. Nişanımızı haber vermek için defalarca aradık.

— Ev telefonları da var mıydı sizde?
— Evet.
— Ya ev, ev de cevap vermedi mi?
— Hayır.
— Gelmedi mi?
— Hayır. Biz de senden soracaktık.
Derin bir nefes almıştı Ozan.
— Gelirse beni arar mısın Dilek?
— Elbette.
— Sağol Dilek. Hayırlı geceler. Can'ı da ararım şimdi.
— Sana da.

※※※

Gece uyuyamamıştı. Telefon bekledi Dilek'ten. Vakit ilerledikçe ümitleri azaldı ve iple çekti sabahın olmasını.

Ezanla birlikte yatağından doğrulduğunda, tam manasıyla uykusuzluğun yorgunluğu vardı üzerinde.

Namazını kıldıktan sonra yatmamıştı. Evde çay ve şekerden başka hiçbir şey yoktu. Ocağı yaktı, dem için çaydanlığı doldurup koydu üzerine.

Çay içti zamanı eritmek için. Saatine baktı, sabırsız bir gönülle hazırlanıp fakültenin yolunu tuttu.

Adeta bir rehavet vardı talebelerin üzerinde. Tatil yorgunluk bırakmıştı anlaşılan hepsinde de. Arkadaşlarıyla selamlaştı, Can'ı bekledi kafeteryada. Az da olsa yüzü gülmüştü onu görünce. Sarıldı, yeniden tebrik etti arkadaşını.

Tost yaptırdılar birlikte. Bir kenara çekilip çay içtiler ve sohbet koyulaştı gitgide.

Hicran'dan bahsetti, çözemediği esrardan ve çeşitli yorumlar geliştirdi kafasından. Arkadaşına anlattı bir bir... Can üzgün dinlemişti arkadaşını ve hiçbir şey konuşmadan cep telefonunu açıp tuşlara dokunmuştu.

– Dilek, merhaba.

– Merhaba Can.

– Hicran geldi mi?

– Üzgünüm Can. Gelmedi.

– Neyse. Ozan meraklanmış da.

– Geldiği an, ararım ben onu.

– Tamam.

Can telefonunu kapatıp müteessir bir çehreyle dönmüştü.

– Gelmemiş.

– Anladım siz konuşurken.

– Hayırlısı.

Derslere uyku sersemliğinin verdiği mahmurluklarla girip çıkmıştı. İşkilli bir gönlü vardı. Anaforda dönen düşüncenin ağırlığı, kâbus gibi yansıyordu gözlerinden.

Son dersten yoğun baş ağrılarını hissederek çıkmıştı. Can'la vedalaşıp kaldığı eve gidebilmek için sabırsızlandı. Üniversitenin dışında etrafını gözetti. Bir taksiye ilişmişti gözleri. El işaretiyle ulaştı önce ve yanında durur durmaz kapısını açıp yorgun hareketlerle bindi ve adres verdi.

– Bahçelievler.

Usançlı bakışlar düşürdü yollara. Şoför verdiği adresteydi. Henüz eve gelmeden sık sık yemek için uğradığı lokanta ilişmişti gözüne. "Müsait bir yerde" diye mırıldandı.

Göstergeye bakıp ücretini ödedi taksinin ve işini bitirip uğurladı bindiği aracı.

Bahçelievler'in ana caddesi üzerindeki kaldırımlara yorgun adımlar bırakıyordu, lokantaya ulaşmak için.

İçeride tenha bir masa seçmişti. Garsona istediği yemeği söyledi ve lokantanın puslu camından dışarıları seyretti beklerken.

Düşünceli çıkmıştı yine lokantadan. Caddeden evlerine sapan sokağa yönelmişti. Yanından gelip geçen insanlar, vasıtaların gürültüsü, insanın genzini yakan egsoz dumanlarının bunaltısına aldırış bile etmeden yürüyordu.

Oturduğu binanın kapısından içeriye adımını atar atmaz, aklına bir şeyler düşmüştü. Posta kutusundaki bölmesine baktı. Bir zarf ilişmişti gözüne. İnanılması güç bir sevinç belirmişti gözlerinde. Mutlaka bir haber vardı.

Kutunun kapağını açmak için acele etti ve zarfı sabırsız bir şekilde yerinden çekip aldı. Açtığı kabini kilitlemeyi bile düşünmemişti, zarfın üzerinden "gönderen" bölümündeki yazıyı bir an önce okuyabilmek için sabırsızlanıyordu:

Gözleri parlıyordu zarfın üzerinde. Derin, içli bir nefes indirmişti ciğerlerine. "Melisa" yazısını okumuştu...

Sevinci gölgelenmişti aslında. Nedendir bilinmez, ferah bir rüzgâr esmişti çehresinde.

Bedenine inanılmaz bir canlılık gelmişti. Merdivenleri ikişer ikişer tırmandı, bir yandan da zarfı açmak için heyecanlanıyordu.

Tam kapısının önünde mektubu zarfından çıkarmıştı. Kapısını aynı heyecanla açıp bir telaş içinde savuşmuştu içeriye.

Işığını yakar yakmaz salona koşmuştu. Üzerini çıkarmadan salonun lambalarını yakıp ilk bulduğu koltuğa bırakmıştı kendisini.

Adeta çıldırtan bir heyecanla buluşmuştu daha mektubun başlığını okurken.

AK KAĞIT ÜSTÜNE ÖRÜMCEK GİBİ,
İÇLİ DUYGULARLA İŞLEDİM SENİ.

Ozan, bir deniz daha okyanusunu arıyor... Ve yine, senin söylemeye çalıştığın gibi cevap vermek istiyorum sana. Evet Ozan, kendimle başladığım yola, seninle devam etmek istiyorum. Teklifin hâlâ yerli yerinde durmakta mı?

Son mektubun beni bütün geçmişimden, ruhumu kuşatan duygularımdan acımasızca koparıp aldı. Aynı satırları defalarca okudum ve düşündüm.

Uydurulan dinlere asla; ama Yaratıcı'nın gönderdiği peygamberlere, kitaplara ve dine artık tıpkı ben de senin gibi inanıyorum.

Hani mektubunda diyorsun ya:

'Zebur'a inanıyorum. Davud Peygamber'e de. Tevrat'a inanıyorum, Musa Peygamber'e de. İncil'e inanıyorum, İsa Peygamber'e de. Kur'ân'a inanıyorum, Hz. Muhammed'e de. Kur'ân'dan önceki kitapların orjinallerini reddetmek ve o ilâhî emirleri ve peygamberleri yok saymak biliyorum ki beni isyana sürükler ve bana Cehennem'in kapılarını aralar. Ya sen, Melisa?.. Sen de bazı inananlar gibi Kur'ân'a, son kitaba, bazılarının gönül pencerelerinin kara perdelerini çektikleri gibi mi yapmaktasın?

Peygamberlik makamının son halkası olan ahir zaman nebisine reddiye sunuyor musun? İnançlarını son kitap ve son nebiye göre ayarlamayanların yanılgılarının ebedi bir hayatta, nelere mal olabileceğini düşündün mü, daha öncesinde?

Bir yanda, gönderilen bütün ilâhî kitap ve emirlere gönül verenler, diğer yanda inandığı kitaptan sonra gönderilen ilâhî kitap ve nebilere inanmayanlar. Bu yorumu sana bırakıyorum Melisa.

Okulda ikmale kalanların, bütünleme imtihanını kazanmadıkça diplomalarının verilmediğini bilmeni istiyorum sadece.

Ben inkârcı olamam Melisa. Başa dönüşüm, beni kesin inkârlara götürecektir.

Sen, bir adım daha atmalısın. Hiçbir inkâra yol açmadan, okyanusunu arayıştır, atacağın son adımın.'

Yazdıklarını sana yeniden okuttum Ozan. Bunca arayıştan sonra, sana yeniden sesleniyorum. İşte bir deniz daha okyanusunu buldu, diyor ve ekliyorum: 'Kendinle başladığın yolda seninle devam etmek için karar aldım.' Bana ümit veren satırlarınla bitirmek istiyorum mektubumu: 'Zaman, gün gelip bir şeyleri değiştirmiş olsa bile uzaklarda, sana en kalbi duygularımın ulaştırmak istediği ılık bir sesi olacak.'

Hayatta, inancımın dışında kalan her şeyi unutsam bile, unutma ki kalbimin yine en ücra köşesinde yalnız sen ve sadece sen kalacaksın..."

Melisa

MEKTUBU defalarca okumuştu. İki yürek arasında oluşunu düşündü önce ve sonra Hicran'ın vefasızlığını. Eskimeye yüz tutmuş umutlar dirildi hülyalarında.

Yorgun bir bedeni vardı oturduğu koltuğun üzerinde. Kendisini sorgulamaya başladı. İkircikli miydi duyguları? İkiyüzlü bir yol muydu üzerinde bulunduğu?

Efkâr efkâr tüten bakışları uzak ufukların peşindeydi şu an. Melisa ağırlıklıydı duyguları. Çünkü o kararlı ve istikrarlıydı. O, gerçek sevdalıydı Ozan'a göre. Duygularını iradesinin emrinde olgunlaştırıp kararını sonunda açıklamıştı.

Hayallerinin derinliklerinden gelen sesin emrindeydi anlaşılan. Hemen yerinden kalkıp kalem kâğıt aldı önüne. Oturup mektup yazmaya başlamıştı.

Zorlandı, satırlar yürümüyordu ne yapsa. Tam net değildi anlaşılan düşünceleri. Usançlı bir eda içinde kalemi kâğıdın üzerine bırakışı, meseleyi geniş bir zamana yaymak isteyişindendi anlaşılan.

Sıkıntılar içinde kıvrandığı odada bunalımını aşamamıştı. Ani bir kararla cep telefonuna sarılıp, ayların kopukluğunun verdiği duyarsızlıkları ve inadını parçalıyordu tuşlara dokunurken.

O mazide kalan aşina sesti kulaklarında yankısını bulan.

– Aloo! Melisa!..

Heyecan nefesindeki sıkışıklıktan belliydi.

– Ozan! Nasılsın Ozan...

– İyiyim, ya sen?

– Mektubumu aldın mı?

– Evet az önce.

– Araştırabilmem için verdiğim uzun ara unutturmuş muydu beni?

– Hayır derken, sesi oldukça heyecanlıydı Ozan'ın.

– Yani, teklifin hâlâ yerli yerinde mi?

– Önce seni yürekten tebrik ediyor ve ders yılının bitişini sabırsızlıkla beklemeni diliyorum.

– Yoksa gelecek misin?

– En azından özlediğim için.

– Ozan, muğlak ifadeler var sözlerinde. Sen iyi misin?

– Alıngan olduğunu biliyorum. O halde şöyle söyleyeyim. Melisa, orada senin ülkende ve senin yanında sevginin sıcaklığını hissederek okumak istiyorum. Deyişim yeterli mi?

– Eh oldukça. Ben yazmanı da istiyorum senden. Çünkü, senin mektupların açacak yolumu, unutma.

– Yazarım elbet. Biliyorsun ki sen istemiştin ara verilmesi gerektiğini.

– O bir araştırma süreci içindi ama.

– Melisa sevindim kararın için. Mektubunun cevabını en kısa zamanda uğurlamak sözüyle hoşça kal.

– Unutma, kendimle başladığım yolda, seninle yürümek için aldığım bir karar var.

– Unutmam.

Bulutlar dolukmuş, benzi uçuk gökyüzünün,
Senin şimşekler çaktıran, buhar buhar kaynaşan,
Gözlerin gibi.
Bulutlar boşlandı boşlanacak can,
Efkâr yağmurları yağacak birazdan.

Gamlı bir gönlü vardı yine. Dilek, hayatının haberini veriyordu telefonda. Gözleri buhar buhardı. Adını tam olarak koyamadığı; hatta yüreğinde dilediği gibi şekillendiremediği bir sevginin sarhoşuydu Ozan.

Onunla beraber olmak, ama dokunamamak. Ona derin bakmak; ama nefsî arzularla donanamamak. Saf, duru ve eşine rastlanmamış bir arkadaşlık modelini yaşatmak. Gönül hikâyelerinde dokunmamak arzusu olmazdı pek. Dayatmacı hislerin beraberlik duyguları kuşatırdı insanı. Bu öylesi türden olmamıştı hiç. Herkesin anlattığı sevdaların fevkinde bir bağlılıktı onlarınki. Belki de onun için vurgun yemişti duyduklarıyla.

Telefonu çaldığında, fakültenin bahçesinde dolaşıyordu. Üşütmeyen bir hava vardı dışarılarda. Mevsim, bahar hazırlıklarını çoktan tamamlamıştı başkentte.

Sinyalini alır almaz cep telefonuna sarılmıştı. İlk işi ekrandaki numaraya bakmak olmuştu. Dilek'in numarasıydı ekrandaki.

– Alo.
– Ozan.
– Buyur Dilek, hayırdır?
– İyisin ya?
– Şükür.
– Bir haberim vardı sana. Onun için aramıştım.
– Hayırdır?
– Hicran'dan.

Sevindi, telaşelendi, nefesi sıklaştı, konuşmasına yansımıştı heyecanı:

– Aradı demek.

– Evet, aradı.

– Anlatsana, meraklandım doğrusu.

– Fazla heyecanlanmamalısın bence. Pek iç açıcı şeyler değildi duyduklarım.

– Kötü şeyler mi var?

– Oldukça.

– Aynen anlatmalısın Dilek. Çok heyecanlıyım şu an. Neden aramamış, niçin bırakmış okulunu?

– Ozan!

– Efendim.

– Sana çok kestirme şeyler anlatmak istiyorum.

– Anlat o halde.

– Pekâlâ dinle şimdi. O hikâye bitmiş. Aldığım habere göre Hicran nişanlanmış.

Soğuk bir duş yapmıştı duyduğu sözlerle. Sıkıntı terleri boncuk boncuk kabarmıştı alnındaki deride. Titrek bir sesi vardı.

– Iyi de...

– Öncesi varmış bu hikâyenin. O ismin üzerini defterinden ve yüreğinden silmeliymişsin. Bana söylenilenler bunlar.

– Ya okul?

– Ozan iyi misin sen? Bırakmış okulu da. İnşaat mühendisi bir çocukla evlilik hazırlıkları içindeymiş şu günlerde.

– Telefon numarası aynı mı?

– Bilmiyorum, vermedi. Beni bir telefon kulübesinden aradığını söyledi sadece. Gerekirse ben yine ararım dedi ve kapattı. "Özür diliyorum, beni unutsun." dedi sadece.

Durgun ve donuktu bakışları.

– Sağol Dilek.

Telefonunu kapamıştı. Hüzün, en ince çizgilerinden nakışlarını işlemişti yüzündeki deriye.

Dönem bitti. Ozan aldığı o inanılmaz haberin arkasından Melisa ile köprüleri yeniden oldukça sağlam temeller üzerinde kurmuştu.

Dört elle sarılmıştı derslerine. İçine kapalı bir süreçti, talihsiz haberden sonra yaşadığı. Evden fakülteye, fakülteden eve.

Sıkıldıkça Melisa'yı arıyor, ona içli mektuplar yazıp postalıyor ve karşılıklarını da aynı şekilde alıyordu. Notları oldukça yüksek ve sevindiriciydi onun için.

Ankara'yı buruk bir veda ile terkediyordu. Onu hırpalayan vefasız bir aşkın vurgunu değil, anlam veremediği karmaşalardı.

Aslında Melisa'yı sevdiğinin idrakindeydi Ozan; fakat o talihsiz gönül hikâyesine anlam veremeyişinin burukluğu vardı duygularında.

İstanbul'a döndüğünde babası yoktu. Yine malûm iş seyahatlerindeydi. Ağabeyi, kız kardeşi, dedesi, babaannesi ve annesiyle hasret giderdi günlerce. Üzerindeki o durgunluğun sersemliklerini, yüreğindeki o anlam veremediği sevdanın tortularını atmak için çabaladı.

Oğuz yalnız bırakmamıştı kardeşini.

– Ev sıkar insanı kardeşim.

– Ne yapmalıyım sence?

– Şirkete gelmelisin benimle. İşe alışmalısın, orası bizim unutma. Babam seyahatlerini oldukça sıklaştırdı son günlerde. Hem şirkete de sahip çıkmış olursun bir anlamda.

– İyi ya, gelirim.

Ağabey ile kardeş iyi bir ahenk yakalamışlardı aralarında. Sabah birlikte evden çıkıyorlar, akşamları yine birlikte dönüyorlardı evlerine.

Baba seyahat dönüşü onları bir arada ve işlerinin başında görünce çok sevinmişti. Ozan'a verilen odaya uğramış ve tebrik edercesine uzatmıştı elini.

– Hoşgeldin aramıza genç adam.

– Hoş bulduk baba.

– Notların oldukça dolgunmuş. Yatay geçiş için İstanbul'daki üniversitelerden birisi için ne buyurdunuz!..

– Amerika'yı düşünüyorum uygunsa.

Duraklamıştı. Gözlerinin içine bakarken suskun ve derindi. Tepkisi sükûtu olmuştu sadece. Bir ışık yakmıştı en azından cılız bile olsa düşüncesinde. Sadece:

– Daha sonra etraflıca konuşuruz, diye zamana yaymıştı meseleyi.

Kuşku

ŞIRKETE alışmıştı. Babası dahil herkesin makamını dilediği gibi gezip dolaşıyordu. Yetkilileri; hatta bütün elemanları teker teker tanımıştı.

İçindeki burukluğu hâlâ söküp atamamıştı. Melisa ile telefonlaşıyor, yazışmalarını sürdürüyordu; ancak Hicran'ın duygularında bıraktığı vefasızlık, onu haddinden fazla etkilemişti. Hicran o tanıdığını sandığı kız, bu kadar vefasız ve duyarsız olamazdı. Kafasında inanılmaz sorular vardı bu yüzden. Neler düşünmedi neler. En önemlisi babasıydı. Hicran'ın fotoğrafını görmesi için önüne uzattığındaki yaşadığı şok geliyordu gözlerinin önüne. O an korkunç bir kâbus yaşamıştı babası. "Tansiyon..." demişti. "Sıkıntılandım." demişti. Fenalaşmıştı resme bakarken. Elleri titremiş, soluğu sıklaşmış, gözleri buhar buhar kaynaşmıştı. Titreyen parmaklarının arasında güçlükle tutmaya çalıştığı fotoğrafa, buharlı gözlerle bakmış ve az sonra da istirahat için müsaade istemişti kendisinden.

İşte o anı hatırlıyordu sık sık ve nedenlerini araştırıyor, bir türlü sonuca varamıyordu.

"Seyahat sonrası konuşuruz..." demişti sadece...

Daha sonraları Hicran aramamıştı kendisini. Üstelik, telefonu hiç cevap verememişti.

– Niçin?

İçine o günden beri düşen sıkıntılar, gün geçtikçe çözümsüz olarak büyüyordu. O kız, okulunu neden terk etmişti? Neden hiç aramamıştı? En azından mazeretini, telefon açıp bir defacık olsun yüreklice söyleyemez miydi?

Sorular, içinde çıldırtacak biçimde büyüyor, dipsiz kör kuyular halinde çukurlar açıyor bünyesinde, vakit vakit çıldırtacak hale getiriyordu Ozan'ı.

Onu unutmak, silmek istiyordu hayatından. Melisa'ya mektuplar ve telefonlarla, eski küllerin üzerini deşeliyor, daha güçlü bir sevda çıkarmak için çırpınıyordu küllerin altından...

Melisa zaman istemişti kendisinden ve "Tamam" demişti ona. Buna rağmen sözünde durmayışı, beklemesi gerekirken duygularının yön değiştirmesi hiç de affedilir cinsten değildi. Kendisine karşı ikiyüzlü bir insan durumuna düşüşü, Hicran tarafından uğradığı haksızlık, vicdan terazisinde tartıldığında, en az Hicran kadar hatalı olduğunu haykırıyordu ona.

Kişilik sahibi, erdemli bir insanın mutlaka verdiği sözde durması gerekirdi. Ne Hicran ne de kendisi yapamamışlardı bunu. Sadece Melisa başarmıştı sözünde durmayı. Vicdan mahkemesinin aldığı ve acımasızca yüzüne okunan karar, onun biçimlenmemiş duygularının, kişilik eksikliğinin tokatlarını vuruyordu suratına. İnancı, ona doğruluğu öğütlemişti. Manevi iklimin kuralları bu değildi. O halde Hicran, Ozan'ın, Melisa'ya verdiği sözde durmayışının ilahî bir tokatıydı hayatında. Cezalandırılmıştı sözünde durmadığı için.

Melisa, Müslüman olmuştu üstelik ve ona evlilik teklifinde bulunmuştu önceden. "Kendinle başladığın yola, benimle devam edebilir misin?" demişti. Son mektup daha da enteresandı:

"Bir deniz daha okyanusunu arıyor Ozan. Kendimle başladığım yolda seninle devam etmek kararı aldım."

Hicran'la başladığı yol, daha başlamadan bitmişti oysa. Ya bitmeseydi? O da "yürüyelim" deseydi? Ne olacaktı sonu?

Belki bir tanesiyle yürüyecekti, ya ötekisi? Neler söyleyecekti tercihi dışında bıraktığı insana?.. Bunları hiç; ama hiç düşünmemişti bile başlangıçta. Aslında, farkında olmaksızın çok çetin bir hikâyenin içinden, sadece duygularındaki buruklukla kurtulmuştu.

Derin düşüncelere daldığı anlarda, kendisini acımasızca sorguluyor, "Ben affedilir bir insan değilim Allah'ım" diye feryat ediyor ve ekliyordu: "Kendimi acımadan iç zindanlarımın ses vermez duvarları arasına müebbet bir mahkûm olarak koymalıyım. Ya Rab, içine düştüğüm bu çıkmazdan beni çekip alan sadece senin lütfundur."

Muhasebecinin odasındaydı. Canı sıkıldığı için odasından çıkıp yanına gelmişti. Hem çay içip sohbet etti, hem de içinde korkunç muhasebelerin fırtınalarını yaşadı.

Arada bir nefeslenip muhasebe müdürüyle konuşuyordu. Onunla yıldızları barışıktı nedense.

Muhasebeci yeniden çay istemişti. Ozan'a da sordu. O da değiştirmemişti.

– Çay.

Bugün oldukça farklıydı Ozan. Muhasebecinin dikkatini çekmişti.

– Ozan, bugün biraz üzgün gördüm seni.

– Yo, hayır! Bir şeyim yok.

– Oldukça neşesiz ve durgunsun.

– Yoruldum biraz. Edebî bir mektup yazabilmek için uğraştım. Lugattan kelimeleri cımbızla çektim sanki.

– Hayırdır?

– Amerika'ya.

– Birisi mi var orada?

– Kolejden bir arkadaşım.

– Eee, desene baştan, kafada sevda yelleri keskin esişlerinde!..

– Eh, sayılır.

Çaylar gelmişti. Yeniden sustu ve daldı. Efkârlı bir içişi vardı çayını.

Müdürün telefonu çalmıştı o arada.

Konuşmaları kesildi, ilgiler telefondaki ses için yoğunlaşmıştı.

– Alo.

Babasının sesiydi anlaşılan. Muhasebeci, konuşurken kendisine irade dışı bir tavırla çeki düzen vermişti:

– Efendim!

– Paramız var mı kasada?

– Evet efendim.

– Biraz kabarık olacaktı.

– Var efendim. Ben de bankaya gönderecektim az sonra.

– Tamam, gönderme; kasada bulunsun. Ben adres yazıyorum. Birisini gönder bana. Adresi alıp oraya üzerine yazdığım miktarı havale çıkar, kalanı da bankaya gönderirsin.

– Başüstüne efendim.

Telefonu kapatır kapatmaz yeniden tuşlarına bastı, bölüm elemanlarından birisini arayıp emir verdi.

– Acele bana kadar gel.

Telefonu kapatıp derin bir nefes aldı ve Ozan'a baktı.

– Babanızdı.

– Konuşmanızdan anlamıştım.

Çayını içti ve ilgilenmedi başka. Muhasebe müdürünün masasına koymuştu dirseğini. Cebindeki, Melisa'ya yazdığı mektup düşmüştü aklına. Onu da postalatabilirdi bankaya gidecek elemanla. Derin düşüncelere dalmıştı elemanı beklerken.

Az sonra babasının odasına havale adresi için gönderilen eleman döndü ve elinde adres yazılı kâğıdı bıraktı masanın üzerine.

– Havale çıkartılacak adres buymuş müdür bey.

Müdür elemanın masanın üzerine bıraktığı adresi okudu ve mırıldandı.

– Ha, tamam. Ben parayı hazırlayayım, sen de çantanı alıp gel ve hemen bankaya.

– Başüstüne müdür bey.

Müdür yerinden kalkıp kasasının başına geçti. Kasayı açıp paraları hazırlamakla meşgulken, Ozan'ın içinden gelen arzu, kağıtta yazılı havale adresini okumak dürtüsü olarak düşüncesine yansımıştı. Elini irade dışı bir kıpırdanışla uzatıp sümenin üzerindeki kağıdı almış ve okumuştu.

Bir kadın ismiydi bu. "Gülşen Bulut" adında. Hatırı sayılır bir havaleydi kâğıdın üzerindeki rakam.

Küçük bir kâğıt aldı masanın üzerinden ve kaleme sarıldı. Gülşen Bulut, Bornova, İzmir adresini ve ev telefonunu yazıp, kağıdı sümenin üzerine bıraktı. Yazdığı adresi cebine indirmişti...

Eleman, çantasını alıp geldi, paralar yerleştirildi. Havale adresi kendisine verilip uğurlanırken, Ozan elemanı durdurdu.

– Ha, bir dakika. Gitmişken şu mektubu da postaya atar mısın?

– Tabi efendim.

Zarfı elemana uzattı.

– Teşekkür ederim.

Kuşku beyninde dağlar kadar büyüdü ve kayalaştı. Bu havale bir şirket ya da resmî bir adres değildi. Bir evdi havalenin çıkarıldığı adres ve bir kadındı paranın uğurlandığı kişi.

Müdür Bey'e seslendi:

– Bir çay daha söyler misiniz? Birlikte içersek tabii.

– İçelim Ozan Bey.

Zihninden aynı isim ve soyad geçiyordu: "Gülşen Bulut".

Kimdi bu kadın? Şahsi bir ödemeydi sonuçta. Senetsiz, çeksiz ve karşılıksız. Müdür Bey'e sorup sormamak düşüncesi vardı zihninde. Sonuçta fazla deşelenmemesi gerektiğini düşünüp susmuştu.

Çayını içer içmez müsaade isteyip babasının odasına geçmişti. Durgun, yorgun, sönük bir neşesi vardı içeriye girdiğinde.

– Merhaba baba.

– Merhaba küçük patron. Gel bakalım. Nelerle meşgulsün, alıştın mı bari şirkete?

– Eh sayılır.

– Odanda yoktun.

– Dolaşıyordum.

– İyi ya, nasıl istersen.

Aradan üç gün geçmişti. Fırsat buldukça babasının odasına giriyor, orada oturuyor ve babası dışarıya çıktıkça masasının gözlerinde birşeyler arıyordu.

Bu yanlış bir davranıştı aslında; fakat mana veremiyordu kendisini bu tarza sürükleyen duygularına. Adeta gizli bir el onu dilediği istikâmete doğru çekiyor, ona iradesi dışı bazı işleri emrediyor ve yaptırıyordu da.

Aramaların sonunda eli boşa çıkmıştı. Kuşkuları doğrultusunda bir ipucu arayışındaydı ve hiçbir ize rastlayamamıştı.

Bugün havale sonrası dördüncü gündü ve baba akşam eve gelir gelmez, yoğun bir hazırlık içine girmişti.

Akşam herkesin toplandığı yemek masasında annesiyle konuşuyordu baba ve dikkatini çekmişti.

– Bu seyahat biraz uzun sürebilir.

– Hangisi kısa sürdü ki?

– Sizin için çalışıyorum hanım. Teşekkür edecekken...

– Tamam tamam. Arada bir fırsat bulursan bizim eve de uğramayı unutma sakın.

– Bu ne sitem, şaşırttın yine beni.

– Çocukların da ben de özledik artık aramızda olacağın günleri.

– Ben istemiyor muyum sanki?
– Bilmem! Bu defa nereye?
– İzmir.

Annesinin sitemli konuşmaları sürerken, Ozan'ın beyninde şiddetli bir sarsıntı olmuştu. Keskin bakışlarını yumuşatmak için uğraştı ve söze heyecanlı bir üslupla atılmıştı.

– Baba.
– Efendim.
– Bu seyahatine ben de gelebilir miyim?

Keskin bir ifadesi vardı dilinde.

– Hayır!
– İyi de çok sert bir "hayır"dı bu, neden?

Yumuşadı farkına varıp.

– Sıkılırsın diye canım.
– Sıkılmam, gezerim oralarda.
– Olmaz dedim ya. İşle mi, seninle mi uğraşayım oralarda.
– Baba ben bir çocuk değilim artık. Sen işlerinle meşgul olurken, ben de gezerim, rahatlarım en azından. İtiraz edecek ne var bunda anlayamıyorum. Annemi bile götürmeliyiz. Bir değişiklik olur onun için de.

Baba öfkelenmişti yine.

– Olmaz dedim ya!..

Aslı Hanım bozulmuştu eşine.

– Neden olmazmış? Çocuk mu o? Yanında bir şenlik olur yolculukta.

Kestirme bir azar vardı Akif Bey'in dilinde.

– Tamam, kesin şu yersiz münakaşayı. Ben yalnız gidiyorum.

Ozan derin bir nefes aldı. Oğuz derin baktı babasının gözlerine ve Esra anlam verememişti babasının davranışlarına.

Ozan, noktalamıştı münakaşayı.
— Tamam anne, ısrar etme. Artık istese bile gitmem.
Tabağında yemeğini yarım bırakıp kalktı ve seslendi.
— Ben dedemlere gidiyorum. Gece oradayım.
Açık duran kapının boşluğundan bir gölge gibi savuşup gözlerden uzaklaştı.
Anne üzülmüştü, eşinin davranışlarına.
— Yapmamalıydın bunu.
— Boş ver be hanım. Herşeyi dert etmemelisin kendine. Üzülecek şey mi bu? Gezmek isteyen, dilediği yere gidip hürce dolaşır. Engel mi koyduk seyahat istedi de?
— Seninle gelmek istemişti o...
— İş seyahatleri çocuk oyuncağı değil.
— O artık bir çocuk değil, Akif Bey.
— İyi iyi anladık. Kapatalım istersen.
— Ozan hassas bir çocuk. Sen de biliyorsun bunu.
— Alırız gönlünü sonra. Kapatalım şimdi.

Gerçek, hayali aştı, ufuklar uzak değil,
En olmaz isteklere, uzanmak yasak değil.

M. Çınarlı

Ozan korkunç bir muhasebenin yorgunuydu. Babasını uğurladıktan sonra son iki gün oldukça perişan bir haldeydi...
Kuşku bir çığ gibi büyümüştü düşüncesinde. Babasının peşinden gitmeyi düşledi uzun uzun. Cebindeki adresi ezberledi. Kimdi bu kadın?

Duyguları onu irade dışı bir yolculuğa hazırlıyordu. Gitmemek için direniyor, düşüncelerinin ürpertisi hançerliyor beynini, korkunç kâbuslar oluşturuyor kuşkuları, ondan kurtulabilmek için çırpınıyor, rahatlayamıyordu ne yapsa. Yoksa, yoksa evet, yoksa?.. Telaffuz bile etmediği bir his kemiriyor beynini, en hararetli fırınların lavları gibi yalıyor dudaklarını nefesi.

En son karara bağlıyor vicdanındaki mahkemeyi ve babasının peşinden gitmek için karar alıyor, küçük bir hazırlığın sonunda. Annesine sokuluyor sessizce.

– Anne!

Çaylarını hazırlıyordu mutfakta, kahvaltıları için. Ozan'ın sesini alır almaz dönüp ilgilenmişti.

– Efendim.

– Şey, müsaade edersen ben de seyahate çıkmak istiyorum.

Hayretli bir yüzü vardı annenin.

– Nereden çıktı şimdi bu?

– Sıkıldım.

– Babanın dönüşünü beklesen?

– Hayır anne. Müsaade et; çünkü çok sıkıldım.

– Nereye gitmek istiyorsun?

– Bilmem, Akdeniz; yahut Ege...

Esra girdi mutfağa. Konuşulanlara kulak kabarttı bir müddet; seyahat konuşması çekmişti ilgisini.

– Ağabey, birlikte gidebilir miyiz?

Ozan önce zorlandı, biraz bekledikten sonra mırıldandı.

– Şey, bu seyahat çok ayrı bir anlam taşımakta Esra. O sebeple yalnız gitmeliyim.

Anne:

– Yani senin de mi özel?

– Sayılır.

Esra anlamlı bir sitemdeydi:

— Babasının oğlu, ne olacak.

Acı bir tebessüm belirdi dudaklarının ucunda kardeşine bakarken ve az sonra yeniden söndü.

※

İzmir uçağında yer bulmuştu. Heyecan doluydu bulutların üzerinde.

Bu yolculuğa kendisini çıkartan sebep neydi, hâlâ kesin değildi düşünceleri.

Hicran'ı mı arıyordu; yoksa babasının hallerinden mi şüphelenmişti, henüz şekillenmemiş kuşkuların peşinde heyecan soluyan bir hali vardı. Hâlâ puslu bir pencereden seyrediyordu hayatı.

Uçaktan iner inmez taksi çağırdı, adres verdi şoföre.

— Tamam abi, dedi şoför.

Arka kanepeye oturmuştu. Camı biraz indirdi, soluklanmak için. Dışarıları seyreden gamlı bakışlar dalgındı. Kulaklarına ninni gibi ulaşan bir ses, semalarda en içli nağmeler gibi yankılanıyordu. İkindi ezanıydı okunan. Yollara düşen buharlı bakışlar hüzünlüydü.

Mevsimin sıcaklığı Ege'de, harareti oldukça artırmıştı. Alnındaki ter kabarcıklarını mendiliyle silerken, nem oranının oldukça yüksek seviyelerde olduğunu hatırlamıştı. Bir hayli yoğundu trafik.

Şoför neden sonra sessizliği bozdu. Kafasını hafifçe arkaya döndürüp mırıldanıyordu.

— Söylediğin sokak burası abi. Numarayı da söyle istersen.

— Yo hayır, sağda müsait bir yerde durabilirsin.

Şoförün parasını ödedi. İnip yanında getirdiği küçük çantasını astı omuzuna. Sağa sola baktı önce, caddenin kenarında dikilen levhadan, sokağın adını okudu. Tam kanaat getirdikten sonra sokağın başında durup etrafı puslu bakışlarla süzdü. Tedirginleşti gözlerindeki ışıklar. İçini, adını tam koyamadığı bir korku sarmaya başlamıştı.

Bunaltıcı sıcağın altında titremeye başlamıştı. Nasıl bir macera ya da nasıl bir manzarayla karşı karşıya kalacağını düşündükçe korkusu artıyor, tedirginliği bunaltıyordu ruhunu.

Sokakta adeta bir suçlu, bir hırsız edasıyla yürümeye başlamıştı. Daha cesaretsiz ve temkinliydi davranışları. Hemen sağ kaldırımın kıyısındaki binaya baktı, biraz daha ilerilerde olmalıydı. Heyecandan projektör gibi yanıp sönen gözler, şimşekler çakıyordu düştüğü her noktaya. Beynindeki senaryonun doğru çıkması sonunda, babasına yakalanmak duygusunun ürpertisi sarmıştı bedenini.

Bütün kuşkularına rağmen sonuç düşlediği gibi olmayabilirdi. Ozan, bunu istiyordu aslında. Muhale yürümek. Kuru bir vehim olmalıydı kendisini yollara çıkartan düşünce. Beden dili ve bakışları bunu ifade ediyordu, yabancısı olduğu yollarda yürümeye çalışırken.

Çok ürkek ve inadına dikkatliydi. O gerçekten de iz peşindeki bir dedektif veya kelle koltukta bir casusu andırıyordu.

Kaldırımın kenarındaki binaların numaralarına bakıyor, yaklaştığını hissettikçe biraz daha heyecanı artıyordu. Aynı kaldırımda yürüyenler, karşısına çıkan insanlar, sanki ona şüpheyle bakıyorlardı yürümeye çalışırken.

Birkaç bina kalmıştı anlaşılan ve heyecanı artık son kertesindeydi. Son numarayı okuyup adımlarını kesmişti. Kalbinin atışları inanılmaz değişmişti.

Heyecandan keskinleşen bakışlarını numarasını okuduğu evin bahçesinde bıraktı. Tek katlı, bahçeli, lüks bir evdi kıyısında beklediği. Adeta cesaret edemiyordu biraz daha ileri mesafelere bakmaya.

Cesaretini toplayıp kendisini korkutan mesafeyi aşmayı başarmıştı sonunda. Az ilerisindeki tek katlı bahçeli evin üzerinde gezindi şaşkın bakışları. Vehmin ilk korkunç perdesini aralıyordu manzara. Bahçenin içinde ve hemen kenarında park edilmiş Mersedes, kendi arabalarıydı. Soluğu bunaltıcıydı ve kalbinin atışları ritmini çoktan değiştirmişti bile. Demek babasının uzun seyahatlerinin sebebi bu adresti. Doğru ve çok heyecanlı bir yolun başındaydı Ozan.

Başka bir kadınla ilişkisi vardı babasının ve onun için de birlikte seyahat etme arzusuna şiddetle itirazda bulunmuştu.

Babasının iş yoğunluklarının sebebini çözmüştü şu an. Annesini aldatıyordu. Ürpertili adımlarla gerilere çekilmeye başladı ve daha gerilerdeki binaların kenarında mevzilendi. Yaşlı bir palmiye ağacının gövdesini kendisine siper alarak durdu. Bakışları şaşkın, soluğunu gelgitlerle alan delikanlı, panikteki düşüncesine ne yapması gerektiğini soruyor, planlar yapmaya çalışıyordu, beklediği ağacın duldasında.

Ani bir kararla dönüp caddeye doğru yürüdü. Düşüncesi allak bullaktı. Caddede biraz daha rahat yürüdü ve bir lokanta çarptı panikteki bakışlara. Hiç düşünmeden daldı içeriye.

Acıkmıştı. Birşeyler yemek, düşünmek, abdest alıp ikindi namazını eda etmek için sıralama yaptı yorgun zihninde.

İştahsız bir yemeğin arkasından cami aradı caddeye çıkıp. Minarenin, ufuklarla buluştuğu noktaları süzüyordu bakışları.

Günün minesi solmaya başlamıştı yavaş yavaş Ege'nin ufuklarında. Namazını kılmış ve yeniden aynı sokağa dönüp, bu kez arka sokağından Mersedes'in durduğu bahçeyi göz hapsinde tutmaya başlamıştı. Bir hareketlilik başlamıştı evin bahçesinde. Babası çıkmıştı önce evden, iyi giyinmişti. Orta yaşlarda tesettürlü bir hanım çıkmıştı peşinden ve yaşlı, beyaz sakallı bir adam belirmişti onlardan hemen sonra. Yine yaşlı bir kadın.

Ozan, kahrından baygınlık geçirmemek için direniyordu. Yaşlılar, arabanın arkasına oturmuşlardı ve orta yaşlı kadın ön kanepeye; yani babasının yanına oturmuştu.

Bir yere gidiyorlardı anlaşılan. Bir davete ya da yemeğe.

Arka sokağındaydı binanın. Hemen yakınından geçen bir taksi çekmişti dikkatini. El kaldırmıştı durması için. Acele etti. Taksinin kapısını açıp hızla bindi ve ön sokağa çıkmasını söyledi şoföre. Mersedes'ten bahsetti ve numarasını verdi.

Şoför arkaya dönüp dikkatlice süzdü Ozan'ı. Anlamıştı kuşkulandığını.

– Senin açından kötü bir şey yok. Araba kendimizin ve içindeki babam. Sadece bir aile meselesi. Kuşkulanmaman için söylüyorum bunu.

Şoför dudak büktü ve mırıldandı:

– Tamam abi, mesele yok.

Şoför sokağı bölen yoldan ön sokağa geçmişti. Mersedes'in hareket ettiğini görüp peşlerine takılınca, Ozan kendisini saklarcasına sinmişti arka koltukta.

Heyecanlı bir takipten sonra şoför bir düğün salonunun önünde duran Mersedes'in on-onbeş metre uzağında hızını kesip caddenin hemen sağında frenlemişti. Ozan, cebinden para çıkarıp şoföre uzatırken, mırıldandı.

– Al kardeşim senin görevi burada bitti.

– Merak ettim be abi.

– Yok bir şey.

– Mersedes bizim ve içindeki şoför babam demiştin. Ya babanın yanındakiler?

– İşte işin tuhafı da bu ya. İnan onları ben de bilmiyorum henüz.

– İyi ya, sana kolay gelsin.

Arabadan inenler düğün salonuna doğru yürümüşlerdi. Yaşlı kadın ve sakallı adam bir daha ortalarda görünmemişlerdi. Arabasını parka çeken babası ve yanındaki orta yaşlı kadın, yeniden düğün salonunun dışına çıkıp kapısında durmuşlar, yanlarındaki bir kadın ve erkekle birlikte gelenleri karşılıyorlar, onlarla el sıkışıp "Hoşgeldiniz" diyorlardı.

Düşüncesi biraz daha karışmıştı onları seyrederken. Koyu bir sohbet başlamıştı, düğün salonunun önünde misafirleri karşılayanların aralarında.

Salonun biraz batısındaki binanın duldasında bekliyordu. Baba, kesin düğün sahibiydi, yanında bekleyen şık giyimli kadınla ama.

Neden sonra bir gelin arabası konvoyu belirmişti düğün salonunun önünde? Klaksonlar, gürültüleri ayyuka çıkartacak kadar velveleciydi.

Konvoy, düğün salonunun önünde sıralanınca dışarıda da bir şamatadır kopmuştu.

Ozan kahrolmuş bir yürekle seyrediyordu salonun önündeki merasimi. Misafirlere "buyur" eden dörtlü de inmişti basamaklardan. Gelin arabasından inenlerin etrafını kuşatmıştı kalabalık.

Ozan, aptalsı bir duyarsızlığın verdiği sersemlikle aradaki mesafeyi oldukça kapatmıştı farkında olmadan. Gözleri kalabalığın biraz daha gerilerinde kalan gelin arabasının arka camında yazılı isimlere takılmıştı. "H. M." Baş harfinin "H" oluşu kuşkularını aşılmaz zirvelere çekiyordu düşüncesinde. Önce, babasının ilişkisi olduğu kadının kızı olarak algılamaya başladığı hadise, şimdi daha kahredici boyutlara ulaşmaya başlamıştı zihninde.

Yoksa Hicran mıydı bu? Soy isimleri aynıydı onunla. Bunu bir tesadüf olarak kabullenmişti önceleri.

Gelinin yüzünü görebilmek için çırpındı, biraz daha yaklaştı kalabalığa. Aklına, babasının fotoğrafı uzattığındaki çehresi ve titreyen elleri geldi. Yoksa? Biraz daha kapattı mesafeyi. Salonun merdivenlerini tırmanan damatla gelini yakından görebilmek için çırpındı bakışları. Beyaz gelinliğin içindeki yüze dikkat kesilmişti.

Salonun ışıkları bu noktada biraz daha yardımcıydı çehrelerin tanınmasına.

Bakışları şimşekler çakıyordu gelinin üzerinde. Dikkatini aynı noktada odaklaştırdığında sersemleşti, dengesini yitirir gibi oldu, dizlerinin çözüldüğünü hissetmişti. Başı dönüyor, gözleri görüntüyü puslandırmaya başlıyordu bu yüzden.

Dibinde beklediği elektrik direğine yaslamıştı sırtını. Korkunç bir depresyon geçiriyordu Ozan... Çünkü o gelin Hicran'dı. Benzi solmuş, soğuk bir ter boşalmıştı vücudundan... Elem o, ürpertici sıkıntının adını veriyordu lügattan. "Hicran..." diye mırıldanmıştı yine. Yaslandığı elektrik direğinden destek alarak ayakta kalmasını sağlıyordu...

Titrek zayıf pırıltılar düşüyordu gamlı gözlerinden geceye. Usulca dizlerinin üzerine doğru indirdi vücudunu, sırtını elektrik direğinden ayırmadan ve çömelerek durmayı başarıyordu böylece.

İnanılmaz acıların hüzmesini süzdü gözleri ve kirpikler uçlarında asılı duran taneleri düşürüyordu yanaklarına. Hararetten suyu çekilerek kuruyan dudaklarının arasında bir fısıltı vardı sadece.

– Ne korkunç bir imtihan bu Allah'ım.

O sönük bakışlar, babasının Hicran'a sarılıp öptüğünü görmüştü. Bedenine güç kazandırmak için çırpındı, çömeldiği direğin dibinden kalkmak için zorlanırken. Şoku atlatmak için direndi bir müddet.

Hicran, damatla kol kola girmişti salona. Artık ortalarda babasından başka kendisini tanıyan hiç kimse kalmamıştı. Gücünü toplayıp yürümeye çabaladı, sarhoş bir insan gibi sallandı kaldırımların üzerinde.

Şuur boğuntuya uğramıştı haliyle. Patlayacak bir bombayı andırıyordu yürümeye çalışırken. Yürekli bir eda ile salonun önüne kadar gelip babasının gözleri önünde bekledi.

Ne düşünüyordu, neyi planlamıştı salonun önündeki meydanlıkta beklerken. Şuurla yapılan bir hareket olmadığı her halinden belliydi.

Akif Bey, her şeyden habersiz yanındaki kadınla birlikte gelen misafirleri "buyur" etmeye çalışıyordu.

Neden sonra, gözleri düştüğü noktada alevlendi ve şimşekler çakarak parıldadı.

Hareketleri anında değişmiş, eski rahatlığını inanılmaz bir şekilde yitirmişti. Soluğu sıklaşıyor, eşinin tuttuğu eli titriyordu.

Kadın farkına varmıştı. Eline, sonra yüzüne baktı. Daha sonra şaşkınlığını gideremeyip, Akif Bey'in gözlerinin çivilenmiş olduğu noktaya dikti gözlerini.

Ozan farketmişti tanındığını. Kinle sıktı dişlerini ve o da gözlerini babasının gözlerine ısrarla dikmişti.

Gülşen eşinin tedirginliğini merak edip ilk sessizliği bozuyordu.

– Neler oluyor?

Akif Bey derin bir soluğun ardından Gülşen'in kulağına hafifçe eğilerek bir şeyler mırıldandı:

– Sen vaziyeti idare et, ben az sonra geliyorum.

– Yüzün allak bullak... diye fısıldadı Gülşen. Söylesene birşey mi oldu?

Yeniden fısıldadı eşine.

– Dirençli ol. Karşıda bekleyen benim oğlum, Ozan!..

Kadın paniğe kaptırmıştı kendisini, elini bırakmamıştı. Sıkı sıkı sarılıp titrek bir sesle ona ulaşmaya çalışıyordu.

– Akif, neler olabilir hiç düşündün mü biraz sonra?

– Bilmiyorum! Bozuntuya verme. Hicran'ı kesinlikle görmemeli.

Elele, dünürlerin yanından biraz uzaklaşıp fısıltılı konuşmalarla, etraftakilere paniklerini yansıtıyorlardı aslında. Ozan, hiç bozuntuya vermeksizin, gözleri babasının üzerinde ve salonun önünde bitkin bir vaziyette olanları seyrediyor ve bekliyordu.

Gülşen, yakarışlı bir sesle mırıldanıyordu.

– Ya görürse?

– Bilmiyorum! Korkunç bir hata ettik. Bari ateş tek ocakta yansın. Ozan yandı, Hicran yanmasın, bunu başarmalıyım en azından.

– Bu aymazlığın faturasının korkunç olabileceğini, başlangıçta da düşünebilmiş miydin?

Akif Bey öfkelenmemişti Gülşen'e.

– Sırası değil şimdi bunun.

– Çocuklarımıza ödetiyoruz şimdi onu.

– Gülşen, bozuntuya verme ve dünürlerin yanında hiçbir şey yokmuş gibi bekle.

Onları, sadece seyrediyordu Ozan. Aslında güçlükle duruyordu ayakta.

Baba, matemli bir yüzle yaklaşmıştı oğlunun yanına. Önce buharlandı bakışları, ağlıyordu resmen.

– Ozan, sana gelme demiştim be çocuk.

Kanı damarlarında donmuştu delikanlının. Ruhsuz bir heykel gibi bekliyordu karşısında. Gözlerini babasının gözlerine dikmişti ve sessiz sedasız iri tesbih taneleri gibiydi, yanaklarına doğru akan yaşlar. İçli, hazin, oldukça kısık; ama kabaran bir öfkenin yorgunluğu vardı sesinde.

– Ağlıyorsun!

Akif Bey dudaklarını geviyordu kanatırcasına. Ozan, aynı şekilde sürdürüyordu konuşmasını.

– Bak, benim gözlerimde de var onlardan. Ya içimi görsen! Kalbimi açıp da bir baksan, vahaya hasret bir çöle döndürdün beni baba.

– Ozan, bağışla beni oğlum. Affedersin... Dünyanın bu kadar küçük, tesadüflerin bu kadar inanılmaz olduğunu geç farkettim.

– Dünyada hiçbir hançer yarası bu kadar acı verebilir mi insana?

– Affedersin. Gelmek istiyor musun kardeşinin düğününe?

– Baba, sen neler söylüyorsun öyle. Benim yüreğimin tanıdığı acıyı her yürek taşıyabilir mi sanıyorsun öyle. Onu en mutlu gününde en inanılmaz hançerlerle vurmak için mi davet etmektesin beni?

– Neyse. Eve dönsen ha?
– Git sen, düğününüzle ilgilen. İkinci eşin panikte.
– Boş ver. Sen iyisin ya?
Acı acı gülümsemeye çalıştı. Alaylı ve lanetli bir edası vardı bu tebessümün.

– Kardeşine, onu tanımadığı için yakınlık duyan ve ona kan bağının verdiği yakınlığı anlamadan evlilik teklifi götüren delikanlı sen olsaydın, nasıl olurdun, nasıl olurdun söyler misin? Bunu hiç düşünmeyi denedin mi ha?

– Ozan bırak şimdi bunları ve bana cevap vermeye çalış. Nasıl, affedebilecek misin beni?

– Seni Allah affetsin baba, bir de annem. Benim affetmemse ahirete kalır.

– Ozan, bunları evimizde konuşuruz dilersen. Sana sadece şunu söylemek istiyorum. Baban sandığın kadar kötü birisi değil aslında.

Heykelleşen delikanlı sitem doluydu.

– Baba, sahip olmadığın erdemleri kendinde varmış gibi göstermeye çalışma sakın. Çünkü şu an, seni en iyi ben tanıyorum. Hadi, görevinin başına dön şimdi.

– Ya sen?

– Sadece seni üzmek için çıkmıştım karşına. Çünkü böylesine insafsız bir yükü tek yürek paylaşamazdı. Paylaşalım diye. Gidiyorum korkma.

– Bu sır aramızda kalacak mı bari?

– Paylaşacak birisini biliyorum. Bunlar annem ve kardeşlerimden birisi olmayacak korkma.

– Ozan, aslında haram bir iş değildi bizim beraberliklerimiz. O benim nikâhlı karımdı. Sen dini biliyorsun diye söylüyorum bunları.

– Din, bu hakkı erkeklere verirken, yüreklilik, adalet ve en önemlisi bu inanılmaz gibi gözüken hadiselerin zuhur etmemesi için de nikâhta ilan istiyordu baba. Gizli nikâhlar kıyıp korkakça yaşayın, kardeşleriniz, babanız, çocuklarınız ve eşlerinizle birbirlerini tanımadan ilişki kurarlarsa mahzuru yok diyen hiçbir ayet ve hadise kimse rastlamamıştır.

Eşlerinizi, babanızdan, çocuklarınızdan ve diğer eşlerinizden olan çocuklarınızı birbirlerinden saklayın, bu acıları yaşasınlar diyen, dinde hiçbir kural da yok benim bildiğim.

Dinde neslin muhafazası farzdır baba. Kardeşlerin kardeşiyle bu şartlar altında karşılaşabileceğini bilendir. Nikâh düşmeyenlerin birbirleriyle bu talihsiz şartlar altında karşılaşabileceklerini bilen din, tanıdık bütün çevreye nikâhın ilanını emreder.

Düşünebiliyor musun baba, nikâh akrabalar ve aşina simalar arasında olmalı. Tanınmadığın bir muhitte, seni tanımayan iki şahit ve nikâhı kıyan bir hoca. Korkak bir nikâh değil işin aslında yatan.

Söyler misin baba, yüreğin yetiyor muydu buna? Dedemin, babaannemin ve annemin, dahası kardeşlerimin haberleri dahilinde yapabilir miydin bunu?

Ne yazık ki toplumumuzda senin gibi çok korkak insan var... Bu tehlikeleri düşünmeden yaşayan. Allah'a ısmarladık baba.

– Nereye?

– Bilmem! Yüreğinde saplı duran, kımıldadıkça sana acı veren bir hançer gibi kalmak için gidiyorum.

– Ozan!

– Git ve yarım bıraktığın işinin başına dön şimdi.

Dengesini tam manasıyla sağlayamayan delikanlı, elinde çantası, kaldırımların üzerinde yalpalayan adımlarıyla babanın gözlerinden uzaklaşıp gitmişti...

Baba donup kalmıştı, onun gidişini seyrederken.

Bir otel odasına atmıştı kendisini. Zor bir geceydi yaşadığı. Cinnet geçirmemek için çırpınan düşüncesi, inancının kendisine koyduğu yasakları, kardeşiyle arkadaşlık kurduğu günlerinde, ona dokunmadığı, inancının çizgisinden taşmayışının fotoğraflarını getiriyor gözlerinin önüne, rahat bir nefes almaya çalışıyordu.

Gün ışır ışımaz yatağından kalkmıştı. İbadetinin arkasından yatmamıştı. Önce otelin penceresinden İzmir'i hüzünlü bakışlarla seyretti. Sonra, İstanbul'a ilk uçağı sormuştu telefon açıp. Hazırlıklarını yapar yapmaz bir taksiye atlayıp:

– Hava meydanına, demişti.

Evlerine döndüğünde, perişan bir hali vardı. Esra açmıştı kapıyı kendisine. Hayretle süzüyordu:

– Abi!?..

Bozuk bir moralle savuşmuştu içeriye. Esra, sokak kapısını kapatır kapatmaz peşinden koşmuştu. Daha merdivenlere tırmanmaya başladığında yakalamıştı onu.

– Abi, söyler misin neyin var?

– Yok birşey.

– Seyahatteydin sen.

– Döndüm işte.

– Bu kadar çabuk mu?

– Bilmem, döndüm işte.

Anne duymuştu konuşmaları. Ozan'ın sesini algılar algılamaz yanlarına koşmuştu.

Ozan elindeki çantayı Esra'ya uzatmıştı. Dokunulsa ağlayacak kadar duygulu ve zor durumdaydı.

Odasının kapısını açıp içeriye fersiz adımlarla girmişti. Peşinden Esra ve annesi.

Anne, oğlundaki tuhaflığı sezer sezmez endişelenmişti. Ozan, odasına geçer geçmez çalışma masasının sandalyesini çekip yorgun bedenini sandalyenin üzerine bırakmıştı. Annenin merak dolu sesiydi dikkatini çeken:

– Ozan!..

Usançlıydı çehresi. İsteksiz bir cevap veriyordu annesinin gözlerine kaçamak bakıp.

– Efendim anne.
– Erken döndün?
– Öyle oldu anne.
– Hasta gibisin?
– Belki, biraz işte!
– Bak çocuk, moralin bozuk senin. Kötü bir şey mi oldu?
– Yok be anne, abartma şimdi. Belki gripal bir hal var üzerimde hepsi o kadar.

Esra sitem doluydu.

– Beni de götürseydin dönmezdik işte. Sen bal gibi sıkılmışsın.

Muzdarip bir bakış uzattı kardeşine ve usulca kalktı oturduğu sandalyeden.

Annesi sordu.

– Aç mısın?

Sakin, gamlı bir cevap vardı dudaklarında.

– Yo, hayır. Dedemle babaannemi göreyim gidip.
– Dinlenseydin ya biraz.
– Anne orada da dinlenemez miyim?
– İyi ya, sen bilirsin.

Dede bahçedeki çardakta semaveri kaynatmış, çayını yudumluyordu. Babaannesi yoktu yanında.

Hava nefisti günün bu saatlerinde. Çardağın üzerini kapatan asmalarda üzümler salkım saçaktı.

Dede, Ozan'ı görür görmez sevinmişti.

– Seyahatteydin sen?

– Döndüm.

– Bu kadar çabuk mu?

– Çabuk.

– Otur hele. Ha bak, babaannen için gelen bardak boş. İstersen önce bir çay doldur kendine.

– Eh, hiç de fena olmaz.

Ozan çayını doldururken, dede de torununu tepeden tırnağa süzmüştü. Çayının şekerini karıştırırken gözlerinin içine dikti gözlerini ve sordu.

– Sen yorgun musun, hasta mı? Yoksa moralin mi bozuk?

Efkâr efkârdı bakışlarındaki yansımalar. Gamlı bir çehresi vardı, dedesinin gözlerine bakıyordu. İçli, dolukan bir sesle telaffuz etmeye çalışıyordu seçtiği kelimeleri mırıldanırken.

– Büyükbaba!

– Efendim.

– Biliyor musun beni tek sen anlayabilirsin hayatta.

– Yine bir şeyler koparmak için mi, bu sözler?

– Bu defa çok daha değişik büyükbaba. Yüreğime sığmayan bir derdim var. Onu sadece ve sadece seninle paylaşmak ve ardından da müsaade almak istiyorum senden.

Yaşlı adam şaşırmıştı:

– Nasıl bir müsaade bu?

– Önce beni dinlemelisin.

– Anlat o halde.

– Bir veda var bunun sonunda büyükbaba. Ona katlanacaksın. Hem uzaklıklar ne ki büyükbaba, bu çağda demek istemiştim. İstersek her akşam konuşur dertleşiriz de.

– Merakta koymasana beni çocuk. Hele anlat şunun aslını.

Daha konuşmaya başlamadan gözyaşlarını tutamamıştı Ozan. Dede elinden çay bardağını bırakmış, garipleşmişti torununu seyrederken.

– Artık buralarda durmamam gerekmekte büyükbaba.

– Neden be çocuk? Şunu önce anlatır mısın bana?

– Bir sevda yüzünden gittiğimi anlatmalısın anneme. Amerika'daki o kız diyeceksin, çekip aldı onu aramızdan. Annemi çağırmalısın birazdan ve ona Amerika'ya gidinceye kadar da yanınızda kalacağımı söylemelisin.

Evet size gelmeli annem, benimle konuşmak için. Kardeşlerim de. Artık benim, babamın da bulunduğu çatının altında işim olmamalı büyükbaba, anlıyor musun beni?

Yaşlı adam tuhaflaştı, düşünceleri allak bullak olmuştu zihninde.

– Evladım, sen biraz dinlenmelisin bence. Babana bir tavır alışını sezmekteyim sadece. Ama, neden? Önce bunu anlatmalısın bana. Her şeyin bir açıklaması vardır elbet. Anlat. Neden?

Dudakları büzüştü Ozan'ın, hüngür hüngür ağlamaya başlamıştı başını avuçlarının arasına gömüp.

Sert bir ikaz geliyordu dedesinden.

– Ozaaaaan! Yorma beni be çocuk, anlat şunu önce. Neydi senin derdin?

Dudaklarını gevdi kanatırcasına. Anlatmaktan vazgeçmişti, konuyu değiştirdi birden.

– Dede paran var mı?

– Ne için?

– Amerika'ya gitmek için karar aldım. Orada okumak istiyorum.

– Baban vermedi mi?

– İstemiyorum ondan. Onun adını bile anmamalıyız konuşurken.

– Neler söylüyorsun sen Ozan. Bir evlat babasının adının anılmasına hangi hallerde tahammül edemez. Sen bunları hiç düşünmüş müydün daha önceden?

– Evet dede.

– Amerika'da okumana mı müsaade etmedi?

– Boş ver dedim ya onu.

– Konu para ise, ben ikna ederim.

– Büyükbaba, istemem onun parasını. Ben senden istiyorum.

Yaşlı adam doluktu, ağlamamak için direndi. Gözleri buhar buhar kaynaşırken konuşmaya çalışıyordu. Titrek elini gezdirdi saçlarında ve kolunu omuzuna koydu.

– Çocuk, paranın sözü mü olur senin için. Adresini verirsin, kuşun kanadında bile olsa ulaştırır deden, sağ kaldıkça. Şimdi onu unut ve bana babanla aranızda yükselen o buz dağlarından söz et.

– Müsaade ediyorsun demek?

– Evet. İstiyorsan orada oku; ama şu derdini anlat. Yoksa sadece Melisa mı?

– Evet dede, Müslüman olduğunu yazdı.

– Sevindim. Düğününe de gelirim ha?

– Aslan dedem benim.

– Orası tamam da, derdinin tamamını anlatmadın bana.

– Büyükbaba!

– Evet.

– Konuşacak ve anlatacak durumda değilim. Ancak bir emanet bırakmak istiyorum gitmezden önce. Bildiğini bilmesi için yapıyorum bunu. Bu bir mektup. Çok merak ettiyseniz açıp onu okursunuz. Şayet, bunu yapamam derseniz, ben ona seninle paylaşacağımı söylemiştim sıkıntımı. O, sana gizlice açılacaktır. Senden ricam şu. Ben Melisa için Amerika'ya gidiyor oluşum. Anneme de kardeşlerime de böyle söylemeni istiyorum. "Ona ben müsaade ettim." diyeceksiniz. Öğreneceğiniz o sır sadece ve sadece ikinizin arasında kalmalı.

Aradaki köprüleri atışımızdaki sorumluluğun faturasını yine bana çıkartabilirsiniz. Bunu ben istediğim için bile olsa, öyle yansıtmalısın.

— Ozan beni çatlatacaksın meraktan.

Cebinden zarflanmış olarak çıkardığı mektubu uzattı dedesine.

— Uçakta gelirken yazmıştım bunu.

— Babana vermemi istediğin mektup mu bu?

— Evet dede. Bak, seni, annemi, kardeşlerimi ve babaannemi özlersem, Amerika'ya gelirseniz sevinirim.

— Ya baban?

— Asla!

— Emin misin bundan?

— Çok! Büyükbaba ne olur fazla birşey sorma bugün. İstersen oku; ama bana sorma ne olur, öylesine doluyum ki...

Büyükbabasının boynuna sarıldı, hıçkıra hıçkıra ağlamaya başlamıştı.

Ozan, Amerika'ya uçalı tam üç gün olmuştu. Büyükbaba annesinden müsaade alırken hiç de zorlanmamıştı.

— Bu bir sevda kızım. Direnirsek kaçıp yine gidecektir.

— Ya babası?

— Ben müsaade ederken onun adı mı okunurmuş bu evde?

— Hiç değilse dönüşünü bekleseydik.

— Yo, hayır. Söz vermiş kıza. Müslüman olmuş Ozan için.

— Bilmem. Madem siz müsaade ettiniz.

Gözyaşlarını tutamamıştı büyükbaba. Babaanne öğrenmişti yolculuğun başladığını ve bir hüzün vardı evlerinin içinde.

Yolculuk anında en gamlı insan büyükbabaydı şüphesiz. Vedalaşırken kulağına eğilmişti.

– Anlayabilmiş değilim hâlâ çocuk! Neydi bu vedanın sebebi?

İçli bir nefes aldı Ozan, buruk bir tebessümle etrafını kolaçan ettikten sonra dedesinin kulağına dudaklarını yaklaştırdı:

– Okumadın mı?

– Yo!.. O, sana söyleyecektir demiştin ya.

– Ama sen dede, sen hiç kimseye, babaanneme; hatta anneme, kardeşlerime, asla yansıtmamalısın, söz mü?

– Söz. Erkek sözü hem de.

– Arar mısın beni?

– Her zaman. Özlem yüreğimde durdukça, demek istiyorum.

– Unuttuğun anlar da olur mu dede?

– Toprakla buluşunca.

Ozan, dişlerini sıkmıştı acıdan.

– Dede, benimle birlikte babaannemi de alıp olduğum diyarlarda yaşamak ister miydin ha?

– O bıraktığın mektuptaki haklılığına bağlı.

Yeniden sarılmıştı boynuna ve konuşamıyordu artık. Ağabeyi, Esra ve annesi uğurlayacaklardı hava meydanından.

Yorgun eller sallandı peşinden, içli bakışlarla uğurlanıyordu doğup büyüdüğü evin kapısından.

Akif Bey evi aradığında Aslı Hanım Amerika hikâyesini anlatmıştı. Aldığı cevap şaşırtıcıydı.

– Sebep olarak bir şey anlattı mı?

Aslı Hanım tuhaflaşmıştı konuşurken.

– Demek haberin vardı, gideceğinden.

– Bekliyordum.

Havayı koklar gibi konuşması şaşırtmıştı Aslı'yı.

– Sebep söyledi mi diye sormuştum?

– Melisa dedi.

– Tamam!
– Tepkin bu kadar mı?
– Kafaya koymuştu.
– Seni aramayışı, müsaade almayışı senden, bunların hiçbirisi de seni fazla etkilemedi sesinden anladığım kadarıyla?
– Dilinin altında bir şey varsa çıkarmalısın onu.
– Akif!
– Tamam dönmek üzereyim, görüşürüz.

Büyükbaba, Ozan'ı aramıştı. Melisa ile buluştuğundan, çok mutlu olduğundan söz etmişti. Hatta hazırlık yapmasını, kışı yanlarında geçirmelerini isteyişi sevindirmişti yaşlı yüreği. Evlilik hazırlıklarının olduğunu söylüyor, düğün için gerekli paranın gönderilmesini istiyordu.

– Daha ileriki günlerde fazla yük olmam sana. Çalışırım.
– Bırak şu minnet esintili sözleri çocuk. Deden ölmedikçe korkmamalısın.
– Sağol dede.
– Yalnız, şu beynimi zonklatan acaba?
– Gelmedi mi daha.
– Yarın.
– Öyleyse yarın öğrenirsin dede. Unutma ki o seninle oğlun arasında kalacak bir sır olmalı. Ailenin fertlerine yansımamalı.
– Bu kadar büyük mü hadise?
– Sen eski topraksın dede. Sezgilerin yanıltmaz aslında seni. Düşünsen çıkartırdın bir kısmını.
– Söylesen?
– Okuyabilirsin demiştim.

– Hayır, oğlum bile olsa, emanet kendisine verilmeli.

– O halde sabret be dede. Haksızsam ara, azarla beni olmaz mı?

– Kendinden çok emin oluşun frenledi hep beni. Yoksa sana müsaade eder miydim sanıyorsun ha?

– Sen benim canımsın büyükbaba.

– Ya sen? Ya sen çocuk? Seni oğlumdan çok sevdim desem inanır mıydın buna?

– Hiç şüphem olmadı ki.

– Güle güle, ararım yine.

Akif Bey çok yorgun dönmüştü seyahatinden. Eşine, Ozan'ı sormak olmuştu ilk işi.

– Ozan aradı mı?

– Evet aradı. Evleniyormuş.

– Ya, demek öyle. Müsade etmemeliydiniz ona.

– Bunu babanla konuşmalısın bence.

– Cep telefonunu aldı mı giderken?

– Hayır.

– Telefon numarasını biliyor musun?

– Sadece dedesi biliyormuş. Garip şeyler olmakta; ama çözemedim.

– Nelermiş garip olan şeyler?

– Seni bir daha görmek istemeyişi.

Rengi solmuştu eşinin gözlerinin içine bakarken. Bitkin bir haldeydi aslında:

– Ya, neden?

– Bilmem! Ben de senden soracaktım nedenlerini. Aranızda neler geçti ki bir oğul babasını bir daha görmek istemesin?

— Aşk! Aşk!..
— Yeterli bir sebep değil bu bence mantıklı bir insan için.
— Senin oğlunda yeterli bir mantık var mı?
— Onun mantığından hiç kuşkum olmamıştı.
— Ya! Demek ben suçluyum?
— Demek istemiyorum ama, iş yine oraya geliyor sonuçta.
— Babam direnseydi ya?
— O yine gidecekti sonuçta. Bunalımlı bir hali vardı çocuğun.

Derin bir soluk aldı anne ve acı acı yutkundu.

— Dedesiyle konuştu, onunla kotardılar ve sonuca böyle bağladılar meselelerini. İstersen babana sor bir de, bana anlatmadı. Sadece "Bu çocuk gidecek." dedi ve kesti.

Daha oturmadan usançlı bir çehreyle az önce girdiği kapıdan dışarıya çıkmıştı.

Babasına doğru gidiyordu. Bahçeden içeriye girdiğinde onları çiçeklerin arasında gezinirlerken bulmuştu.

Yaşlı adam, oğlunu görünce yüzündeki ifade keskinleşmişti. Gezintisini bırakıp ona doğru yürümeye başlamıştı.

Yolları çardağın önünde kesişmişti. Anne, farketmişti hemen ve üçü birden çardakta buluşmuşlardı.

Baba kederli bir çehreyle oturmuştu kanepeye, eşi oturmuştu yanına.

Akif daha oturmadan ona asık suratın dudaklarından, azarlı edalarla çıkan bir ses tonu ulaşmıştı:

— Hoşgeldin.

Morali bozuktu onun da.

— Hoşbulduk baba.

Aynı tondaydı sesi, eğisli ve kırgın:

— Seyahatler de uzadıkça uzamaya başladı.

— İş baba.

Henüz elini bile öpmeden yapıyordu bunları. Anne şaşırmıştı, baba oğul konuşmasına bakıp. Baba, iyi bir oyuncu gibiydi aslında.

— Yalan müslümana haramdır. Bunu öğretmediler mi sana?

Akif, babasının gözlerinden kaçırdı bakışlarını. Başını utançlı bir eda içinde eğmişti önüne. Eline uzanmıştı öpmek için. Baba, elini gönülsüz uzatıp hızla da geriye çekmişti.

— Baba bir gariplik var bugün sende?

Anlamlı bakıyordu gözlerinin içine. Pırıltılar keskin ve ikazlarla doluydu onu seyrederken.

— Olmamalı mıydı sence?

— Bilmem. Ozan'a izin vermemeliydin.

Annesine baktı. Bön bir şekilde dinliyordu onları. Ertelenmiş bir görevi yapmak için uzandı eline. Öptükten sonra adeta ondan yardım umar gibi baktı gözlerine.

— Nasılsın anne?

— Gördüğün gibi. Şaşırttınız beni.

Akif Bey, kuşku dolu hareketleriyle bitkin ve boğuntuluydu babasının karşısında. Anlaşılan Ozan babasıyla paylaşmıştı o sırrı.

Yaşlı adam eşine döndü, nezaket dolu bir sesle ricada bulundu ondan.

— Sultanım, bizi bu hergeleyle biraz yalnız bırakır mısın?

Kadın şaşırmıştı:

— Neden? Oğulla babanın, evin kadınından saklı bir yanı olur muymuş?

Israrlıydı büyükbaba. Eşine engin bir üslûpla yeniden mırıldandı:

— Sultanım, birazcık yalnız bırak bizi. Bu hergeleyi gönlümce hırpalayayım. Sonra yine gelirsin.

— Hay Allah? Neler oluyor Yusuf Bey? Bu yaştaki adam hırpalanır mı hiç?

– Bak sultanım, beni çok iyi tanırsın. Gerekirse, dedim.

Yaşlı kadın tutunamamıştı fazla. Dudak büktü, kafasında beliren istifhamlarla yanlarindan çekip gitti.

Onu gözleriyle uğurladıktan sonra, yeleğinin iç cebinden bir zarf çıkartarak oğluna uzattı baba.

– Al, istersen önce oku, daha sonra konuşalım. Ozan bu mektubu gitmezden önce sana bıraktı ve sırrını da sadece bana.

Ürpertili bir hali vardı. Eli titriyordu mektubu alırken. Bir itirazı vardı babasına.

– Sonra okusam.

– Hayır burada okuyacaksın ve şu an konuşmalıyız gereğini.

Derin, ciğerlerini patlatırcasına içli bir nefes almıştı Akif.

– Tamam baba!

Titreyen parmaklarıyla güçlükle açıyordu zarfı. Mektubu çıkarmıştı içinden ve vurgun yemiş gözlerle suzuyordu satırları.

Mektup

"Bu utancı bana asla yaşatmamalıydın baba!.."
Hemen altında bir dörtlüğü vardı başlangıçtaki satırların.

"Bu değirmen boşa döndü.
Arayışlar başa döndü.
Deme koydum düşünceyi,
Dem ocakta taşa döndü.

Kavramlar sahi bu kadar iki yüzlü müydü? Yoksa, istediğimiz gibi yorumlayışımız mıydı onları özlerinden koparıp birer karmaşa haline getirişimiz? Olumsuzluklar mıydı onların dokusunu parçalayan?

Bilmiyorum doğrusu. Bildiğim tek şey, işimize gelmeyen gerçekleri kendimize uyduruşumuz.

Maskeler utanç vericidir benim bildiğim. Utançsa, gerçeklerden gocunduğu için doğar suçlu vicdanlarda. Sahi, utandın mı yaptıklarından?

Bilmiyorum, şu durumda yeryüzünün ya sen, en haksız insanısın ya da ben, en masum ve günahsız insanlarından biriyim.

'Yakılacak Kitap' diye bir roman okumuştum. Gözyaşlarımı tutamamıştım, konusundaki şifreyi çözdüğüm zaman. Aynı aymazlığın mahsulüydü o da.

Demek ki, dini kendi çıkarları doğrultusunda, özünden saptırarak yorumlayanlar bulundukça, "korkakça" kıyılan nikâhlar ve gayri meşru ilişkiler yaşandıkça, benim kaderimi ve Hicran'ın kaderini 'Yakılacak Kitap'taki gençlerin kaderlerini yaşamaya aday, daha çok bahtsız yürekler olacak demektir.

Ha, okuduğum o kitaptaki gençler evlenmişler, iki de çocukları dünyaya gelmişti. Ne korkunç bir hayat değil mi? Sonucu öğrendiklerinde ikisi de intihar etmişlerdi, dayanamadıkları hadisenin şokuyla. Yüce Allah'ın bana verdiği iman ve onun emrettiği haram kavramına yaklaşmayışım, beni ve kardeşimi ölümcül bir azaptan kurtarmıştı.

O şok, benimle beraber solumakta. Azabı vicdanımın mahzenlerine indirerek yaşamaya çalışıyorum. Nasıl, beğendin mi eserini?

Şimdiye kadar herkes bir şeyler kopardı benden; hatta bazıları oylesine acımasızca yaptı ki bunu, beni benden koparıp can evimden vurmuşlardı. Ya sen? Bunların bin beterini.

En saf, en bakir, en duru duygularımı yonttular gün be gün ve kirletmeye çalıştılar mukaddeslerimi. Onları yüreğime gömerek saklıyordum. Ya seni?..

Maneviyatımı bile üzerimden soyarak, İblis'ten daha fena tuzaklar kuranlar olmuştu yollarıma. Onlar ne ki? Ya sen? Gönlümde ebediyen, beni pençesinde ezecek olan o yasak duyguyu yeşerten, lanetli bir hayatın mimarı olacaktın hayatımda.

Sen, bu mektubu okurken, ben artık uzaklarda, senden ve hatıralarından bile çok uzaklarda olacağım. Aynı Güneş'i aynı yıldızları ve Ay'ı, aynı gökyüzünü paylaşacağız ne yazık ki. Daha şimdiden hayal eder gibiyim mektubumu okurken neler hissedeceğini.

'AFEDERSİN HAYAT' diyeceksin kahırlanıp; ama hayat yaşanmışları affetmez ki. Zira, yaşanmış hiçbir hayatın, başa dönebilme şansı olmaz.

Asla affedilmeyeceksin demektir o zaman. Nefsin her istediğini vermek, sonuçları da insanın göze almasını gerektiriyormuş, demelisin...

Cesur olduğunu söylerdin zaman zaman. Oysa, sen çok korkak ve yüreksiz biriymişsin.

Çünkü evliliklerde ilan gerekir benim bildiğim. Açık, herkesin duyumuna açık bir ilan. Eş, dost, anne, baba; hatta ikinci evliliklerini göze alanlar için mutlaka kardeşleri ve çocukları da. Yani nikâhı, nikâh düşmeyen insanlarla tanıştırmaktır bunun anlamında yatan. O, kesin bir sorumluluk ve manevî bir mesuliyetin işidir inananlar için.

Sorumsuz yaşamak, mutluluk gibi gözükse de başlangıçta, sonuçta hatalarının çok acı olduğunu anlar insan.

Aslında, sana o 'Yakılacak Kitap'taki gibi çok keskin bir acıyı yaşatmak isterdim. Gel gör, inancımın frene basışı engelledi bunu.

Sana daha değişik ve yaşadıkça acısını hiç, ama hiç unutamayacağın bir ızdırabı yaşatmak istiyorum.

Beni yaşadıkça sen, evet sadece sen, asla göremeyeceksin.

Elveda hayatta hep arzularının çağrısına itiraz etmeyen adam. Elveda, yeryüzündeki acıların en beterini evladına yaşatmak isteyen adam. Yüreğimde alevleri hiç sönmeyecek bir ateşle kaçıyorum senden.

Nefes aldıkça, seni hep bu halinle anacağım.

Nasıl, rahat mısın şimdi? "Vay be..." deyişini görmek isterdim bu satırları okurken.

'VAY BE!...' "

timaş yayınları

tel / 0.212 665 35 56 - 57 faks / 0.212 664 77 97

EKİNLER YEŞERDİKÇE
ahmed günbay yıldız

Düşman memleketten kovulmuş. Anadolu halkı bunun buruk sevincini yaşamaktadır. Bu arada yeni bir idare kurulduğu ve Cumhuriyet ilan edildiği duyulduktan sonra, halk pürdikkat gelişmeleri izlemeye başlar. Ancak, asırlardır özümlediği kültüre yabancı idarecilerle karşılaşınca, Anadolu halkı arasında kıpırdanma başlar...
Cumhuriyetin ilk döneminde, Anadolu'nun fotoğrafı..

D&R, Dünya Aktüel, Net Kitabevi, Remzi, Dost, N-T ve tüm seçkin kitapçılarda **kitapçınızdan isteyiniz..**

timaş yayınları

tel / 0.212 665 35 56 - 57 faks / 0.212 664 77 97

SİYAH GÜLLER
ahmed günbay yıldız

Hayat, birbiri ardına açılan kapıların arasında yapılan bir yürüyüş misali... Bir sonraki kapıda bizi nelerin beklediğini öğrenmek için kapıları açmaya devam etmek zorundayız; bazen dert kapılarında esen fırtınalarda üşüyerek, bazende mutluluk meltemlerini ruhumuzda hissederek...
"Hayatın içinden" romanlarıyla büyük beğeni toplayan Ahmed Günbay Yıldız'ın bu romanında da fırtınaları ve meltemleri bir seremoni içinde karşınızda bulacaksınız.

D&R, Dünya Aktüel, Net Kitabevi, Remzi, Dost, Nil-Tuna ve tüm seçkin kitapçılarda kitapçınızdan isteyiniz.

timaş yayınları

tel / 0.212 665 35 56 - 57 faks / 0.212 664 77 97

BOŞLUK

ahmed günbay yıldız

"... Huzursuzdu. İçinde günden güne büyüyen boşluğun deryasında çalkalandı. Sokaklarda gayesiz gezinip durdu. Kurtuluşu zehir dolu kadehlerde aramaya başladı..."
Kendisine lanse edilen hayat şekliyle boşluğa itilmiş, amaçsız ve gayesiz bir nesil...
Ve beklenmedik bir zamanda, olmadık bir yerde filizlenen tomurcuklar..
Sevgileriyle ve nefretleriyle, toplumun sosyal gerçeklerinden kesitler sunan ilginç bir roman...

D&R, Dünya Aktüel, Net Kitabevi, Remzi, Dost, N-T ve tüm seçkin kitapçılarda **kitapçınızdan isteyiniz.**

timaş yayınları

tel / 0.212 665 35 56 - 57 faks / 0.212 664 77 97

MAVİ GÖZYAŞI

ahmed günbay yıldız

Ülkemizde romanları en çok baskı yapan ve her yeni kitabı büyük bir ilgi ile karşılanan Ahmed Günbay Yıldız'ın kaleminden Mavi Gözyaşı.. Ahmed Günbay, bu romanında bir babanın dramını işliyor. Bir vali olarak bir şehri yöneten baba emekli olur ve hanımının ölümünden sonra çocuklarının insafına kalır. Ve şehri yönetmenin verdiği gurur altında, çocuklarıyla yeterince ilgilenemediğinin farkına varır.

D&R, Dünya Aktüel, Net Kitabevi, Remzi, Dost, N-T ve tüm seçkin kitapçılarda **kitapçınızdan isteyiniz..**

timaş yayınları

tel / 0.212 665 35 56 - 57 faks / 0.212 664 77 97

FİGAN

ahmed günbay yıldız

Bir değil bin destandır Anadolu... Destanlara kahramanlar yetiştirmiş, binlerce. İşte Figan, o destandan bir damlacık.

Ermenilerin ihaneti ve masum Anadolu insanı... Yakın tarihe bir ipucu...

En çok okunan yazar ünvanını kazanan Ahmed Günbay Yıldız bu romanında Ermeni mezalimi karşısında Anadolu insanının figanını yazdı. Sizden öncekiler bu eseri defalarca okudular. Siz de okuyun, seveceksiniz.

D&R, Dünya Aktüel, Net Kitabevi, Remzi, Dost, Nil-Tuna ve tüm seçkin kitapçılarda **kitapçınızdan isteyiniz..**

Bizde herkes için bir kitap mutlaka vardır!

Aşağıdaki formu doldurarak bize gönderin, yayınevimizin kitap kataloğu düzenlediği etkinlikler ve yayın bültenimiz adresinize gelsin.

ÜYELİK FORMU

Adı : ....
Soyadı : ....
Doğum Tarihi : ....
Eğitim Durumu : ....
Mesleği : ....
Posta Adresi : ....
e-mail : ....
web adresi : ....

ilgilendiği konular

- ☐ Roman-Öykü-Şiir
- ☐ Sosyoloji
- ☐ Psikoloji
- ☐ Siyaset
- ☐ Kişisel Gelişim
- ☐ Ekonomi
- ☐ Hatırat
- ☐ Aile-Sağlık
- ☐ Tarihi Roman
- ☐ Çocuk
- ☐ Din
- ☐ Biyografi
- ☐ Gençlik Romanları
- ☐ Tarih
- ☐ Edebiyat İncelemeleri

*Timaş Yayınları
hakkındaki genel kanaatiniz :* ....

....
....

Tavsiyeleriniz : ....

....
....
....
....